講談社文庫

立花三将伝

赤神 諒

講談社

1560年ころの立花城周辺

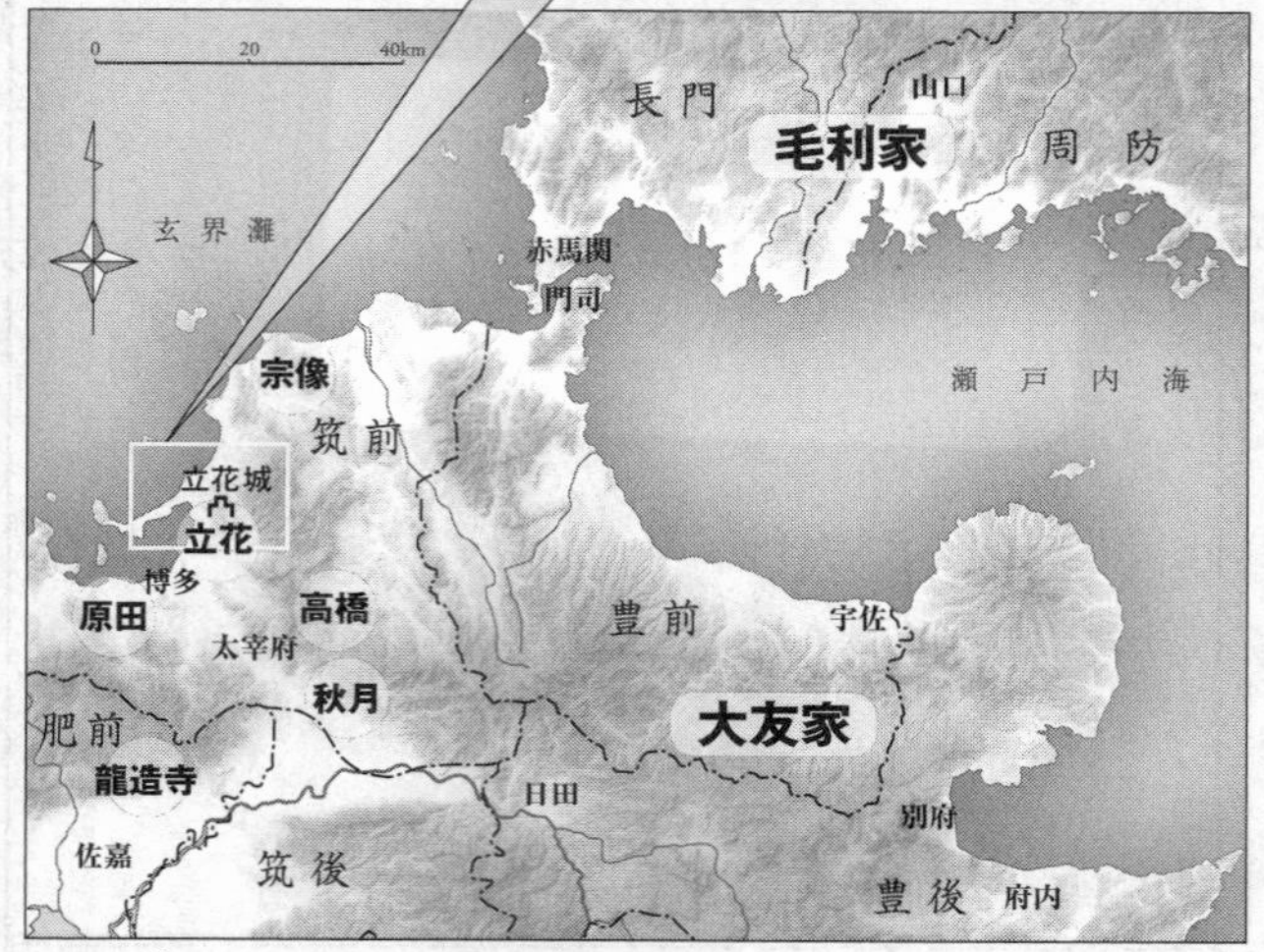

1560年ころの九州北部勢力図

(制作) ジェイ・マップ

目次

■主な登場人物

藤木和泉　立花家臣。鑑載派、のちに毛利派。
薦野弥十郎　立花家臣。鑑光派、のちに大友派。
米多比三左衛門　立花家臣。のちに大友派。
野田右衛門大夫　通称、右衛門太。立花家臣。のちに毛利派。
佳月　和泉の妹。
皐月　鑑載の娘。和泉、佳月の従妹。
立花鑑光　立花家・第六代当主。
立花鑑載　鑑光の養子。のちに立花家・第七代当主に。
藤木監物　和泉の父。鑑載の腹心。
薦野宗鎮　弥十郎の父。鑑光派、のちに大友派。
安武右京　立花家の筆頭家老。鑑載派、のちに毛利派。
戸次鑑連　大友最高の将。のちの立花道雪。

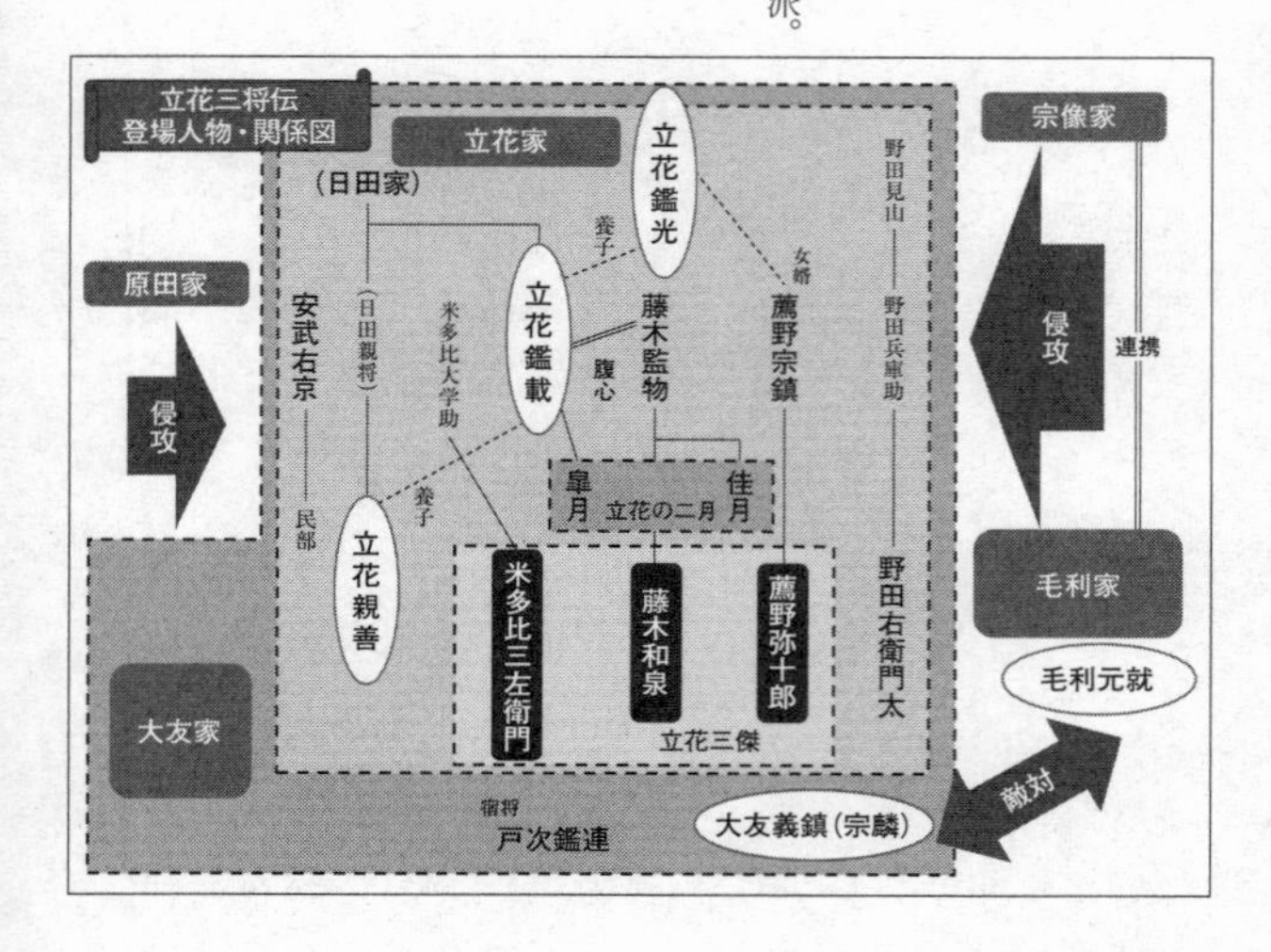

立花三将伝

序　関ヶ原前夜

一

——身どもは断固反対でござる。この大戦、徳川の勝ちは明々白々。迷う必要は毫もござらん。立花は必ず東軍にお味方すべし。さもなくば、当家は滅びまするぞ。

かすれを帯びた盟友の低い声が、まだはっきりと耳に残っている。

慶長五年（一六〇〇年）夏、終わりかけた乱世に、再び戦雲が近づいていた。

すでに陣触れが出された筑後柳川の村々ではこの日、陣鐘が鳴り響き、立花家の将兵が続々と柳川城に集まっている。四千名をすでに超え、立花の最大動員兵力に近づいていた。

米多比三左衛門鎮久は、陣馬奉行の総元締めに任じられていた。新たな着陣の報せを受け終えると立ち上がり、残照が紺色に染めあげる天守を見やった。三左衛門は戦支度のために中座したが、城では立花家の命運を決める評定がまだ続いているはずだった。

主君の立花宗茂からは「明朝、出陣する。万事遺漏なきよう計らえ」と厳に命ぜられていた。

東西いずれに味方するにせよ、立花家は傍観しない。戦をするなら最前線に出て敵を打ち破る。それが、先代立花道雪以来の家風であった。

三左衛門の背後で、鎧が慌ただしくこすれ合う金属音がした。

見ると、薦野吉右衛門成家である。

金獅子の前立の兜に、全身を青い糸で威した鎧が長身によく似合う。三左衛門を含め立花家の重臣たちは老いてなお盛んだが、吉右衛門こそは、次代の立花家を支える筆頭格の勇将であった。赤子の頃から三左衛門が親しく面倒を見てきた、最も信を置く将でもある。

「三左衛門様。評定の結果、殿（立花宗茂）のご裁定にて、当家はやはり石田治部（三成）様にお味方すると決しました」

九州では、肥前の鍋島直茂がまだ旗幟を鮮明にせぬが、豊前の黒田（官兵衛）孝高と肥後の加藤清正は、事あらば徳川家康に味方すると公言しており、宗茂と親交の深い清正からは、徳川方への同心を求める使者が何度も柳川を訪れていた。しかし宗茂は、亡き太閤秀吉への恩義を思うなら、石田方に合力すべきだとかえって清正に説き、自らは西軍へ身を投じる意を家中に漏らしていた。

「弥十郎殿も同意されたのか？　勝つのは徳川じゃと、かねて言われておったが」

　宗茂の義父にあたる道雪以来、立花家は義を重んずる気風に溢れている。家臣団は皆、律儀でいちずな宗茂の意向に賛成したが、ただひとり、強硬かつ執拗に反対し続ける男がいた。吉右衛門の父、薦野弥十郎増時である。道雪がその人物を大いに愛し、己が養子に迎えて立花家を継がせようとまでした器量人であった。十五の齢以来、三左衛門が四十年にわたって大小数十の合戦に出ながら、なお生きながらえているのは、立花家の軍師たる弥十郎の知略のおかげともいえた。

　戦は勝ち馬に乗らねばならぬが、家臣団の意見が分かれた以上、主君が決めるしかなかった。決すれば、全員が従う。義は西軍にあるとしても、東西いずれが勝つのか、三左衛門には見えなかった。ゆえに評定は弥十郎に任せて、自分は出陣の支度に精を出していたのである。

　三左衛門の問いに、吉右衛門は弱り顔で何度も小さく頭を振った。

「あいにく父はひとり、最後まで反対しておりました」

弥十郎が凝った肩をほぐすようにゆっくりと首を回し、薄いあごひげをしごく姿が目に浮かんだ。昔の弥十郎は斜に構えた傍観者で、反対に遭えば冷笑して受け入れる。しかし、弥十郎の言った通り、やはり事がうまく運ばぬようになると、それ見たことかと言わんばかりに皮肉めいた言葉をひとつふたつ漏らしてから、次善の策をさりげなく出してくるような男だった。だが、弥十郎は今まさに、わが事として立花家の命運を案じていたに違いない。

「最後に父は、理が非でも大博打を打つなら、四千の兵を率い、当家のみで勝つ気概を持って、死地へ赴くべしと申しました」

三左衛門は覚えず苦笑した。柳川に残せる兵は千にも満たぬ。もともと上方から立花家が求められた兵数は千三百であった。長途、大坂へ向かえば、すぐには兵を返せぬ。柳川を攻められたらお手上げではないか。

「それで、弥十郎殿が留守居役を買って出られたわけか？」

父の身を案じているのだろう、吉右衛門は弱り顔でうなずいた。

いかにも弥十郎らしい。寡兵で城を守るなら、うってつけの男だが。

「三左衛門様と二人でお会いしたいと、父が申しておりました。まさか父は、まだ何ぞ企んでおるのでございましょうか」

あの男のことだ。むろん考え抜いているだろう。西軍が負けたときに柳川をいかにして守るか。立花家を生かす道が残っているか。脳みそが煮えたぎるほどに。

「呼ばれた理由はわかっておる。ちょうど博多津（はかたのつ）の『練貫（ねりぬき）』を土産（みやげ）にもろうたゆえ、喜ばれよう。あと二隊、着到が遅れておる。吉右衛門、後を頼むぞ」

二

「吉右衛門の生まれた年ゆえ、あれから三十二年になるか、三左衛門」

苦笑しながら、弥十郎から差し出された盃（さかずき）を受け取る。筋骨たくましい立派な体格に似合わず、三左衛門はほとんど下戸（げこ）だった。長いつき合いで百も承知のはずだが、この夜、弥十郎は当たり前のように酒を勧めてきた。

「われらも、たいそう長生きしましたな」

盃を合わせる。弥十郎は即座に呑（の）み干したが、三左衛門は口を付けただけだ。

「よき人間ほど死に急ぐものよ。されば、未（いま）だに死にそびれておる連中は、食えぬ奴ばかりじゃな。徳川内府（ないふ）しかり、黒田官兵衛しかり。むろん身どもも同じだが」

六十路を前にして、弥十郎も相応の齢の取り方をしているが、枯れ木のごとく瘦せた体型は四十年前に出会ったころと変わりなかった。五十五歳まで生きた三左衛門の人生に悔いはない。弥十郎と出会い、面白い人生を送れた。だがあとひとり、あの男さえ生きてあったなら、もっと愉快な人生を歩めたはずだった。

未来を決する戦の出陣前夜に、弥十郎は、まだ筑前立花城にいたころの昔語りを繰り返した。弥十郎は、今回の大戦に負けると見ている。ゆえに死別を覚悟して、あの男を偲ぶために、三左衛門を呼んだのだ。

弥十郎は先代の道雪に仕えるまで、つくづく主家と縁がなかった。抜群の知略を持ちながら、献策は肝心の時に用いられなかった。立花家は実際、三十年以上も昔に二度、滅びた。弥十郎は不運だった。一度目は主家を守り切れず、二度目は自らの献策で主家を滅ぼさざるを得なかった。

「寡兵で柳川に残られるとか。相変わらず無茶な真似をなさる」

「上方で負ければ、九州で勝ったところで、負けは同じじゃからな」

「鍋島や黒田あたりが攻めてきたら、何となさる？」

「返り討ちにするまで、と言いたいところじゃが、さすがに兵が足りぬ。ひたすら守りを固めて、おとなしゅうお主らの戻りを待っておるとしよう」

「大坂方が敗れた場合、当家はいかが相成りましょうかな」

互いに孫を持つ年代となり、一家の当主としての責めもあった。

「面倒くさい話になるのう」

弥十郎が空の盃を差し出してきた。瓶子から酒を注ぐ。練貫は弥十郎とあの男がこよなく愛し、幾度も酌み交わした博多の名酒であった。

「柳川に美酒さえあらば、桃源郷とならんものを。三左衛門、勝てとは言わぬが、大負けだけはせんでくれよ。せめて長引かせてくれれば、和睦の道も探れよう」

「吉右衛門は柳川の守りに残されまするか？」

「お主のもとで、ぞんぶんに戦わせてやってくれ。自慢のわが子なれば、主家と命運を共にする覚悟はできておる。天下分け目の大戦で死ぬるなら、武人の本望であろう。されば三左衛門。お主に折り入って頼みがある」

ふだんだらしない弥十郎が、めずらしく居住まいを正した。

嫌な予感がした。

「お主から、吉右衛門に真の父を教えてやってはくれぬか」

決戦となる上方だけでなく、九州も戦場となろう。寡兵で柳川の留守を預かる弥十郎の命とて、どうなるか知れたものではなかった。

「昔から、難儀な話はいつもそれがしでござるな」

「身どものごときへそ曲がりを父と思うたまま死ぬるなぞ、不憫ではないか」

弥十郎は昔、吉右衛門を腹に宿していた女性を室とした。長子として薦野家を継ぐ吉右衛門は、その後生まれた弟たちと何ら分け隔てなく嫡男として育てられたから、弥十郎が真の父親であると寸毫も疑っていまい。

「薦野弥十郎増時と申さば、鎮西に名を轟かせた立花随一の知将。吉右衛門もつねづね誇りにしておりまするぞ」

実際、他家から高禄で仕官の誘いがあっても、弥十郎はことごとく峻拒してきた。

「わが薦野の血筋に、吉右衛門のごとき猛虎が出るはずもなし。隠したところで、真実が変わるものではない」

「それがしなどより、弥十郎殿か、御内方から明かされては如何?」

「相談してみたが、結局、どんな顔をして話せばよいかわからぬゆえ、お主に頼むという結論になった。酔って打ち明ける話でもあるまいて」

もしも弥十郎の献策がなかったなら、吉右衛門の父は死なずに済んだ。だがその代わりに、弥十郎も三左衛門も今、生きてはいなかったろう。どちらが吉右衛門にとって幸せであったのかは神しか知るまいが、弥十郎の策を実行した三左衛門にも責めがあった。

「お主は身どもに弟子入りしたとき、何でも言うことを聞くと約したぞ」

「またさような昔の話を。されど承知つかまつった。折りを見て話し申そう」

「恩に着る」

弥十郎は用意していた新しい盃に酒をなみなみと注ぐと、燭台の火をふっと吹いて消した。

ふいに夜の闇が訪れる。月はない。

目が慣れるにつれ、天に瞬く星々に向かい、弥十郎が盃を掲げている姿が浮かび上がってきた。あの男は天の星となって、ずっと二人を見守ってきたはずだった。

「和泉殿が生きておれば、今ごろ何をしておりますかな」

弥十郎の答えはなかった。愚問だったろう。

あれから幾星霜を経て、人生も白秋にさしかかったが、二十七歳で死んだ藤木和泉は若いままだ。二人の心の中で、今も燦然と輝き続ける親友が、どこか羨ましい気もした。

三

半月後、異郷の夏空に浮かぶ月は満ちていた。

琵琶湖畔に吹き渡る涼風が心地よい。

立花軍は、東軍へ寝返った京極高次の籠る大津城を攻略中である。二ノ丸まで落とした立花軍の猛攻に、高次は抗戦をあきらめ、城明け渡しの条件交渉に入った。明日には立花軍も草津経由で西美濃の大垣城へ入り、石田三成らの本隊に合流できるはずだった。

「吉右衛門よ。最強の立花軍さえ戦場にあれば、西軍は勝利できよう。されば、お主に話しておかねばならぬ大事がある。こたびの決戦では誰が命を落とすか知れぬ。お主のお父上のことよ」

話す機会を窺っていたが、重要な一戦に臨む吉右衛門の心を乱したくなかった。大津城攻めで吉右衛門が一番乗りの武勲を立て、勝利が見えた今ならよかろうと考えた。

「それがしも父を案じておりました。老兵、女子供と柳川に残りましたが、九州では黒田官兵衛が年甲斐もなく暴れ出したとか。柳川は任せよと大見得を切っておりましたが、あの寡兵で守り抜けましょうや？　父ながら、まったく困った御仁でございまする」

「その困った御仁から、打ち明け話を頼まれておるのよ。実はな、吉右衛門。薦野弥十郎はお主の真の父ではない。母御が身重のまま嫁がれたのでな」

吉右衛門が息を呑む様子がわかった。豪胆で知られる勇将は、戦場でも見せぬ驚愕した面持ちで、三左衛門を凝視している。

「お主の親父殿は藤木和泉成載という。お主の諱の『成』の字は、実父から受け継いでおる」

「さような名は、聞いた覚えもありませぬな」

吉右衛門の不快げな声には、明らかな失望と落胆が混じっていた。吉右衛門は知将薦野弥十郎を父に持ったことをかねて誇りとしていた。その実子でないと知って、喜ぶはずもなかった。「藤木和泉とは、どこの馬の骨か」と言わんばかりの不満が容易に見てとれた。

「滅びゆく主家に殉じ、若くして死んだ将ゆえ、今では知る者もごくわずかじゃ。されど、和泉殿こそは類まれなる名将であった」

乱世九州は「大雄小傑湧くが如し」と評されるほどに多くの人材を輩出した。もしあの男が今も生きていたなら、知らぬ者とてなかったはずだ。

「お主のお気に入りのその甲冑は、和泉殿の遺品でな。何人も槍疵一つ付けられなんだ。金獅子の前立を見ただけで、敵は怯えたものよ」

「さほどに偉大な御仁が、なにゆえ呆気なく死んだのでございまするか?」

吉右衛門の口調には確かな毒気が含まれていた。真の名将なら、弥十郎や三左衛門のように、乱世を生き残っているはずだとでも言いたげだった。

「話は逆よ。正真正銘の名将であったがゆえに、死んだのじゃ。和泉殿はわれらの最も親しき友であった。だが、われらは望まずして、敵味方に分かれて戦うた。まだ生まれてもおらなんだのに変な言い方じゃが、和泉殿は子煩悩なお人でな。お主が腹の中におる頃から、日がなお主に語りかけては、周りに『俺の子は天下の名将になる』と自慢しておられた。和泉殿は生まれくるお主を見、その腕に抱いてやりたかったろう。槍の稽古も付けてやりたかったろう。されど、それはかなわなんだ。時代が、武人としての矜持が許さなんだのじゃ」

三左衛門はひと息ついてから、吉右衛門の端整で精悍な横顔を見た。すでに和泉が死んだ年齢を超えているが、しっかりと父親の面影を宿している。

「和泉殿を死へ追いやったのは弥十郎殿の計略じゃ。介錯したのはこのわしじゃ。されど、わしも弥十郎殿も、和泉殿に心底惚れておった。あのお人が好きで堪らなんだ。今でも慕うておる。わしはひねくれ者の弥十郎殿なんぞより、陽気な和泉殿のほうが好きなくらいじゃった……」

「友ならば、なぜ戦い、殺めたのでございまするか？」

三左衛門のひとりよがりの感傷を切り捨てるように、冷ややかな問い方だ。

「乱世には、たとえ慕い敬い、憧れる者であっても、敵とせねばならぬ時がある」

「なぜ今ごろになって、さような話を？　知りとうありませなんだな」

吉右衛門は露骨に眉根を寄せて、眩しいくらいの月を見上げた。

「いや、わしも弥十郎殿も、自信を持って言える。藤木和泉の生きよう、死に様を知れば、必ずやお主も和泉殿に惚れ込むであろう。お主は生みの父をも誇りとするはずじゃ。お主の真の父こそは、古き立花家が世に出した、最後の、最高の将であった。名も残さず、乱世の狭間に散っていった名将がおったことを、この世でただひとり、和泉殿の血を引くお主には、知っておいてもらいたいのじゃ」

三左衛門は、夏の夜空を見上げた。

明るすぎる月光に隠されて、星々は見えぬ。

そういえば、ついに刀折れ矢尽きた親友を捕縛したあの夜も、空に駘蕩と浮かぶ満月が、地上の三左衛門たちを天から眺(なが)めていた。

「わしが和泉殿に初めて会うたのは、ちょうど四十年前、筑前の立花城においてであった——」

第一部

■主な登場人物

藤木和泉（ふじきいずみ）　諱は成載（いみなしげとし）。立花家臣。鑑載派（あきとし）。十九歳。

薦野弥十郎（こものやじゅうろう）　諱は増時（ますとき）。立花家臣。鑑光派（あきみつ）。十八歳。

米多比三左衛門（ねたびさんざえもん）　諱は鎮久（しげひさ）。立花家臣。十五歳。

野田右衛門大夫（のだえもんのたいふ）　通称、右衛門太（えもんた）。立花家臣。十八歳。

立花鑑載（たちばなあきとし）　鑑光の養子。立花家の次期当主。

安武右京（やすたけうきょう）　諱は鑑政（あきまさ）。立花家の筆頭家老。鑑載派。

佳月（かづき）　和泉の妹。

皐月（さつき）　鑑載の娘。和泉、佳月の従妹。

立花鑑光（あきみつ）　立花家当主。

藤木監物（けんもつ）　和泉の父。鑑載の腹心。

薦野宗鎮（むねしげ）　弥十郎の父。鑑光派。

四

「誰ぞ、次のお相手はおられませぬのか？」

風を切って、ぶんと木刀を振り下ろすと、米多比三左衛門は正眼に構えなおした。

永禄三年（一五六〇年）春、筑前の国（福岡県北部）の要衝、立花城下の下原を、荒れ風が襲っている。熱気の感じられぬ稽古場にも、一陣の風が吹き抜けた。風に乗る梅の香りに、安酒の酸い匂いが混じっている気がした。

三左衛門の目の前では、二重あごで小太りの若者が太鼓腹を押さえながら、板ノ間にうずくまっていた。すれ違いざま胴を軽く抜いただけだ。ぶあつい贅肉に阻まれて、三左衛門の打撃も骨まで届いていまい。大げさにうんうん呻いているのは、野田右衛門大夫という若者らしかった。十五歳の三左衛門より三つほど年上で、これでも立花家の家老格の重臣筋だったはずだ。鼻の穴だけは大きいが、太眉には不釣り合いな小豆のような眼をした、気弱そうな若者だった。立花家にあっては、こんな若者でも意外に強いのかと警戒したが、見たままその通りの弱さだった。

　三左衛門が新たに仕えることになった立花家は、豊後（大分県）を本国とする大名、大友家の一族であり、「西の大友」と称されるほどの由緒正しき名門である。現当主の鑑光には昨日、目通りを許された。好々爺になる一歩手前くらいの当主で、気優しそうな笑顔に好意を抱いた。

　三左衛門は昨年元服したばかりだが、武技には自信がある。

　幼くして、若き国主大友義鎮（後の宗麟）に近習として仕えられた幸運を生かし、国都の府内で立身出世を志す子弟らに揉まれ、鍛えられてきた。その三左衛門の眼には、父米多比大学助（直知）の筑前行きが都落ちに映った。それでも三左衛門は主君義鎮のため、大友家の次代を担う将たるべく、ますます精進せんと心に誓って、立花入りしたのだ。

　さっそく、城下で一番強いと評判の藤木家の稽古場で手合わせを頼んでみたが、骨のない連中ばかりだった。三左衛門は身体つきも大きく、太刀筋が良いと評されてきた。主君に褒められたい一心でひたすら鍛錬を重ね、武技は磨き上げる域に達していたが、まだ伸び代があった。その三左衛門に誰も歯が立たぬとは、同じ大友の侍として情けないかぎりではないか。

「師範代は今日も、朝から呑んだくれておいでであったな？」

「近ごろはご機嫌が優れぬ。泣き言ばかり聞かされるゆえ、今は下手に近づかぬほうがよいぞ」

「弥十郎殿も大喧嘩をして、二度と来んそうじゃからのう」

若者たちが顔を見合わせながら、口々に何やら言い合っている。

立花家に公認の武術稽古場はなく、重臣の安武家と直参の藤木家がそれぞれの屋敷で、家臣の子弟に武芸を指南する稽古場を私的に開設していた。両家とも、次代を担う若者たちを自家に取り込んで、家中での勢力拡大を図る意味合いがあるわけだ。

「のう、お若いの。ここにおる誰とやっても、結果は同じじゃ。誰ぞ、師範代を呼んで来ぬか」

三左衛門とさして齢が変わらぬくせに、年寄りじみた口利きをする若者たちだった。どうやらはずれ籤を引いたらしい。もう一つの稽古場に世話になったほうがよさそうだ。

「わしが呼んで参ろう」

先ほどまで板ノ間でのたうち回っていた野田は、いつの間にかケロリとした顔で一座に加わってふむふむとうなずいていたが、そそくさと立ち上がり、稽古場を出て行った。家格は高いはずだが、気のいい男らしかった。

「武技を練りたいだけなら、藤木より安武に行ったほうが良いぞ。どれだけ本人が強かろうと、教える才能はまた別じゃからな」

「まったくじゃ。わしらが弱いのは、和泉殿の指南が下手くそじゃからよ」

「強うなれぬのなら、方々はなぜこの稽古場におられる？」

三左衛門の問いに対し、若者たちは顔を見合わせる。

「楽しいからかのう」「わしは和泉殿が好きだからじゃな」「お前は立花小町に懸想しておるからじゃろうが」「お主もじゃろが」などと、若者たちが他人事のようにふざけ合う様子を見ているうち、三左衛門は馬鹿らしくなってきた。こんな稽古場に長居は無用だ。

「この忙しい折にまた厄介ごとか。俺の昼寝を邪魔する奴はどこのどいつだ？」

踵を返して立ち去りかけたとき、廊下のほうから濁りのない、男にしては高めのよく通る声がした。

野田に支えられながら、頼りない足取りで現れた長身の若者は、怪我をしているらしく右腕を布で肩から吊っていた。よろめきながら上座にでんと座ると、まず左手で鼻毛を抜き始めた。

「俺に喧嘩を売る身のほど知らずがおると聞いたが、真の話か？」

若者が口を開くと、安酒の匂いがした。

無礼な態度が癇に障ったが、こらえて着座する。

「こたび府内より罷りこしたる寄騎、米多比大学助が一子、三左衛門にござる」

若者はにわかに関心を示し、南蛮船来の珍奇な品でも見るように、三左衛門をしげしげと眺め始めた。

「ほう。お前が米多比のところに来た新顔とな。弥十郎の言うておった凶星がやっぱり来たのか。お前が来ると立花にろくなことが起こらんそうだ。俺は占いなぞ、信じぬがな」

立花家は三年ほど前の大戦で手柄を立てたが、米多比家の当主が戦死した。そのため縁戚である大学助が家を継ぎ、三左衛門は遅れて筑前入りしたのである。

「この稽古場に来るとは物好きよの。俺が師範代の藤木和泉だ」

三左衛門は眼を見開いて、和泉を見つめ返した。立花家で随一の武芸者は、弱冠十九歳ながら、重臣藤木家の嫡男だと父から聞かされていた。この男がその藤木和泉なのか。

もともと色白のようだが、二日酔いのせいか顔面は蒼白で、気分が優れぬ様子だった。だが、切れ長の眉に鼻筋の通った風貌は涼やかで、まれに見る美男である。主君大友義鎮に衆道（しゅどう）の趣味はないが、近習には美男が多かった。それでも、これほどの容貌の持ち主は見た覚えがない。三左衛門も見られる顔だが、和泉の隣にあれば、引き立て役しかできまい。

和泉は引き続き鼻毛をいじりながら稽古場の様子を見渡していたが、やがてははんと解したようにうなずいた。鼻孔から離した指を一瞬見ると、抜き損じたのか小首を傾（かし）げた。

「それがしは大友家、立花家のお役に立つため、武芸を磨き上げんと罷りこしたる次第。なれど――」

「図体はでかいが、まだ豎子（じゅし）じゃな。世はさように簡単ではない」

童（わらべ）扱いされ、三左衛門はむかっ腹を立てた。さして齢は変わらぬではないか。

「それがしはすでに元服し、おそれ多くも御館様より偏諱（へんき）を――」

和泉は手をひらひら振ってさえぎった。眉根を寄せ、「それがどうした？」と言わんばかりの顔つきをした。

「立花家は西の大友。俺も偏諱を受けておるが、『載』の字を賜った者は俺だけよ」

和泉の諱は「成載」だという。立花家を継ぐ予定の養子鑑載から一字を拝領したらしい。

「『鎮』の字は世に溢れ返っておる。値打ちは俺のほうが上だな」

主君義鎮に対する侮辱ではないのか。

三左衛門は懸命にこらえ、「怪我を治されたら、手合わせ願いまする」と、ていねいに喧嘩を売ってから、座を立った。

「どれ、厄介な話だが、ちと相手をしてやるか」

和泉がふらりと立ち上がった。

よほど鼻毛が気になるのか、和泉は親指の先で、高い鼻の孔の中へ毛をしまい込んでいる。

「誰ぞ、得物をよこさんか」とぼやくようにつぶやくと、野田がバタバタ動いて木刀を差し出した。和泉は左手で木刀を無造作に取ると、慣れた手つきでくるりと回して持ち替えた。

「まさか、それがしと片手で立ち合うと、仰せか？」

「見ての通り、俺は今、利き腕が使えぬものでな」

三左衛門の腹の中が、屈辱で激しく煮え繰り返った。

二日酔いで足元もふらふらの男が、左腕一本で、この米多比三左衛門に勝つつもりか。明らかな侮辱だった。

鼻毛を抜くのとはわけが違うぞ。骨の二、三本叩き折ってやる。

三左衛門は両手で木刀を強く握りしめると、右上段に構え、やぁ！　と鋭く気合いを発した。

「おお、よい気迫じゃ。気に入ったぞ。近ごろ気に食わぬ話ばかりで、むしゃくしゃしておるゆえ、手加減はせぬ。俺を殺すつもりで来んと、大怪我をするぞ」

和泉は左肩をぽきぽき鳴らしながら、ゆっくりと稽古場の中央まで進み出た。

「さあ、かかって参れ」

和泉が片腕で中段にぴしりと構えたとき、三左衛門は覚えず身がすくんだ。

変だ。

踏み込もうとした三左衛門は、押し戻されるような威圧を感じた。さっきまで鼻毛を抜いていた男とは、まるで別人だった。飢えた猛虎に睨み付けられているようだ。

これまで相手をした有象無象とはまるで格が違う。府内の稽古場でさえ感じた覚えのない威迫だった。いきなり荒縄で幾重にもふん縛られたように、身動きが取れぬ。

「どうした？　動けぬか？」

和泉は余裕綽々の片笑みを浮かべていた。

まともに立ち合っても、この男には勝てぬ。いや、だが相手は今、左手一本ではないか。渾身の力で木刀を叩き落し、力いっぱい脾腹に蹴りを入れてやる。

三左衛門が再び気合を込め、上段に構えようとした時――。

眼前を一陣の疾風が走った。

木刀が手からはじけ飛んだ。踏み込みさえ見えなかった。

相手の姿が消えた。みぞおちを嫌というほど蹴り上げられた。

回し蹴りか。宙に飛ばされながら、負けたと気付いた。

五

三左衛門が目を覚ますと、心配そうな表情でのぞき込んでいる若い女性がいた。

齢は少し上だろう。落ち着いているせいで大人びて見える。

目が合うと、面長の色白な顔に、花でも開くように安堵の色が広がってゆく。片えくぼの柔らかな笑みに、温和な人柄が滲み出ている気がした。

三左衛門は自分の顔が火照ってゆくのがわかった。かくも胸が詰まって息苦しいのは、和泉の蹴りで、肋骨にひびでも入ったせいだけだろうか。

「よかった。お気がつかれましたね。わたしは藤木和泉の妹で、佳月と申します」

稽古場で失神した三左衛門を、和泉の指図で介抱してくれていたらしい。

「このたびは、兄がご迷惑をおかけしました。兄はこれと見込んだ相手には、つい本気を出してしまうようです。どうかお赦しくださりませ」

神妙な顔で頭を下げる佳月に、三左衛門は「滅相もございませぬ」と慌てて半身を起こした。痛みをこらえながら名乗り、丁重に礼を述べた。

「立花にあれほどの使い手がおられるとは頼もしきかぎり。して、和泉殿は？」

佳月は困り顔で、隣室の襖を見やった。

「さっきまで、また迎え酒を呷っていたのですが……」

襖ごしに、時おり高鼾が聞こえてくる。

「和泉殿には、何やらお気に召さぬ話があったとか」

佳月はさびしげな微笑みを浮かべながら、小さくうなずいた。

「恋患いなのです。先ごろ、若殿の姫君の嫁ぎ先が決まったものですから……」

若殿と呼ばれる次期当主の立花鑑載は、三十代半ばの養子であった。そのひとり娘である皐月姫は和泉と幼なじみで、昔から夫婦になる約束をしていたらしい。が、このたび立花家の最有力家臣、安武右京の次子仲馬（政教）に嫁ぐと正式に決まった。傷心の和泉は以来、日夜やけ酒を呷り続けているという。鑑載に男子はなく、亡兄の子である甥の親善を養子としているから、女婿となっても将来、立花家を継ぐわけではないが、現当主と姻戚になれば、安武は家中でさらに力を持つ。和泉は政争の煽りを受けて、失恋したわけだった。

「以前なら、弥十郎どのと憂さ晴らしをしたのでしょうが、今は絶交中でそれもできませぬ」

弥十郎は、重代の立花家臣である薦野家の嫡男と聞いていた。

薦野と米多比の里は隣り合わせで、居城も尾根をひとつ挟んで目と鼻の先にあった。何代もさかのぼれば、同じ丹治氏出の同族であり、ともに北の宿敵宗像家への抑えとして、手を携えて守り合ってきた盟友だった。今朝がた三左衛門は、父と薦野城へ挨拶に出向いて大いに歓待されたが、弥十郎は不在で、立花城下へ向かったとの話だった。

かねて弥十郎は和泉と肝胆相照らす仲で、藤木屋敷にも親しく出入りしていた。だが、昨秋の宗像攻めの後、何やら大喧嘩をし、半年近くも口をきいていないらしい。

宗像攻めの模様は、国都府内にも伝えられていた。立花軍を主力とする大友は、宗像相手に大勝利を収め、敵方の要害許斐城を攻略した。壊滅的打撃を受けた宗像氏貞は居城を捨てて、沖にある大島へ船で落ち延びていった。

もともと三左衛門の米多比家は、中国地方の巨大勢力である大内家に攻められ、一時やむなくこれに服属した。大内家の滅亡後に大友家への帰参を許されたが、父の大学助が人質として府内へ出され、その子米王丸は、幼少から近習となった。今の三左衛門である。ゆえに米多比父子には、立花家への忠誠よりもまず、帰参を許し、取り立ててくれた大友宗家に対する恩義があった。大学助も奮闘した今回の大勝を受けて、米多比家も晴れて人質無用とされたわけだが、立花方も無傷ではなく、重臣が一人戦死したと聞いていた。

「弥十郎殿も相当腕が立つと聞き申したが、どのような御仁でござるか？」

大学助の話では、人材豊富な立花家には次代を背負って立つ三人の俊秀がいる。人々は宗像攻めで武功を上げた藤木和泉と薦野弥十郎、安武仲馬を「立花三傑」と讃えていた。

「弥十郎どのは学問がお好きで、どちらかというと武芸者を馬鹿にしておられます。

兄もいくぶん変わっておりますが、弥十郎どのは負けず劣らずおかしなお人です」

微笑みをたたえながら佳月が答えた時、隣室でふごっと、鼾の途切れる音が聞こえた。やがて「誰ぞおるか？　水をくれい」と和泉の声がした。

六

三左衛門は佳月に従いて藤木和泉の部屋に入るや、安酒特有の酸敗臭に顔をしかめた。部屋にいるだけで酔っ払いそうなほど酒臭が満ちている。

佳月に差し出された竹筒の水を飲み干して和泉がひと息ついたとき、三左衛門は恭しく両手を突いた。

「改めましてご挨拶を。先ほど稽古場にてご指南たまわりました、米多比三左衛門にござる」

三左衛門は父の名から始めて、ていねいに自己紹介をしたが、その間も和泉は気のない様子で、鼻毛を抜いていた。高い鼻梁だと、鼻毛の伸びも速いのか。

「みみずも顔負けの長い名だな。もそっと短う切れんのか」

大根や人参でもあるまいに、無茶を言う男だ。「三左」と略して呼ばれる時もあるが、胴を切り離された気がして嫌だった。身分が許すかぎり「三左衛門」と言い直させてきた。

「三左衛門どのは、あばら骨にひびが入っておられるご様子。家中の方々にお怪我ばかりさせて、兄上は何となさるおつもりなのですか？」

「ちと、考え事をしておったものでな」

「いずれ姫のことを想うておられたのでしょう」

和泉は鼻毛抜きをやめ、瓶子から注いだ盃の酒を勢いよく干すと、話題を変えるように、盃を三左衛門に突き出してきた。

「ほれ三左、お前にも呑ませてやろう。博多津の練貫は好みか？」

知らないと答えると、こっぴどく説教された。

和泉はよほどの酒好きらしく、話が止まらない。何でも「筑前に練貫」と讃えられるほど有名な酒だという。色が練絹に似た白酒だから、そう名づけられた。花と香とで酒を愛した連歌師牡丹花肖柏の『三愛記』にも、加賀の菊花、河内天野の出群と並んで、「日本三大酒」と記されておるのだぞと、和泉はわが事のように自慢した。

「これが、その練貫にござるか？」

受け取った盃の白濁した液体は、見た目は米のとぎ汁に似て、酸いだけの匂いが立ち上ってくる。

「違う。去年、博多津を焼き払った大馬鹿者がおってな。罰当たりめが、酒蔵ごと燃やしおったのよ。美味い酒に、敵も味方もあるまいに。されど、どんなにまずい酒でも、たくさん呑めば酔える」

胸を張って練貫を語っていた和泉は、酒蔵の焼失を思い起こしたせいか、しょげ返った様子で、干した盃に不味そうな酒を注いでいる。博多津焼討ちの惨事は、府内でも知られていた。約一年前、筑前南部の筑紫惟門が毛利家の調略に乗って突然反旗を翻すと、大友家の代官を殺し、二千の兵で博多津の町を焼き払った。立花軍が追い払ったが、博多の町は灰燼に帰したのである。

「なんだ、俺の酒が呑めぬのか」と和泉が絡んでくると、三左衛門は少し下がって片手を突いた。もしや和泉は、下戸に酒を無理強いして楽しむ無法な手合いなのか。

「お赦しくだされ。それがしは不調法にござれば」

「三左。お前も男なら、たとえ過ちがあろうと、簡単に頭を下げるな」

下戸がまるで許されざる大罪であるかのように、和泉は眉をひそめた。

「詫びなど、ただの言葉よ。口先で御託を並べておる暇があるなら、命がけの行ないで過ちを償え。動かぬ者には詫びる資格なぞない」

三左衛門はまったく呑めぬわけでもなかった。元服して何度か試してみたが、父と同様たちまち眠気に襲われて寝込んでしまう。酒を美味いとも思わなかった。まして、酒呑みがまずいと断言する酒など、口にしたくなかった。

「お前とは、よき呑み仲間になれるかと思うておったに、天が許さなんだか。残念無念だ」

おおげさな物言いをする若者だが、三左衛門はかえってうれしく思った。

和泉は代々伝わる家宝の茶碗をうっかり割ってしまった時のように残念そうな顔で、何度も頭を振っている。あまりの嘆きぶりに、三左衛門も本当に申しわけない気がしてきた。

「面目次第もございませぬ」

「して、下戸のお前が、大酒呑みの俺に、いったい何の用か？」

三左衛門は和泉に向かい、「はっ」と改めて両手を突いた。乱世の武家に生まれた以上、ぜひともこの男のように強くありたいと思った。

「それがし、武芸には多少の心得がござりましたが、和泉殿の武技の前に、ささやかな自信も木っ端みじんに砕け散りました。それがしはもっと強うなりとうござる。お教えくだされ。それがしには何が足りぬのでございまするか？」

「そうさなぁ」と、和泉はまんざらでもない顔で、高い鼻梁へ左手の長い親指と人差し指をやってまさぐり始めた。これだけ鼻毛を抜いていたら、そのうち毛がなくなるのではないか。

「三左。お前は息を吸いすぎだ」

「は？　息を……でござるか」

「うむ。武芸にかぎらず、何事も息遣いが肝要ぞ。お前はじゅうぶんに吐き切る前に、吸い始めておる。きちんと吐いてから吸うてみよ。そうすれば、息がもっと深うなる」

さっきは立ち合う前から、腹を立てて肩が怒(いか)っていたが、それも和泉の作戦だったのだろうか。立ち合ってからは、和泉の威迫に恐れをなし、さらに息が浅くなっていた気がする。以前に府内で旅の武芸者にも指摘された覚えのある悪癖だが、和泉もたった一度の立ち合いで、三左衛門の弱点をひとつ見抜いたわけだ。

三左衛門は和泉に向かい、がばと両手を突いた。

「お願いでございまする。なにとぞ和泉殿の弟子にしてくだされ」

「断る」

語尾に重ねてくるような即答だった。一瞬たりとも考える暇などなかったはずだ。

顔を上げると、和泉は何も聞かなかったように、瓶子の酒を盃に手酌でとくとくと注ぎ、口を尖らせて、いかにもまずそうな安酒を満足そうにすすっていた。

にべもない返事に、三左衛門は食い下がった。

「お待ちくだされ。それは何ゆえにございまするか？」

三左衛門は大友家随一の勇将になるつもりだった。主君大友義鎮に顔も名も覚えられた近習だ。ゆくゆくは米多比家の当主にもなる。努力さえ怠らねば、着実に立身の道を歩めるはずだった。米多比家の嫡男を麾下とできるなら、藤木家としても好都合だろう。和泉自身も門弟たちをつぎつぎとのした三左衛門の腕前を認めているはずだった。

「知れたこと。お前のように暑苦しい奴がおっては、おちおち酒も楽しめぬではないか。何事もほどほどがよい。これ以上、厄介ごとが増えるのはご免だ」

「酒を呑めぬのがご不満なら、日々努力を重ね、多少とも呑めるよう、精進いたしまする」

四角くなった三左衛門に向かい、和泉は左手をひらひらさせた。

「やめよ。殊勝な心がけだが、お前に呑まれる酒がもったいない」

「それがしは、必ずや藤木家のお役に立ちまするぞ」

和泉はさも関心なさそうに鼻毛いじりを再開した。心地よく抜けたのか、つまんだ指をまじまじと見て、満足そうに笑った。美男にはつくづく似合わぬ仕草である。

「藤木家には大した由緒も歴史もない。馬の骨どころか、犬の骨のかけらのようなもんよ。若殿のお取立てがなくば、俺は今ごろ、どこぞの里で瓶子を片手に、娘の尻でも追いかけ回しながら、鼻毛を抜いておったであろう」

言われた通りの和泉の姿を想像してみた。実に器用な真似をする男だ。

「俺はもう嫁など娶らぬと決めたゆえ、俺の代で藤木家が途絶えてもいっこうに構わぬ。お前が立花のため、姫のために尽くしてくれれば、俺はそれでよい。お前は安武の稽古場へ行け。城下の噂では、俺より仲馬のほうが教え方は巧いらしいぞ」

和泉は他人事のように答えると、面倒になったのか、瓶子ごと酒を呑み干した。

大友宗家の意向によって、縁もゆかりもない鑑載が養子として入ったために、立花家には複雑に込み入った事情があると聞いていた。和泉は追加せよとばかりに、空になった瓶子を、佳月に突き出した。

「兄上、まだ日が高うございます。今日はもう、おやめなされませ。お身体に障ります る」

佳月に断られると、和泉は大きく舌打ちした。

大口を開けて舌を伸ばし、瓶子に残る数滴を舌の上にしたたらせた。重ねがさね美男にはあるまじき振る舞いである。

暑苦しいと言われようと、何事もあきらめぬ粘り強さが三左衛門の持ち味だった。たとえ明日の朝まで、いや翌月までかかろうと、藤木和泉に弟子入りを許されるまでは、この部屋を動くまいと覚悟を決めた。

「この米多比三左衛門、一度決めたからには、たとえ由布岳(ゆふだけ)が火を噴こうと、決意は変わりませぬ。何でも言うことを聞きまするゆえ、なにとぞお聞き届けのほどを」

「おお、そうか。ならば弟子にしてやろう。俺も助かる」

と、和泉は一転して、今度はうれしそうな顔をした。

「では、まず台所へ参り、これに酒を注(つ)いで来い。家人に気付かれぬよう、こっそりとな」

和泉の瞬時の変心に呆気(あっけ)にとられながら、突き出されてきた瓶子を受け取った。

「されど、ずいぶんお呑みになられたご様子。佳月殿も――」

「三左、お前は、俺の命令は何でも聞くのであろうが。つべこべ申すなら、破門するぞ」

しかたなく和泉の手の盃が示す方角へ向かったが、和泉はかなり酩酊(めいてい)していた。佳月の手前もあり、さらに酒を呑ませるのは気が引けて、途中にあった井戸の水を汲(く)んで瓶子に入れた。和泉から「三左」と呼ばれて嬉しく思う自分が不思議だった。

戻ってみると、和泉が佳月に向かって手をひらひらさせて、「よい。もう弥十郎の話はいたすな」と柳眉(りゅうび)をひそめて言い放ったところだった。

和泉は三左衛門から瓶子を受け取ると、座れと合図をし、重々しく言い放った。

「さてと、米多比三左衛門。俺の弟子として、お前にふたつ目の仕事を申し付ける。俺と師範代を替われ。されば明日より、稽古場に来る者たちに稽古を付けよ」

「お待ちくだされ。それがしのごとき若輩者に……」

「齢など関係ない。強い者が教えればよいのだ。俺の命令と言えば、皆おとなしく従う」

認めてもらうのはありがたいが、買いかぶりすぎだ。三左衛門は人に教えた経験などなかった。立花軍の戦力を左右する大事ではないのか。

「やってみればわかるが、教えることは学ぶことよ。たくさんの気付きを得られる。俺はお前にだけ稽古を付ける。お前が強うなって、門弟どもをびしびし鍛え上げろ」

「そのほうが、きっと皆さまも喜ばれましょうね」

おとなしく聞いていた佳月が微笑んでいた。和泉は強いが、教え方がいいかげんで、門弟は怪我ばかりしているらしい。

「よいか、三左。武技は天賦の才が半分、残りを努力と経験で半分ずつだ。例えば野田右衛門太のごとく、生まれつき絵の上手な奴もおるが、弥十郎にはからきし画才がない。この佳月を描いても、蛙が元気いっぱい空を羽ばたいておるような絵になる」

相当の腕前らしい。立花三傑の薦野弥十郎には、間違っても絵筆だけは持たせぬほうがいいようだった。

「武芸にも向き不向きがある。右衛門太は鳥の鳴き真似もうまいし、気の良い奴だが、あと五十年、毎日あいつが木刀を振ったとて、物にはならん」

右衛門太とは、先ほど三左衛門が稽古場で立ち合い、突き出た腹の脂身をしたたか打った野田右衛門大夫のあだ名らしい。

「それに引き換え、お前はその若さで筋が良い。立花家中でまだ勝てぬのは三傑くらいだな。されど、鍛えれば相当強うなるぞ」

立花三傑と肩を並べられるのか。和泉はおだて上手なのやも知れぬ。三左衛門も次第にその気になってきた。

「戦場では槍と弓を多用する。俺は弓が一番得意だが、お前にはすべて教えてやる。お前が強うなれば、俺も戦で楽ができる。俺の厄介ごとも減るわけよ」

和泉は白い歯を見せてさわやかな笑みを浮かべると、瓶子ごと勢いよく飲み干した。中身は水のはずだが、酔っ払っていて、酒と勘違いしてくれているらしい。

ていよく厄介ごとを押し付けられただけやも知れぬが、三左衛門は不思議と腹が立たなかった。むしろ何かが始まりそうで、心が弾んだ。

「和泉殿と轡を並べて出陣する日が、待ち遠しゅうございまする。立花は先の宗像との戦でも、大勝利を収められたと、府内で話題に上っておりました」

「あの戦か」と、和泉はにわかに表情を曇らせた。

「俺に勝てる者なぞ、宗像にはおらぬ。されど、宗像が最も怯えたのは俺ではない。帷幄にでんと構えたわが殿と、その脇で軍扇を手に佇立しておる薦野弥十郎の姿であろうぞ。弥十郎が軍扇を振るたびに、俺や仲馬が突撃してくる、後ろから襲われる、どこぞから火矢が飛んできて、火の海になる。予期せぬ出来事が次々と出来するのだからな」

「弥十郎殿とは、さほどに優れた軍師におわしまするか」

「口の悪い大酒呑みで、戦のない時は日がな寝転がって遊んでおるだけだがな。ふだんは右衛門太のほうがよほど役に立つが、いざという時だけは頼りになる男よ。立花で困った話があれば、皆、なぜか俺のもとへ参るが、俺ではのうて弥十郎に諮れ」

「常勝の立花軍で、それがしも戦のやり方を、しかと学びとうございまする」

「戦は勝敗がすべてよ。立花は勝ち続けておるから平和なのだ。負ければ、平和なんぞたちまち夢幻のごとく消えてなくなる。されど、あれは大勝利ではなかった。勝つには勝ったが、よき御仁を失った。いつの世も、いい人間ほど早く死ぬものだ。あの戦では――」

和泉は痛めている右腕を抱えて見せると、あくびをしながら嘆いた。

「利き腕もこのありさまで、満足に用も足せぬ。おまけに姫まで仲馬に奪られてしもうた。世をはかなみながら、ひたすら酒を呑んで、寝る。他にどんな過ごし方があると申す？」

藤木家の一切の差配は父の藤木監物がやっているから、和泉は寝転がっていればいいそうだ。

和泉は仰向けになり「俺は寝るぞ」と宣言するや、たちまち高鼾をかき始めた。

†

「瓶子には、井戸の水を入れておいたのですが、気付かれなんだようでござる」

三左衛門は和泉の手から瓶子を取りながら、かたわらの佳月に話しかけた。

「わたしも家人も、時どきそうしております。ですが、兄は気付いておりましたよ。

兄にも立ち直りたい気持ちはあるのです」

佳月はいたわるように優しげな微笑みを浮かべながら、近くに置いてあった掻い巻きを和泉にかけてやっていた。

「和泉殿が半年も治らぬ怪我をされるとは、よほどの激戦だったのでござるな」

「いいえ、兄は戦に何度も出ていますが、かすり傷ひとつ負っておりません。この怪我も本当は違うのです。内心見込んでいた三左衛門どのが、弟子になりたいなどと兄を持ち上げたので、恰好を付けてしまったのでしょう」

佳月は口元を袖で押さえながら、さもおかしげに笑っている。

皐月姫の安武家への嫁入りが報告された日、やけになって深酒をした和泉が厠へ向かう途中、酔っ払って転んだ際に手を突き、痛めたのが真相らしい。

「このような兄ですが、家中の若者には、けっこう慕われているのです」

わかる気がした。横着でがさつな武辺者だが、和泉の底抜けの明るさ、裏表のなさは好意に値する。現に三左衛門もこの若者が好きで堪らなくなってきた。

「それがしも和泉殿に惚れ申した。生涯、ついて参りまする」

「まあ、大仰な。嫁入りなさるわけでもありますまいに。ここにお通いになる殿方は、よくさようなこと仰いますが」

稽古場に集う若者たちも、武技を練るよりは、和泉の人物に惹かれて遊びに来ているらしかった。近所の悪ガキを集めていたガキ大将が、そのまま大人になったような塩梅だ。

「和泉殿をお助けしとうござる。それがしにできることがあれば、何なりとお申し付けくだされ」

佳月は形の良いあごに、細くしなやかな人差し指を当てながら、小首をかしげた。

「姫のお輿入れは、政で決まったお話ゆえ、なかなかに難しゅうございますが、昔から弥十郎どのは、困った時によい知恵を出してくれるのです。今は兄とは絶交中ゆえと、尋ねてもお答えくださいませぬ。まるで子供の喧嘩ですね。わたしには見当もつきませぬが、きっと先の戦で何かがあったのでしょう」

佳月は何かを思い付いた様子で、わずかに顔を輝かせた。

「初対面のお方にお願いするのも気が引けますが、きまじめな三左衛門どのなら、おできになるやも」と微笑みながら、三左衛門の顔をのぞき込むように見た。

「お願いでございます。兄と弥十郎どのを仲直りさせてくださいまし」

「畏まってござる」

即座に安請け合いをしたが、何をすべきか三左衛門にはわからない。

佳月によると、二人の学問の師である野田見山老師に間へ入ってもらうのがいいらしい。当主立花鑑光の傅役も務めた見山は、家中のご意見番として重きをなしており、右衛門太の祖父ながら、和泉も弥十郎も、頭の上がらぬ人物だそうだ。立花家に公式な学問所はないが、家中の子弟はたいてい野田家のご隠居である見山の庵へ通っていた。長年、立花家に軍師として仕えてきた見山が、己れの後継に指名した若者が薦野弥十郎だった。だが近ごろ見山はとみに多忙で、佳月が訪れるたび不在だという。

だが、今ならいるかも知れない。庵へ行ってみよう。善は急げだ。

「さっそく行って参りまする」と、三左衛門は藤木屋敷を飛び出した。

七

「お起きなさいまし！　かような場所で居眠りなさっては、お風邪を召すではありませぬか」

誰かが両肩を乱暴に揺さぶっていた。

心地よい春の昼下がり、薦野弥十郎は見山庵の縁側の柱にもたれ、包まれるような陽だまりで心地よく午睡していたはずだった。

眼を開くと、目の前に整った顔の少女がいた。立花家の姫皐月である。藤木家の佳月とは従姉妹同士だが、双子の姉妹を母とするせいか、よく似ていた。皐月はお気に入りの小袖を着ており、とても似合っている。弥十郎を用心棒にして博多津へ出向いた際に求めたもので、薄桃色の錦織りには濃い桃色の蝶が舞っていた。

「おお、これは佳月殿。ごきげん麗しゅう」

弥十郎が居住まいを正し、恭しく両手を突いて頭を下げると、皐月は「悪ふざけはおよしなされ」と弥十郎の髷を摑んで引っ張り上げた。佳月とは姿かたちが酷似していても、性格は炎と氷くらいに違う。足して二で割ると、ぬるいだけで面白みがなくなる。世の中はうまくできているものだ。

「弥十郎どのは、誰に対しても無礼なお人ですが、佳月どのにだけは礼儀正しいのですね」

皐月の生母は早くに亡くなり、立花鑑載は藤木家にひとり娘の養育を託した。皐月は和泉、佳月の兄妹と一緒に育てられ、姫君として特別に扱われると怒った。

弥十郎は思い切り伸びをすると、無作法に膝を崩して再び柱にもたれかかった。

「京の天子様にお会いするときは、礼儀を失するつもりはございませぬがな」

「弥十郎どののような横着者に、まかりまちがっても天子様がお会いくださるものですか。安武右京どのにはもちろん、お殿様に対してもぞんざいで困ると、和泉どのがこぼしておりましたよ」

粗野ではあっても、立花家への忠義では誰にも負けぬつもりだ。弥十郎は十八歳だが、主君立花鑑光のためならいつでも死ねた。鑑光は母方の祖父にあたる。鑑光ほど弥十郎を可愛がってくれる人間も少なかった。

「ときに姫は、身どもが近ごろ藤木の屋敷に出入りせず、寂しゅうなったゆえ、わざわざ身どもの顔を見に見山庵へ来られたのでござるか」

「まさか。佳月どのと焼き餅をこしらえたので、先生にお届けに上がっただけです」

弥十郎が生あくびを嚙み殺しながら手で促すと、皐月も縁側に並んで座った。

皐月は丁重に扱いすぎると怒り出すから、弥十郎はお望み通りぞんざいに接している。

「来てみたら、大きな鼾がするではありませんか。先生も、よくこのようなお人を軍師に推挙なさったものです。和泉どのも、学問がおできになるはずですのに」

文武両道の和泉は、皐月の自慢の兄貴分だった。

口をとがらせ、つんとして空を見上げる皐月のうなじは、もはや隠しようもないほどに女びていた。皐月とは十年前、鑑載が立花家の養子となり、藤木監物(けんもつ)を召し抱えた時からの幼なじみだが、弥十郎の平常心が乱されるほど女らしくなった。最初はしとやかな佳月に恋心を抱いたが、やがて明るい皐月を好きになった。立花の姫という素性は、恋をしてしまった後に知った。皐月とは互いの恋心に気付きながら口には決して出さず、心で感じているだけだった。

「天は二物を与えずじゃ、姫。天は和泉に武勇を、身どもに知略をお与えくださった。かくて立花の二俊が世に出たわけでござる」

安武家の次男、仲馬を入れて〈立花三傑〉と名付けたのは師の見山だが、仲馬と弥十郎は馬が合わぬ。ゆえに勝手に「二俊」と呼び始めたのだが、まったく浸透していなかった。

「二俊とは聞いて呆れます。この半年ろくに顔も合わせず、口も利かぬではありませぬか」

「頭を下げるのなら、赦してやらぬでもないと和泉にお伝えくだされ」

「和泉どのも同じような物言いをしておりました。果し合いでもなさいまし」

「かくて、二俊を失いし立花家は滅びたりと」

立花の姫のくせに、不吉な冗談にも皐月は笑ってくれた。佳月ならいたわるような表情を浮かべ、やわらかく窘めるだろうが。昔から皐月は、弥十郎が何を言っても弾けるように笑う。弥十郎の憂さを、笑顔で吹き飛ばしてくれた。

　人にはそれぞれ、相性がある。

　弥十郎は立花家当主の鑑光を敬愛しているが、次期当主となる鑑載を好きになれなかった。鑑光は正室の死後、継室を娶らず、側室も置かないから、鑑載による立花家の継承は確定していた。鑑載は皐月の父だが、性格は正反対だった。弥十郎は鑑載の暗さが嫌いだった。醸し出す雰囲気だけではない。鑑載には実際、陰惨な過去がつきまとっていた。家中でもごくまれに囁かれるのみだが、鑑載は〈兄殺し〉の汚名を負っていた。

　十二年前、鑑載の実家である日田家は謀叛を起こし、大友宗家により誅伐された。その際、鑑載は先主の大友義鑑に実兄の生首を献上し、居城を明け渡して死を免れた。日田家は取り潰されたものの、鑑載は義鑑の寵を得て、立花家の養子として返り咲いた。好々爺への道をひた歩む陽の鑑光とは対照的に、鑑載は出自からして陰鬱な男だった。

　弥十郎は鑑載の笑顔を一度も見た覚えがなかった。兄を犠牲にして生きながらえた時に笑いを閻魔に売り飛ばしたのだと、陰口を叩く者もいた。実は弥十郎も少しばかり似ていて、己れの出生時に母を死なせ、その代わりに生を得たという宿業を背負っている。

対して、例えば和泉には華があった。和泉が来れば、戦場でも、宴会でも、合議でも、場はがぜん明るくなった。弥十郎も鑑載も、同質だから反発しあい、和泉の朗らかさに惹かれるのかも知れなかった。

「いつかこのお城でも、戦が起こるのでしょうね……」

皐月の言葉に、弥十郎も巨大な山城を見上げた。

近すぎて、見山庵からは広大な城域の一部しか目に入らないが、小つぶらの砦がよく見えた。博多津の東、立花山に築かれた城の正式名称は「立花山城」だが、長いので、単に「立花城」とも呼ばれる。

「ご案じなさいますな、姫。敵が立花へ入ってくる前に、身どもが和泉をあごで使って、追い払いますゆえ」

弥十郎が生まれてから、立花城が攻められたことはまだない。だが、筑前の要衝だけに、情勢が変われば、いつの日か、誰かが攻め落としに来るだろう。

「もし負けても、この城に籠もれば、落とされないのでしょう？」

「身どもが守れば、戸次鑑連でも、落とせますまい」

戸次鑑連（後の立花道雪）は「戦神」とも謳われる大友家随一の名将である。

「どんな大軍が攻め寄せても、大丈夫なのですね」

弥十郎は大きく頷(うなず)いた。

「和泉を始め立花家臣団が、身どもの指図に従えばの話でござるがな。はてさて二傑の片割れ、三傑の一角であられる立花家随一の忠臣、藤木和泉殿は、想い人の姫が嫁がれるゆえ、相も変わらずやけ酒を呷ってござるか」

弥十郎も立花の忠臣だが、それは鑑光の家臣という意味においてだった。鑑載は和泉をわが子のごとく可愛がるが、弥十郎を邪険に扱った。弥十郎が鑑載に対し敬意を示さぬためもあろうが、要するに相性の問題だろう。

「先だって部屋を覗(のぞ)いた時も、和泉どのは鼾をかいておりました。まったく、二傑は眠ってばかりで、物の役にも立ちませんね。品行方正な仲馬どのとはずいぶん違います」

弥十郎は生あくびをもう一度嚙み殺した。弥十郎とて、安武仲馬の人物は認めている。父の右京と違って人格にも優れ、武芸も学問も器用にできる男だった。その完璧さが気に食わぬが、もし仲馬が継いでくれれば、安武家は格段に良くなるはずだ。長らく皐月との婚姻が取りざたされ、恋の障害であったために、嫉妬(しっと)も手伝って敵意を抱いているだけか。

「とかく世の中はうまく参りませぬな。相思相愛で結ばれる男女など、この広き世に、片手で数えられるほどでござろう」

「さようですね。想い人がいるのに、わらわのようなじゃじゃ馬と夫婦（めおと）になるとは、仲馬どのもお気の毒に」

　他人事のように言う皐月を、弥十郎は気の毒に思った。安武仲馬が藤木家の佳月に恋している話を城下で知らぬ者はいない。

「佳月殿も、仲馬を好きじゃと思うておりましたがな」

「ふん。弥十郎どのは、戦場で敵将の心を読むなぞと、大ぼらを吹いて回っているようですが、さっぱり女心のわからぬお人ですね。宗像に教えてやりましょうか。女性（にょしょう）を将として攻め込めば、立花の若き軍師もお手上げじゃと」

「そいつは弱りましたな。和泉の口癖を借りれば、よい人間ほど早う死にますからな。かくていつの世も、人材は枯渇（こかつ）しておるのでござる」

「立花の二俊は、ずいぶん長生きなさりそうですね。毒舌と皮肉ばかり、お人柄の悪さは、幼き頃から、よう存じ上げておりますもの」

　皐月の毒気は、昔からの挨拶のようなものだ。

「いやいや次の戦あたりで、二人とも戻って来ぬやも知れませんな。またぞろ宗像が大島で息を吹き返し、毛利の援軍を島に入れ始めておるとか」

　立花は、北で宗像と国境を接する。宗像神社の大宮司家である宗像は、大内の庇護を受けて乱世を生きながらえてきた。盟主の大内が大友と対立すれば敵対し、盟主どうしが融和すると和睦した。今は大内を継いだ毛利に属し、対立陣営にある。昨秋、立花に敗れて大島へ落ち延びた宗像氏貞は、北九州を狙う毛利の支援を得て、再起を図ろうとしていた。いずれまた、戦になる。

「そのおりには、見山先生としっかり供養いたしますゆえ、ご心配なく」

　陽だまりの下で生あくびを噛み殺すのが心地よかった。隣には皐月もいる。今日の立花はさしあたり平穏だ。いずれ誰かが必ず壊しにかかる束の間の恩寵とわかっていても、弥十郎は平和が好きだった。面倒くさい乱世など、どこぞの誰かが、早う終わらせてはくれぬものか。

「姫も他人事ではござらぬぞ。佳人薄命と申しますからな。麗しき〈立花の二月〉とて、いつまで命がもつか、知れたものではござらん」

　齢とともに競い合うように美しさを増してきた皐月と佳月は、いつしか〈立花の二月〉と呼ばれた。鎮西一の美貌よとの人々の評に、弥十郎も異存はない。

「いよいよ立花から人がいなくなってしまいますね。供養は右京様にでもお願いいたしましょうか」

皐月のきわどい冗談に、弥十郎も乗った。

「名案でござる。闇討ちにでもせぬかぎり、われらより長生きしそうですからな」

「物騒なことを仰いますな。それにしても、よく似た顔なのに、どうして佳月どのだけが『立花小町』と呼ばれるのか、わらわには解せませぬ」

「仕方ござるまい。人の値打ちは、顔だけでは決まりませぬゆえ」

「殿方は、女を見栄えだけで決めると思っていましたが、心持ちまで見るなら、仕方ありませんね。お優しい佳月どのには、誰も敵いませぬもの」

あっさり認めるところが、いかにも皐月らしい。

よい香りがした。焚き込めた香ではない。皐月の身体が発しているらしかった。戦場でも落ち着き払って敵の動きを読む軍師を自任しているはずが、かくも簡単に心を乱されるとは。

「捨てる神あれば拾う神あり、蓼食う虫も好き好き。姫のほうが好きじゃと言う男子をわずかなれど、和泉以外にも知ってございまするぞ」

弥十郎自身も数に入っていると、皐月は気付いているはずだ。だが口に出したとて何になろう。すでに皐月は嫁ぐと決まっていた。

「いつの世も、変わり者はおりますからね。変な人といえば、米多比の若いお人が藤木の屋敷にいらして、稽古場の面々をばたばた倒していましたよ。もちろんその後、和泉どのにのされて寝込んでいましたが」

皐月は直接話していないらしいが、十五歳ながら、長身の和泉と背丈が変わらぬという。

新参の三左衛門は国主大友義鎮の元近習で、米多比家の鼻息も荒い。安武、野田、薦野ら旧来の立花家臣からすると、鑑載もその子飼いの藤木家も、新たに入った米多比父子も、大友宗家が立花家へ送り込んできた外様だった。安武は鑑載を取り込む方針で、家中の覇権を得つつあるが、野田も薦野もすっかり乗り遅れていた。

「ご執心だった仲馬どのが脱落した上は、弥十郎どのが立花小町を射止めるのでしょうね？」

佳月と皐月は十七歳と十六歳。嫁入りの齢ごろだった。佳月を恋してやまぬ安武仲馬は、二十歳を過ぎても他の縁談を断っていたが、やり手の父が強引に進めた主筋の姫の輿入れは拒めない。かくて佳月の婿となる最有力候補が消え、がぜん立花家の若者たちは色めき立った。藤木家の稽古場に日々、佳月めあての若者が殺到するわけである。

「至極光栄なお話なれど、身どもなんぞでよいのでござろうか」

「よいわけがありませぬ。居眠りばかり、起きていても花合わせなぞで遊んでおられるお人が、佳月どのと釣り合うはずもありますまい。そろそろ心を入れ替えて精進なさいまし」

南蛮船の水夫が日本に伝えた「カルタ」という札遊びに発想を得て、「花合わせ」なる遊びが流行して何年にもなる。占筮の道を究めてきた師の見山が、占術に使えぬかと関心を持ち、弥十郎とさまざま試行錯誤を重ねていた。

「実際に作っておるのは右衛門太じゃ。身どもは指図しておるだけでござる」

札に描かれる絵の出来が、占術の精度に影響するとは思えぬが、あいにく師弟とも絵心が皆無であったため、絵師顔負けの腕前の野田右衛門太に描かせていた。

先の宗像との戦で、右衛門太の父野田兵庫助に危険な役回りを与えなかったのは、見山の花札占いで出陣が凶と出たためだ。八十年の生涯で占術を研究し続けた見山は政略と軍事は二流でも、占術だけは別格だった。見山が創案した四十八枚の花札による見立ては、怖いほどの的中率を誇る。最初は弥十郎も馬鹿にしていたが、見山の卜定の通りに現実は動いた。だが、占筮にも天賦の才能が必要らしい。同じやり方で占っても、弥十郎の見立てはさして当たらなかった。

若いくせに、弥十郎が十八歳でどこか人生を達観した気になっているのは、見山に運命を見立てられたせいもあった。

弥十郎はこれから立花家の軍師として華々しい勲功（くんこう）を立てるが、どうやら八年後に二十六歳で死ぬ。想い人とは結ばれず、子もない。残酷な未来をあらかじめ知っていれば、きまじめに生きてみる気も失せようというものだ。野田兵庫助の戦死にしても、見山と弥十郎は未来を知りながら結局、回避できなかった。運命がすでに定められているのなら、むきになってじたばたする意味はない。

「いつまでも子供ではありませぬ。右衛門太どのをこき使うのはおよしなさいまし」

長い腐れ縁の右衛門太は、弥十郎と同い齢で、気の毒なほど人が良かった。人に頼まれると何でも笑顔でこなし、役に立てることに喜びを感じている様子だった。そのぶん他人につけ込まれるから、和泉と弥十郎が守ってやらねばならなかった。右衛門太をいじめる者があれば撃退したし、重い流感にかかって寝込んだときも、二人が博多津へ薬を買いに行き、佳月と皐月が必死に看病をしたものだ。だが男たちが元服も済ませて大人たちの仲間入りをし、女たちが美しく成長してゆくうち、恋やら家やら政（まつりごと）やらで、互いに妙な気を使うようになってきた。日々の楽しみだけを追い求めていたころは気楽だった。大人になるとは、実に面倒くさい話だ。

「身どものような酔狂人の嫁御となられた日には、佳月殿も苦労されましょうな」

新参の藤木家は、安武家との縁組を望んでいた。だが成らぬなら、家中での対抗、連携上、薦野家と縁戚となるのは悪くない話だった。弥十郎が幼時から家族ぐるみのつき合いをしてきたのも、両家の大人たちの思惑あっての話だと、今ではわかっている。弥十郎は過日、父の薦野宗鎮から藤木家との縁談を持ち出されたが、弥十郎は「しばし考えさせてくだされ」と答えたのみだった。

「佳月どのを不幸せにする男は、わらわが決して赦しませぬ。佳月どのは、お二人の喧嘩に心を痛めていますよ。早う仲直りなさいまし」

皐月の佳月思いは、いくぶん度を越していた。弥十郎は皐月に思い切り頰を引っぱたかれた経験もある。一年余り前、弥十郎が仲馬に頼まれて佳月宛ての恋文を届けたとき、いつも落ち着いている佳月が、いつの間にやら静かに泣き出していた。弥十郎は仲馬を好きでなく、佳月との間を取り持つのも癪だったが、相思相愛の仲馬と佳月が夫婦になれば、皐月との恋に立ちはだかる大きな障害がひとつ消えると、身勝手な打算も働いて不承不承、佳月に届けたのだった。弥十郎から事情を聴いた皐月は、佳月を泣かせる男は赦さぬと理不尽とも言えるほど激怒した。

「佳月殿は、胎蔵界曼荼羅の蓮華部院にまします観音菩薩の変化身が、間違って博多津でカステーラでも食っておるようなお人でござるからな」

「凡人に深遠な学識をひけらかされても困ります。わかるように仰いまし」

「人間とは思えぬほど、慈悲深き女性(にょしょう)だというほどの意味でござる。俗人には俗人なりの感情と理屈もござりますゆえ、和泉との件は放っておいてくだされ」

「単なる子供の喧嘩でしょう？　意地を張らず、大人になりなされ」

いや、違う。皐月はまだ知るまいが、弥十郎と和泉が互いに距離を置いている理由には、立花家を揺るがす政争と謀略が絡(から)んでいた。事態の深刻さに気付いた和泉も、無頼を装い、盃を手に傷心に耐えながら、打つべき手を思案しているはずだ。

弥十郎はおおげさにあくびをした。

「気持ちよう寝ておったに、姫にすっかり邪魔されてしまい申した。さてと、姫もごいっしょに潮風に吹かれますかな？」

唐(とう)ノ原(はる)川を西に下って和白潟(わじろがた)まで出る。海沿いに南の香椎潟(かしいがた)まで下ってから、立花城下の下原(しもばる)まで戻る。このお決まりの散歩道を右衛門太も入れて、五人で歩かなくなったのはいつ頃からか。たぶん元服をして初陣を済ませ、佳月と皐月の嫁入りの話がちらほら出始め、互いを強く意識するようになった数年前からだ。

「ご遠慮申し上げます。先生には小言をいくつか、申し上げねばなりませぬゆえ」

見山にかぎらず、身の回りの人間の不摂生に口うるさく言うのは、皐月の役回りでもあった。和泉と深酒をしながら談じていると、容赦なく瓶子と盃を取り上げられたものだ。

「先生とは占術の考究を約してござれば、そのうち戻られましょう。あの老人も時を守らぬお人ゆえ、世話が焼ける」

風折烏帽子を頭に載せると、弥十郎の背後に乾いた悪罵が飛んできた。

「何が占術ですか。花札と睨めっこされているだけではありませぬか」

「お転婆姫のお世話も、ご苦労じゃな」

皐月の付き人に声をかけてから、弥十郎は山門を出た。

今朝がた、大事な話があると、見山からの文が鷹野城に届けられた。

立花家は今、二派に分かれている。見山は弥十郎と同じ鑑光派の重鎮だが、安武ら鑑載派に対抗できる何かを摑んだのか。見山は気が向くと香椎潟で釣りをしていた。

春の陽気に誘われてふらりと出かけたのやも知れぬ。

唐ノ原川の川面に映る柳枝の新芽たちは、まだどこか頼りなげだった。

八

米多比三左衛門は、城下を疾駆していた。行く先は見山庵だ。

痛めた肋骨には響くし、急ぐ必要もないのだが、駆け出さずにはいられなかった。新天地での期待と不安がないまぜになって、三左衛門の熱い心身を駆け巡っている。

佳月の願い事を安請け合いした理由は、抱いてしまった確かな恋心だけではなかった。藤木和泉という男に惚れた。

城西に商都博多と香椎宮を擁する立花城は古来、両筑の広大な穀倉地帯を統べる要衝であった。毛利方の襲来が懸念される昨今、立花家では半戦時体制が取られ、家臣たちは城下の下原に広がる町と山上の城を行き来しながら生活を営んでいた。城下には殺伐とした空気も見え隠れしていて、人通りは少なめだ。

新参である藤木家の屋敷は下原の南西の外れ、肥前の唐津まで通じる若松道沿いにあった。古寺を庵とした見山庵は、門標もなく少しわかりにくいが、下原の北の山麓にあると、佳月から聞いていた。

川へ出た。唐ノ原という名の川のはずだ。

橋を渡って、三左衛門が辺りを見回すうち、風折烏帽子を被った瘦身中背の若者が、ひなびた寺の山門から出てきた。若いくせに肩でも凝るのか、ゆっくりと首を回している。和泉ほどではないが、なかなかに端整な顔立ちだった。

「ご免。見山先生のおわす庵をご存じありませぬか？」

若者は生あくびを噛み殺しながら、三左衛門を上から下まで嘗め回すように見ると、「ここをまっすぐじゃ。四半刻もかかるまい」と答え、川風に揺れる柳のほうに向かって、川べりを飄々と歩き去った。特徴のある低いかすれ声で、武将というよりも学者の風貌だが、人を食ったように冷めた目つきだった。四半刻となれば、まだまだ先だ。眼前の小さな寺をやり過ごして、山間へさらに行くわけか。

三左衛門は若者の後ろ姿に礼の言葉を投げてから、ずんずん歩いた。

行くほどに道は険しく、森は深くなる。

立花山麓を右回りに迂回しているのか。四半刻ほど走るように歩いたが、松林が続くばかりだった。出くわした木こりに尋ねると、青柳の狐ヶ崎と呼ぶ辺りらしい。見山庵はもっと町のほうだと教えられた。どこで道を誤ったのか。

三左衛門は踵を返して駆け出した。

ようやく風折烏帽子に道を尋ねた橋のたもとに戻った。ちょうど小さな寺の山門から出てくる少女がいた。佳月だ。不案内の三左衛門を案じ、わざわざ外出着に着替えて、探しに出てくれたのか。

三左衛門の心がときめいた。

立花に来て、初めて出会った女性にひとめぼれをした。佳月が兄と親友の仲直りを依頼したのも、三左衛門にもう一度会いたかったためではないか。三左衛門は運命から逃げぬ。府内のどんな強敵にも立ち向かってきた。たとえ当たって砕けようとも初志貫徹、成就(じょうじゅ)するまで挑戦を続けるのが、三左衛門の持ち味だった。今夜にも、妙齢の佳月に嫁入りの話が出ぬともかぎらぬ。善は急げだ。

三左衛門は手を振りながら佳月に駆け寄ると、開口一番、勇気を振り絞った。

「そ、それがしは……か、佳月殿を好きになってしまい申した。夫婦(めおと)になってくだされ。必ずや幸せにしてみせまする」

かちこちに四角くなって頭を下げたが、返事がなかった。

あまりに唐突すぎる。わかっていた。

佳月も運命の出会いを感じ、胸を打たれているのか。

三左衛門がおそるおそる顔を上げると、屋敷にいた時とは別人のように呆れ返った顔があった。いつの間にか付き人がそばに立ち、三左衛門を訝(いぶか)しげに見ている。佳月だけを見ていて周りに目が行かなかったらしい。

「何用じゃ？」

「三左衛門でござる。先ほどお会いし――」

「人違いじゃ、無礼者。出直しなされ」

佳月は冷たく言い放つと、三左衛門を押しのけて、そのまま若松道を歩き始めた。

予期せぬあしらいに、しばし呆気にとられていたが、急ぎ追いかけた。

「お待ちくだされ！　それがしは簡単にはあきらめませぬぞ」

佳月は足を止めて振り返ると、三左衛門を睨みつけた。

「これまで、殿方に佳月どのへの恋の言伝を頼まれた覚えは何度もありますが、人違いで口説かれたのは、これで二度目です。わらわは佳月どのの妹分の皐月です。顔も名前も似ておりますが、恋をするなら、相手の顔くらい、きちんと覚えておきなされ！」

恐ろしい剣幕で言い捨てると、皐月は荒々しく立ち去った。

皐月と言えば……立花の姫ではないか。恥ずかしさで腹も立たぬ。皐月の後ろ姿が小さくなるまで呆然と眺めるうち、三左衛門は気を取り直した。佳月に拒絶されたわけではない。砕けはしたが、まだ当たってさえいないのだ。

消えた皐月の代わりに、小太りの若者が笑顔で若松道をゆらりゆらり歩いてくる姿が見えた。藤木屋敷の稽古場で立ち合った野田右衛門大夫とわかった。

右衛門太も気付いたらしく、なぜか嬉しそうに手を上げてきた。

この若者は世の悩みとは無縁で、いつも笑っていられるのやも知れぬ。邪気のない笑みは、生まれた時から顔にへばりついてきたように馴染んでいた。背は三左衛門のほうが、頭ひとつぶん高い。

「これは米多比殿。お怪我はどうじゃな？　いずこへ参られる？」

まるで声変わりしていないように高い声だ。

見山先生に用があると答えると、自分も所用で来たから案内するとの話で、「ほれ、ここが見山庵でござる」と、さっきの山門をくぐった。風折烏帽子にたちの悪いいたずらをされたわけか。

見山は不在で、三左衛門は縁側で待たせてもらうことにした。

「ちと仕事がござってな」

右衛門太は、庵の長持（ながもち）から絵具や紙を取り出して並べてゆく。

「実は佳月殿の頼みで、和泉殿と弥十郎殿を仲直りさせ申す。野田殿は二人と顔馴染みのご様子。何かよい知恵はござらぬか」

右衛門太はうつむいて、二重あごにさらに一層を付け足しながら、岩絵具を膠の液と練り合わせている。

「覚えておるだけでも、あの二人の絶交は十度目くらいかの。放っておけば、じきに仲直りする。大喧嘩ができるのも、相手を信頼しておればこそよ。会って話すきっかけさえ作れればよいのじゃ。長い付き合いゆえ、ようわかる」

三人は幼馴染みで親しく交わってきたらしいが、和泉と弥十郎が幼少から抜群の才覚を示していたのに対し、右衛門太はさっぱりうだつが上がらなかった。それでも右衛門太は腐らず、同年代の二人の有能な若者を素直に敬い、立てた。右衛門太の長い話を聞いたかぎりでは、二人のほうも、右衛門太の人物を愛している様子だった。

「されど、こたびは半年近く不仲が続いておるとか」

「それじゃ。わしはこたび、何か裏に別の事情があると見ておるがな」

この若者にさして鋭い洞察力があるようにも見えぬのだが。

右衛門太は小さな紙に、何やらせっせと植物文様を描いている。途中で杜若の花とわかった。一見して素人でないとわかる腕前だった。

「野田殿は先ほどから、何をしておられる？」

「花合わせの札を作っておる」

府内でも女子の間で流行しており、芸事に造詣の深い主君義鎮も関心を示していたが、三左衛門は苦々しく思っていた。女子はかまわぬが、男子たる者、惰弱な遊戯に耽溺すべきでない。

「おお、よい出来栄えじゃ。弥十郎殿も喜ぶじゃろうな」

弥十郎の指図で、暇さえあれば花札用の絵を描いているらしい。心底楽しんでいる様子が歯痒かった。

「姫の輿入れの件について、弥十郎殿は何と？」

「さしもの弥十郎殿もお手上げよ。が、内心喜んでおるのは、弥十郎殿じゃぞ」

右衛門太は顔に似合わず、立花家という絵巻物に描かれている恋模様を弁えているらしかった。尋ねると、話し好きの右衛門太は待っていたとばかり、和泉が〈立花の二月〉と共に立花家へ来た当時の話から、得意満面で説明してくれた。

筆頭家老の安武右京は、主家との縁組を望んでいた。次期当主鑑載のひとり娘である皐月を、右京自慢の次男仲馬に娶らせる。右京がかねて最善と考える縁組はしかし、二つの恋に邪魔されていた。皐月は和泉が十三歳で元服した時から、「わらわは和泉どのの妻となる」と公言し、二人の幼い恋は、真剣な恋になっていった。次男の仲馬もまた藤木家の佳月に求愛していたが、佳月はやんわり拒んでいたという。

「なぜでござる？　佳月殿には、誰か好きな殿方がおわすのか？」

右衛門太はもったいぶるように重々しくうなずくと、誰もいない縁側で左右を見てから、声を潜めた。

「お気の毒にな。立花小町は筑前一、いや鎮西一の男児に恋しておるのじゃ」

三左衛門の胸中はどんよりと曇るばかりだ。だめだ、佳月にすっかり恋している。

「もしや……お相手は、薦野弥十郎殿でござるか？」

「あの奇矯な御仁を？　まさか」

右衛門太はひとしきり笑ってから、真顔に戻った。

「そうではござらん。決して結ばれえぬ相手。佳月殿は実の兄上に恋しておられるのじゃ」

三左衛門は覚えずうなった。たしかに佳月が見せた和泉への優しさといたわりは、兄妹と知っていなければ、恋心にさえ見える。

「和泉殿ほどの色男はおらぬし、あの通り、憎めぬお人柄よ。家中の娘という娘が恋しておる。うらやましいかぎりじゃ。ついでに申さば」

右衛門太はさらに声を落とした。

右京のひとり娘まで、和泉に首ったけらしい。当人たちの気持ちなど、右京には無関係なのだが。

「仲馬殿も、和泉殿も本気であったゆえ、なかなか引き下がらなんだ」

安武右京には二人の息子がいた。

長子の民部少輔鎮政は、三左衛門も知っていた。三左衛門よりずっと先に大友義鎮の近習として府内に上がり、偏諱も受けて、すでに立花家中で重用されていた。可もなく不可もない人物だ。だが、次子の仲馬政教は知勇兼備の若者で、兄以上に将来を嘱望されていた。容姿にも優れているらしいが、醜男の右衛門太の評だから、割り引いて聞いておくべきか。

男児のない鑑載は、実兄の遺児で甥の親善を養子にして自らの後継者と定めていたが、親善は人が良いだけで、どうやら人の上に立つ器ではないという。家中では、右京が仲馬を婿入りさせ、いずれ親善を廃して立花家を継がせる肚ではないか、ともささやかれていた。昨秋の宗像との戦で、許斐城攻めにおける仲馬の武功は目覚ましかった。その勲功を足掛かりとして、右京が皐月姫との婚儀の話を強引に押し進めたという話である。

「右京様のせいで、城下の恋がいくつも狂ったが、弥十郎殿の恋だけは成就に近づいた。和泉殿との絶交も、弥十郎殿の恋が原因じゃろうと、わしは見ておる」

右衛門太は器用にせっせと絵筆を動かしながら、付け足した。

「家中の若者はひとり残らず立花小町に恋しておる。かく言うわしも同じじゃが、堅物に見える弥十郎殿とて、例外にあらず。心中に六韜三略や奇門遁甲などは欠片もない。あるのは今や、佳月殿だけよ。仲馬殿が消えた今、佳月殿を嫁御に迎える幸せ者の筆頭に躍り出たのが、薦野弥十郎じゃ。澄ました顔をしておるが、内心は喜んで飛蝗のように飛び跳ねておるのよ。弥十郎殿は知恵者ゆえ、先の先まで考えて手を打つ。軍師として許斐城攻めの采配も振るった。佳月殿への恋を実らせるために、仲馬殿に大手柄を立てさせて、皐月姫との縁組を進めさせたのじゃ。策士よのう。恋の邪魔をされた和泉殿が怒るのも当たり前じゃわい」

己が恋のために戦を利用したのか。それができる技量は驚嘆に値するとしても、嫉妬も手伝って、弥十郎には好意を持てなかった。

右衛門太は立花家中の恋模様を説明しながら、器用に十枚ほど札を仕上げ、縁側に並べて乾かしていた。描きたての札に口を尖らせて息を吹きかけていたが、門外で「右衛門太、戻ったぞ」と呼ぶ声に、猪首を上げた。

「おお、噂をすれば何とやらじゃ」

見やると、山門をくぐってきた若者は、先ほどの風折烏帽子である。この若者が薦野弥十郎増時か。怪しからん謀略家だ。

「札は仕上がったか？」

弥十郎は三左衛門に目もくれず、ぶっきらぼうに尋ねた。

「ちょうど出来あがった。おお、そうじゃ、弥十郎殿。この御仁が――」

「察しはつく。面倒くさい話じゃのう」

三左衛門は縁側から立ち上がると、丁重に頭を下げた。初対面で「面倒」扱いされるいわれはないはずだが、ここで事を荒立てても始まるまい。

「米多比三左衛門でござる。以後お見知りおきを――」

「断る」

すでに見知ったではないか。にべもない即答に、三左衛門はむかっ腹を立てた。

「それがしは、まだ貴殿に何もしておらぬではないか？」

「これからするのだ。過去なぞどうでもよい。お主はこの後、目に余る悪事をしでかす。されば身どもは、お主と懇ろになる気はない。しょせんお主は、あと十年と生きられぬ身じゃがな」

啞然とする三左衛門に一瞥もくれず、弥十郎は縁側の花札を澄まし顔で集めている。

腹が立ってしかたないが、必死でこらえ、せめて皮肉った。

「先ほどはていねいに道を教授下さり、感謝に堪えませぬ。おかげさまで、狐ヶ崎なる地までたどり着き申した」

「ご苦労な話じゃな。身どもは間違ったことは教えておらぬぞ。人はとらえ方、思い込みひとつで道を誤る。お主が勝手に取り違えただけの話よ」

意地の悪い男だ。眼前に見山庵があるのに、ことさら「四半刻もかかるまい」などと言えば、まだ道は先だと思うではないか。

険悪な雰囲気を見かねたのか、右衛門太が割って入った。

「どうじゃ、弥十郎殿。この杜若、よく描けておろう？　わしの自信作なんじゃ」

得意げに示す右衛門太の手からさっと札を取ると、弥十郎は童をあやすように「お主は平和な時代に生まれておればよかったのう」と応じて、懐から出した紫の袱紗に包んだ。

「先生は釣りでもなさそうじゃ。どこへ行かれたか知らぬか？」

「先ほどここへ戻られ、藤木の屋敷へ行かれましたぞ」

三左衛門はとっさに思い付きの嘘を吐いた。

お互い様だ。和泉と仲直りする機会が作れれば、佳月との約束を果たせる。和泉もこんな男と金輪際つき合わぬほうがよいが。

「藤木とな？　らちが明かぬゆえ、和泉と談判される気か。面倒な真似を」

意外にも弥十郎は慌てた様子で「身どもの刀を知らぬか？」と騒いだ。

右衛門太が見つけ、座敷の刀掛けから取って差し出した刀を引っつかむと、山門を駆け出ていった。不用心な男だ。刀も帯びずに町を歩くとは。

「わしゃぁ、どうなっても知らんぞ、米多比殿。よほど気懸りなのであろう。弥十郎殿が走るなぞ、戦場でもめったにない話じゃ」

「二人が会うきっかけを作ったまで。佳月殿と約束をしたゆえ、やむを得ますまい。それにしても、薦野弥十郎とは何と無礼な男じゃ」

「弥十郎殿は、誰に対しても態度が変わらん。御館様（大友義鎮）に会うても、あんな調子じゃろうな。ふだんから愛想の良い御仁ではないが、たしかに変じゃったな。すまん」

右衛門太が頭をかいて謝る話でもないが、弥十郎が冷淡というより敵対的な態度を取る理由が三左衛門にはさっぱりわからなかった。

九

三左衛門はその後の顚末が気にかかり、ゆっくり歩いて藤木屋敷へ戻った。玄関で名乗ると、「お助け下さいまし」と、佳月が青い顔で飛び出してきた。

呑みすぎた和泉が庭で胃の中の物を吐いているところへ、弥十郎が駆け込んできたという。さっそく何やら口論になった。が、和泉は昏倒しそうになり、体を支えてやろうとした弥十郎に向かって胃中の物をかけてしまったらしい。二人は衣服を替えた後、口論を続けているという。

佳月に案内されて部屋へ行くと、睨み合う和泉と弥十郎の間に、皐月が割って入っていた。

「久しぶりに会われたのに、なぜ果し合いなぞと言う話になるのですか！」

「姫は引っ込んでおられよ。弥十郎は知恵が回りすぎだ。天下の奇才の見立てによると、この世で起こる不幸な出来事はあれもこれも、すべて俺が引き起こしておる勘定になるようだ」

和泉が口を尖らせると、弥十郎は片笑みを浮かべながら返した。

「武芸に身を入れすぎて学問を怠ると、人間の言葉も解せぬようになるのじゃな。心せねば」

「花札遊びが学問とは片腹痛いわ。ちょうどよい、酒肴に塾頭先生から、花合わせの極意でも御講釈たまわろうぞ」

和泉は悪酔いのせいで顔面こそ蒼白だが、弥十郎との口論を楽しむ様子さえかいま見えた。

「まだ呑む気か。吹けば飛ぶような鼠輩ばかりを相手に日々、武芸の稽古を重ねておわす師範代殿に言われとうはないな」

「もうおやめなさいまし。昔から思いますが、兄上も弥十郎どのも、よくもまあ、さように悪態ばかり次々と思い付くものですね」

佳月の介入を物ともせず、和泉が続けた。

「そもそもお前は何をしに参った？　失意の俺を嗤いにきたのか？」

「お主が姫の輿入れの件で、すっかり焼きが回ったと小耳に挟んだものでな。慰めの言葉をひとつくらい、かけてやらんでもないと思うて来たが、その気も失せた」

「お前の慰めなど、皮肉まみれの猛毒であろうが。こちらから願い下げだ」

弥十郎が言い返す前に、皐月が間髪を入れずに口を挟んだ。

「意地っ張りの弥十郎どのが、いかなる風の吹き回しでこちらにいらしたのです？　仲直りしたいなら、素直にそう仰いまし。どうせどちらも、同じくらい悪いのでしょう？」

「見山先生がこの屋敷に出向かれたと、そこの新参者から聞きましたのでな。大事があってはならぬと思うたまで」

弥十郎があごで三左衛門を指しつつ答えると、和泉が慌てて問い返した。

「待て、弥十郎。先生がまだ庵にお戻りでないと申すか？　昼さがりに、お山の上（本城）でお会いしたぞ。安武右京に会うと仰せであった」

「何と！　甘かったわ。先生に万一のことあらば、お主の責めぞ」

弥十郎と和泉が同時に立ち上がった。

事情の見えぬまま三左衛門も腰を上げた時、慌しく廊下を駆けてくる足音がした。

「いかがした、右衛門太！　まさか先生が？」

和泉は右衛門太の肩をひっ摑むと、嚙みつかんばかりに問うた。

右衛門太が汗だくで息を切らせながら、何度もうなずく。

「亡く、なられた……」

第二章　それぞれの主君

十

野田見山の葬儀の翌日、薦野弥十郎は馬の背に揺られながら、単騎、薦野の里へ馬を入れた。父の宗鎮に話があった。

立花城から薦野へ入るとき、まず目に映るのは、大根川の対岸、飯盛山に切り拓かれた敵方の砦、飯盛山城だった。薦野城は立花城から北東へ三里ほど、隣国宗像家との国境を守る要害である。いつか中国の覇者、毛利元就の将兵が大挙して立花城を攻める日が来れば、陸路を進む軍勢はこの里を蹂躙して進むに違いない。

馬上の弥十郎はたいてい思案をしていた。

見山の死で、立花家は大きく変わる。薦野家の立ち位置を宗鎮に確かめねばならなかった。だが、宗鎮に問うてどうなるのか。鑑光派の薦野家にとっては、いずれ必ず来るはずの手詰まりが、早く訪れただけだった。

もともと薦野と米多比は大内、大友の二大勢力が拮抗する境目を領し、一族も分裂して敵味方となった。一族の誰も覚えていない理由で、薦野家が大友方の立花家に従ってから、二百年余になる。

左手に飯盛山城を見ながらゆっくり馬を進めるうち、小高い丘に建つ小松岡の砦に着いた。馬を下りて、出迎えた家人に手綱を預ける。小松岡は平時に利用するが、常在戦場の薦野家の居館は、砦そのものであった。

人払いをして奥座敷で宗鎮と向かい合うと、弥十郎は挨拶もそこそこにまっすぐ本題に入った。

「父上。こたびの見山先生の急死、不審でござる」

「えてして不幸は続くものじゃが、見山先生は天寿を全うされたのではないか」

「過日お会いしたときは、矍鑠としておられましたが」

宗鎮は弱った顔をし、なだめるように苦笑を浮かべた。もともと痩身だが、近ごろさらに痩せた。骨ばった手で、意味もなく薄いあごひげをしごいている。

「お前もまさか、〈立花の二月〉が毒を盛ったなぞとは言い立てまいが」

見山は、藤木家から差し入れられた焼き餅をのどに詰まらせて亡くなった、とされている。

「和泉や二月はさような真似をいたしませぬが、藤木監物殿ならやりかねませぬ」

城から庵に戻った見山は、小腹が空いていたらしい。右衛門太に教えられて、皐月が届けた餅を平らげた。孫娘のように可愛がってきた二月の届けた餅を、見山が疑うはずもない。右衛門太が気付いたときには、縁側で息絶えていた。

「身どもは安武、藤木の仕業と確信しておりまする」

日田鑑載なる新参者が、立花家の養子として入筑して以来、家臣団は大きく、現当主の鑑光派と次期当主の鑑載派の二つに分かれた。

鑑光派は野田、米多比、薦野の三家を中心とする旧家臣団だった。対する鑑載派の中核は筆頭家老の安武右京であり、鑑載が召し抱えた素性も知れぬ腹心、藤木監物が鑑載を支えた。鑑光の長女を娶った婿の薦野宗鎮は、鑑光派に属しながら、両派の融和を試みてきた。祖父にあたる当主鑑光に可愛がられてきた弥十郎は、むろん鑑光派である。

鑑載による名跡継承は、大友宗家により押し付けられた既定事項だったが、五十四歳で病知らずの鑑光はあと十年、当主の座を退くまいと見られていた。両派の均衡が崩れ始めたのは、三年近く前である。

「先年の米多比越中守殿の戦死も、安武、藤木の仕業に相違ござらぬ」

「また、その話か」

宗鎮は苦々しい顔をして、味方しかいない城で辺りを見回した。

大友による秋月攻めは弥十郎の初陣で、師の野田見山と共に帷幄にあったが、米多比越中守元実の慮外の戦死には不審な点が多すぎた。

夜闇のこととて仔細は知れぬが、戦後、弥十郎が米多比の兵から事情を聴き、当時の軍勢の配置と動きを推測、再現したかぎりでは、元実が同じ鑑光派の野田兵庫助の部隊に殺害されたとしか考えられなかった。

見山と調べるうち、兵庫助が偽の伝令に誤導されて、米多比隊に攻撃をしかけたことが判明してきた。偽伝令の正体を突き止められず調べは行き詰まったが、鑑載派の工作に違いなかった。事が明るみに出れば、利用された兵庫助がかえって処断されるおそれがあったため、鑑光派としても、越中守戦死の件は闇に葬らざるを得なかった。いずれにせよ、鑑光派の中核であった越中守に代わって、大友宗家の意向を受けた米多比大学助が新たに立花の重臣となり、鑑載派に回ったのである。

「野田兵庫助殿の戦死も、同じにござる」

宗鎮は肯否を示さず、苦い表情を変えなかった。

昨秋の宗像との合戦では、右衛門太の父である野田兵庫助が命を落とした。

鑑光派の米多比家が切り崩され、さらに野田家が弱体化したことで、かねて取りざたされていた鑑光による禅譲の話も、いよいよ具体化し始めた。鑑載派が早期に実権を握るべく、政敵を排除するために外敵を利用したに相違ないと弥十郎は疑ったが、証拠がなかった。

「じゃが、宗像攻めはお前が軍師として差配したはずじゃ」

鑑光に仕える若き軍師として、帷幄で立花軍の指揮をとったのは弥十郎だった。だからこそ立花軍は、毛利の支援で数に勝る宗像軍を破り、勇将占部尚安の守る許斐城を攻略できたのだ。弥十郎が立案した作戦は、最後の詰め以外は完璧だった。予期した通りに宗像軍が動き、策は的中した。笑いを禁じえぬほどの勝利だった。だが最後の最後で兵庫助は、凱旋する帰路、伏兵に遭って殺害された。

もともと見山の卜定を警戒した弥十郎は、野田兵庫助を前線に起用しなかった。そのためせめて殿の名誉を野田に与えよとの安武右京の進言に、弥十郎も反対できなかった。

立花家の西を領するのは、反大友の原田了栄である。弥十郎も原田が長途、立花軍の背後を襲う事態はありうると想定していた。ゆえに殿を務める野田兵庫助に藤木和泉を伴わせて、原田の襲来に備えさせた。街道沿いに兵を伏しておき、原田勢が来ても撃退できるはずだった。だが、弥十郎に届いた知らせは、慮外の敗戦だった。原田了栄は動かしうるほぼ全軍で立花軍を屠り、兵庫助を討つや自城へ急ぎ戻った。最初から立花城を攻め落とす気などなかったわけだ。立花軍の正確な動きと伏兵の配置が、味方から原田に漏れたとしか考えられなかった。

鑑光派の野田兵庫助の戦死は、立花家を揺るがす政変だった。

兵庫助を守れなかった弥十郎は責めを感じ、見山と共に事の真相を調べ始めた。敵への内通者がいるはずだった。例えば安武右京の指図によるとの証拠が得られれば、右京を処断し、立花家に正道を取り戻せまいか。

だが、弥十郎の行く手に、藤木和泉が立ちはだかった。「この件にはもうこれ以上、立ち入るな」と介入してきた。原田家臣と密かに接触を図った弥十郎に対し、これ以上続ければ、内通の疑いで父の藤木監物に捕縛させるとまで言い切った。和泉は父には従順な男だ。事情を知った和泉が、見山と弥十郎の身を守るために警告してきたのだとわかった。

安武右京は目的のためには手段を選ばぬ策謀家だった。

弥十郎を陥れるついでに、和泉にまで嫌疑をかけて藤木家を潰し、立花家の全権を握ろうとするやも知れぬ。和泉を巻き込むわけにはいかぬ。警戒した弥十郎は喧嘩を装い、和泉と距離を置いてきた。藤木監物もまた、鑑載への忠烈ゆえに何をしでかすか知れぬ男だった。こたび鑑載派は、家中の鑑光派を一掃して鑑載に禅譲させるために、見山を手にかけたに違いない。見山の死により、鑑光派は最後の支えを失った。残された薦野家に何ができようか。

「わしとて真相はわからぬ。されど、弥十郎。すでに大勢は決したのじゃ」

蚊帳(かや)の外に置かれてきた宗鎮は実際、今回の件を含めて何も知らされてはいまい。

宗鎮はひと昔前まで、大友宗家との融和を使命とし、鑑光の意を受けて立派にその役目を果たしていた。若い頃、まだ幼い大友義鎮の近習となって偏諱を受けたうえ、大軍師の角隈石宗(つのくませきそう)におもねって、出家もせぬのに「宗」の字まで貰うほど、宗鎮は大友宗家に近かった。宗鎮の諱(いみな)には、薦野家の通字(とおりじ)である「時」の字さえ残っていない。だが、宗家との橋渡したる宗鎮の役割は、鑑載の登場ですっかり揺らいだ。宗鎮は能吏だが、謀略家ではなかった。安武との権力闘争に一方的に敗れた。

「隣の里に参った米多比父子は、宗家の回し者。家中に立花の忠臣は、わが薦野だけになり申した」

野田は力のない右衛門太が継ぎ、米多比には宗家子飼いの大学助、三左衛門父子が入った。米多比は利害の一致する鑑載派に最初から組み込まれている。滅びゆく古き立花家に仕える薦野にとっては政敵だった。薦野、米多比、野田の三家が、安武、藤木の二家に対抗してきた二派対立の構図は完全に崩されていた。

「われらは負けたのじゃ、弥十郎。米多比、野田の末路を見よ。薦野まで、滅ぶわけにはいかぬ」

悲しいかな宗鎮は二流の知略しか持ち合わせていなかった。

右京と監物は宗鎮を、時代の変化に乗り損ねた暗愚な忠義者としか見ていないだろう。鑑載派はこれまで、宗家との繋がりを警戒し、薦野にまで手を出さなかった。だが、今後はわからない。ゆえにこそ和泉は、弥十郎に警告してきたのだ。和泉とは心を通じ合わせていた。これまでの行き違いは、酒でも酌み交わせば、今宵にも「水」ならぬ「酒」に流せる話だったが、今回は違う。これは、政争だ。

「父上は殿（鑑光）を見捨てると、仰せにござるか？」

「若殿（鑑載）が立花を継がれるは、十年も前に定まった宗家のご意向じゃ。陪臣風情が逆らえようか。今の殿に、何ができる？」

そうだ。何もできぬ。弥十郎は血のにじみ出るほど唇をかんだ。

十年前、大友宗家は日田鑑載と安武右京の野心を利用して、鑑載を養子に送り込み、立花家を乗っ取ろうと目論んだ。見山、宗鎮ら鑑光派は、宗家の軍師角隈石宗の謀略に対抗しようとして敗れた。この政争は初手から負けていたのだ。野田兵庫助が戦死した時、弥十郎は右京を暗殺するよう、主君鑑光に何度も提案したが、「怖い孫じゃのう」と笑われ、相手にされなかった。今となっては、宗家と繋がる右京を消しても、逆に立花家が取り潰されるだけだ。

完全な敗北だった。弥十郎は戦場で敵に勝利することしか考えていなかった。まるで子供のように、戦での勝ちにこだわった。だが、安武と藤木にとって、合戦なぞうでもよかったに違いない。むしろ外敵を使って、内なる政敵を討つ好機ととらえ、見事に成功させた。老練な安武と藤木のほうが、若い弥十郎より上手だった。

弥十郎は口の中に血の嫌な味をたっぷりと感じた。

十一

立花城本城の二階にある一室を、梅の香を含んだ一陣の風が通り抜けてゆく。

藤木和泉はこの日、めずらしく素面(しらふ)だった。山上の城で日々政務に追われる父の藤木監物は、めったに城下の屋敷には戻らない。早朝、監物への面会を求めたが許されず、香椎潟の青を眺めるうち、日が高く昇ろうとしていた。

監物と会うために、昨日から酒を控えた。監物は優れた武人であり、厳格さは尋常でなかった。豪胆なはずの和泉でも、その姿を見ただけで、身がすくむ。和泉がこの世でただ一人おそれを感じる男だった。

監物が音もなく背後から現れた気配に、和泉は深々と平伏した。

「お前がわしを訪ねてくるとは、いかなる風の吹き回しじゃ」

呼ばれれば、ただちに参上するが、多忙の監物に己れの用事で面会を求めたのは二度目である。一度目は皐月姫の輿入れの件だったが、案の定にべもなく一蹴された。

父の監物を前にすると、背筋が自然と伸びる。丁重に挨拶した後、和泉は強敵と立ち合う時のように、丹田に気を集中させた。

和泉は脇に置いていた風呂敷包みをほどくと、ひとつの鉢植えを黙って監物に差し出した。鉢植えには、小指ほどの太さの枝が一本、ぶざまに突き刺さっている。それに交差する形で、細い柳枝が斜めに刺さっていた。何の美も感じられぬ鉢だ。

「父上、この鉢木は、野田見山先生最後の作品にございまする。不思議な物を見つけたと右衛門太より聞きましたゆえ、家中で諍いの種とならぬよう、密かに持ち帰りましたる次第」

監物は穢れた物でも見るような眼で、何の変哲もない鉢を見下ろした。見山には鉢木の趣味があって、老後は暇に任せてのめり込んでいたが、最低の出来栄えである。

「ふん、謎かけのつもりか」

「見山庵の小さな庭には今、梅花が咲き誇り、芽吹き柳が風に若葉をそよがせておりまするが、いずれにも、枝を刃物で切った痕がござりました。『柳刃』とも申しまするゆえ、柳枝は剣の代わりに鉢に挿されたもの。父上なら、これが何の意味かお分かりのはず」

「この冴えぬ趣向が剣梅鉢、安武の家紋を指しておるわけか」

和泉はうなずくと、監物ににじり寄って、さらに声を落とした。

「父上が見山先生に死を賜ったのは、安武右京殿の指図にございまするな?」

監物は答えず、無表情のまま無粋な鉢を片手で持ち上げた。

「三年前の米多比越中守殿の戦死も、昨秋、野田兵庫助殿が討ち死にされたのも、偶然とは思えませせぬ」

昨秋、立花家の若き軍師、薦野弥十郎が立案した一見完璧な策は、大勝利を収めて帰還する途中で突然、破綻した。和泉は当初、弥十郎の読みの甘さゆえに、最後の詰めを欠いたのだと思い違いしていたが、どうやら話には裏があると気付いた。

立花家は今、南以外の三方を毛利方に囲まれていた。もちろん弥十郎も、博多津を挟んで立花の西を領する原田了栄の動きを警戒し、物見を放っていた。

だが、原田勢は弥十郎が巡らせていた厳重な警戒網に掛からず、立花方に知られぬまま、立花領に侵攻した。結果、凱旋してきた立花軍最後尾の野田勢は、原田の伏兵に奇襲された。弥十郎の用意していた伏兵攻撃は不発に終わり、和泉が救援に駆け付けた時には手遅れだった。何とか寡兵で敵を撃退したが、兵庫助は討ち死にした。原田との国境には安武家の貝津城があり、弥十郎もその一帯の警戒を安武家に任せていた。貝津城はなぜ原田の動きに気付かなかったのか。敵が夜陰に紛れて進軍してきたからだと右京は抗弁したが、和泉にも信じられなかった。安武が立花領に原田を引き込んだと見ていい。

「また、薦野の小倅の当て推量か？　あの半人前は黙らせよと、忠告しておいたはずじゃが」

「弥十郎ではございませぬ。それがしの考えにすぎませぬ」

監物は満足げにむしろ笑みさえ浮かべた。

「成長したな、和泉。そこまで読めておるなら、話は早い」

監物は決して過去を語らぬが、主君鑑載と共に苦難の人生を歩んできた。そのおかげで今の和泉は生かされている。

弟の鑑載に殺された兄の日田親将には、平島主水亮なる腹心がいた。平島は親将を唆し、日田領で家臣の土地を押領するなど、散々に悪事を働いた。だが、悪政ゆえに大友宗家の討伐軍に攻められるや、平島は命惜しさに親将の実弟である鑑載をたぶらかして、実兄の主君を殺させた。立花家中では、鑑載を直接責められぬため、代わりに平島にすべての罪を被せて謗った。平島は自害して果てたと伝わるが、実は今も、名を変えて生きながらえている、それが藤木監物なのだと噂されていた。

十二年前、平島主水亮は妻子らを連れ、大友宗家に明け渡された城から落ち延びた。逃亡生活の無理が祟って、妻は間もなく病を得て身まかった。名もなき野辺にその遺骸を弔ったとき、主水亮は父として見せる、おそらくは生涯最後の微笑みを浮かべながら、二人の子に告げた。

――これから父は悪鬼となる。名も、人の心も、捨てる。お前たちも覚悟せよ。

あの日を境に、優しかった父は変わった。言葉通り鬼と化して今、和泉の目の前にいた。和泉は父の素性を知っているが、親友の弥十郎にさえ語ったことはない。

監物はぼろ鉢をことりと下に置くと、顔の表面だけで嗤った。

「われらは勝った。立花はすでに若殿のものじゃ」

鑑載は監物の知恵を使い、安武の力を利用して、立花家を手中に収めつつあった。

「父上、なにゆえかくも事を急がれまするか。殿もいずれ、当主の座を若殿にお譲りになりましょう。それまで待つことはできませぬのか？」

和泉も弥十郎と同様、主君鑑光が好きだった。名君と言ってよいはずだが、鑑光は何の咎もなく廃されようとしている。

和泉は、弥十郎の身を案じてもいた。弥十郎との喧嘩は、昔と異なり、政における立場の違いに由来していた。見山と弥十郎は昨秋来、鑑載派を失脚させる内通の証拠を摑もうと、毛利方の原田家に秘かに接触していた。危険すぎる試みだった。弥十郎は花札遊びをしたり、呑んだくれて放蕩を装っているが、和泉は実際、父の監物から「見山と薦野の小倅が捨て置けぬ真似をしておる。死なせとうないなら、やめさせよ」と警告された。ゆえに和泉はやめるよう二人に忠告した。そもそも鑑載派の背後には大友宗家があり、大軍師の角隈石宗がいた。薦野、野田のごとき陪臣が立ち向かって敵う力ではなかった。

「いずれお前にも、若殿からじきじきにご沙汰あるはず。すべて若殿のおんためと心得よ」

逃亡生活ですっかり無口になった監物は、必要な言葉を短くしか告げなかった。和泉の問いにすべて答えるともかぎらない。

「見山は自ら進んで、古き立花家もろとも旅立ったのだ。主君の命と引き換えにな」

父ながら監物は非情な男だった。やはり監物と右京は、鑑光の助命を条件に、見山に死を促したのだ。

「殿は近く仏門に入られよう。若殿のもとで、立花家は新しく生まれ変わる。されば、皐月姫の件はあきらめよ。安武家は今や若殿と一心同体ゆえな。さてと、談合の刻限じゃ」

立ち上がって去ろうとする監物に向かって、和泉は「父上」と両手を突いた。

「姫は、諦め申した。されど一つだけ、願いがござりまする」

「ほう」と見下ろす監物の意外そうな表情を、和泉は哀願するように見た。

「弥十郎と右衛門太にだけは、手をお出しくださいますな。さもなくば――」

息子が発した思いがけぬ言葉に、監物の眼が見開かれた。

だが和泉は、ひるまず見返す。

米多比、野田が安武の軍門に降った今、主だった家臣で従わぬ者は、薦野父子だけとなった。戦場で瀕死(ひんし)の野田兵庫助の最期(さいご)を看取(みと)ったのは和泉だった。右衛門太を頼むと遺言されてもいた。和泉が特訓の名目で右衛門太を藤木屋敷に張り付けているのも、野田を藤木の跡取りが守るとの強い意思を、世に、いや誰よりも父の監物に示すためだった。

「畏れながら、たとえ父上でも、承知いたしませぬ」

和泉は勇気を振り絞って言ってのけた。監物に反抗したのは初めてだった。

「弱き者が牙(きば)を剝けば、強き者の命取りにもなる。されば、役立たずの野田を屠って、藤木が所領を得る腹積もりであった。藤木が力を持ったほうが立花のためになるゆえな」

「野田には、藤木の言うことを聞かせまする。何とぞ！」

父と睨み合った。昔から世話の焼ける右衛門太は、和泉が守ってやらねばならなかった。

「野田の洟垂(はなた)れは助けてつかわそう。薦野宗鎮は忠義者じゃが、阿呆ではない。すでに負けを悟り、膝を屈しておるゆえ、捨て置いてもよい。されど、薦野の小倅だけは別じゃ。無頼を装って小賢しい真似を続けておる。何よりあやつは古き立花の血を引いておるゆえ危ういのじゃ。捨て置けば、新しき立花に害をなす。諦めよ」

和泉は去ろうとする監物の着物の裾に、必死で取りすがった。

「父上、お待ちを！　弥十郎には金輪際（こんりんざい）、軽はずみな真似はさせませぬ」

「ならぬ。近いうちにあやつには、謀叛の疑いをかけ、首を刎（は）ねる手筈（てはず）になっておるでな。すでに宗家にも立花家中の不穏な動きを伝えてあるのじゃ。今さら話の筋は変えられぬ」

「弥十郎が死を賜るなら、それがしも腹を切りまするぞ！」

和泉の必死の懇願に、監物は顔色を変えた。

「ほう。わしに従えぬと申すか？」

「はっ！　畏れながら」

和泉は両手を突いてはっきりと言い切った。全身から冷や汗が噴き出している。

監物の強烈な視線をまともにくらったが、正面から受け止めた。監物には駆け引きなど通用せぬ。本当に死んで見せるつもりだった。和泉には、己が命しか賭けられる物がなかった。監物とて人の親だ。わが子を失いたくはあるまい。

睨み合った。

真剣勝負の気迫がぶつかりあう。

視線を逸らしたら、負けだ。まばたきもせぬ。眉間を射抜くように見た。

やがて監物は、にわかに顔を緩めてうなずいた。

「よかろう。戦には使える男ゆえ、お前に免じ、こたびは大目に見てやろう」

「ありがとう存じまする！」

和泉は何度も深々と頭を下げた。

監物は腕組みをして香椎潟を遠く見やりながら、

「じゃが、薦野の小倅を生かすなら、ちと荒療治をせねばならんな」

とつぶやいて、そのまま立ち去った。

安堵に胸を撫(な)でおろし、平伏した和泉が顔を上げたときには、監物の姿はなく、梅花の香りを乗せた風が舞い込んでいるだけだった。

やはり登城して正解だった。

監物と直談判(じか)しておかねば、次は弥十郎の葬儀に参列せねばならぬところだった。

また風が強くなってきた。主を失った見山庵の梅はずいぶん散っているだろうと、和泉は思った。

十二

薦野弥十郎の主君立花鑑光(あきみつ)は、満開の梅花の枝を寄せて香りを嗅(か)ぐと、満足した様子で小さくうなずいた。

野田見山の葬儀の翌日から、鑑光は大友義鎮の命で、藤木監物を伴って府内へ出向いていたが、昨夕戻った。薦野城へ使いがあり、弥十郎は父の宗鎮と一緒に、立花城に参上した。鑑光は見山を共に偲びたかったのか、薦野父子に同道させて、見山庵を訪った。

「餅で亡くなるとは、お師も最後まで、人を食ったような御仁であったな」

鑑光はときどき右目だけが二重になって、目の大きさが左右で変わる日があった。微笑むとどちらの眼もさらに細くなり、線になって消えてしまうのだが。

庭から部屋へ上がると、鑑光は「まだこれを使っておわしたのか」と、見山の文机を愛おしそうに撫でた。傷だらけの文机には、傅役であった見山との想い出がいくつも刻まれているに違いなかった。

鑑光は近ごろとみに髪に白い物が交じってきたが、体はいたって壮健である。若年で立花家を継いだ日から、大友のために筑前の要衝立花城を守り抜いた。筑前国では、大内とこれを継いだ毛利と大友の狭間で、小勢力が離合を繰り返してきた。その筑前を生き抜いた力量は、もっと評価されていい。昨秋の戦までは、若い者には負けぬ、六十歳までは立花を守ると元気に公言していた。だが、短時日でひどく老け込んだ気がする。

「先生はまことに、人騒がせなお方にございました」

今日は一段と寡黙な宗鎮に代わって、弥十郎が相槌を打った。

「見山は己れを超える逸材じゃと、つねづねお前を褒めておったが、学問のほうは進んでおるか？」

鑑光にとって弥十郎は初孫で、己が血を引いた唯一の男児であった。ゆえに生まれた時から可愛がり、襁褓も手ずから取り替えたと聞いている。鑑光は、鑑載が養子として入るまでは、弥十郎を後継者にと考えていた節もあった。

「兵学はとうに修めましたゆえ、近ごろはお師と共に運命の理について学んでおり申した」

「その若さで運命を識るとは、末恐ろしいのう」

鑑光は愉快そうに笑ってから真顔に戻って付け足した。

「余は一度、戦場で死にかけた覚えがある。戸次鑑連殿の援軍が来ずば、とうに死んでおったわ。されど、長生きも考えものじゃな。余は良いおりに死にそびれたのやも知れぬ。運命とはついに分からぬものよ」

鑑光は居住まいを正し、畏まる蔦野父子に軽く頭を下げた。

「そちらには世話になった。が、そろそろ潮時であろう。立花家は若い者たちに任せ、余は隠居することとしたい」

弥十郎は唇を噛んだ。追い詰められた末の隠退だ。

立花の軍師を名乗りながら、主君を守れなかったではないか。

鑑光には娘が二人いた。長女は子飼いの忠臣薦野宗鎮に嫁いだ。弥十郎の母だが、弥十郎の出生と引き換えに命を落とした。鑑光が弥十郎を特に可愛がったのは、娘に生き写しの孫だからだと聞いた覚えもある。

毛利の前身である大内と大友が一時和睦した際、鑑光は大友宗家の命で次女の常盤を博多の西、高祖城を本拠とする原田了栄の弟に嫁がせた。ところが、ほどなく原田は大友と手切れとなった。鑑光は宗家の命で、常盤の嫁いだ支城を攻め落とし、夫を死なせた。乱世の習いとはいえ、鑑光は心ならずも、娘の人生を弄んだ結果となった。

「弥十郎よ。宗家の意向ではあったが、余は鑑載をわが後継と定めたのじゃ。もとより時が来れば、あの者に立花を委ねるつもりであった。少し時が早まっただけじゃ。父祖貞載公以来、二百三十年続いた名門を絶やしてはならぬ。立花家と常盤をくれぐれも頼む。そちらだけが頼りじゃ」

出戻った常盤は、鑑載の立花入りに伴い、その正室となった。子はまだないが、おそらくは生まれまい。常盤は石女（うまずめ）だと噂されている。先夫はそれでも常盤を愛したが、立花軍によって征討された。鑑載が親善を養子としたのも、常盤が子を産めぬと知っているからだ。

政争の具とされた娘へのすまなさも手伝ってか、鑑光は目に涙を浮かべていた。

「畏まりまして、ございまする」

弥十郎と宗鎮は、同時に深々と平伏した。

†

鑑光と宗鎮はそのまま登城し、弥十郎は見山庵に一人残された。

春日が縁側にやわらかな陽だまりを作っている。

弥十郎はごろりと横になった。

見山は何も言い残さずに世を去ったが、見山の死は古き立花家の終焉（しゅうえん）を決定づけた。その意味では、鑑光と弥十郎に矛（ほこ）を収めよとの道を示して、見山は逝（い）ったのやも知れぬ。弥十郎の力が足りなかった。

無念の思いで、涙がこみ上げてきた。

「ご免」と若い声がした。

「薦野殿、お話があって参り申した」

米多比三左衛門とやらは、どうも間の悪い男のようだ。

「明日にしてくれぬか。身どもは今、忙しい」

弥十郎は寝転がったまま、顔も上げずに答えたが、なお近づいてくる気配がした。

「失礼ながら、拝見したところ、お忙しそうには見えませぬが」

「お主の眼は節穴か。見ての通り、身どもはこれから午睡する。至福のひと時をお主に奪われる筋合いはなかろう」

瞼を閉じていても、三左衛門が影を作ったのがわかった。

「実は藤木屋敷で見山先生をお偲びせんと、ささやかな酒食が用意されてござる」

「無用じゃ。そもそもお主は、先生と関わりあるまいが。昼寝の邪魔をせんでくれ」

「それがしは佳月殿に言われて、薦野殿をお誘いに参ったもの」

餅を差し入れた佳月と皐月は、見山の死に対し、責めを感じているはずだ。慰めてやらねばと思った。

「ちなみに立花城に秘蔵しておいた『小田の練貫』があるとか。皐月姫からの伝言でござる」

小田屋の酒蔵で造る練貫の馥郁たる香りに、ひとたび鼻をくすぐられると、他の酒が呑めなくなる。博多津が焼けた今では、幻の酒だった。

「世に残る練貫は、和泉がすべて呑み尽くしたと思うたが、残っておったか」

身を起こすと、三左衛門が白い歯を見せて笑っていた。

邪険に扱っているつもりだが、しぶとい男らしい。鑑光派が消滅する以上、同じ主君に仕える朋輩となるわけか。

弥十郎が三左衛門を嫌う理由はいくつもあった。会って接してみて、純朴誠実そうな人柄には好意を持った。だが、それは関係ない、会う前から嫌うと決めていた。

米多比家を継ぐべく送り込まれた大学助は、大友宗家の犬に他ならぬ。弥十郎は、国主の大友義鎮とは面識がないが、好きでなかった。義鎮は国主になって間もないころ、家臣の妻に横恋慕したあげく一族郎党を鏖殺し、己が側室とした。ただ一人の男の邪欲のために、国都府内が焼けた。その一事で器が知れるではないか。

西の大友、立花鑑光のほうが、はるかに名君だ。義鎮から偏諱をもらうなど虫唾が走る。ありがたく「鎮」の字を諱に頂いている父の宗鎮や、三左衛門などの気が知れなかった。それに何より、見山の卜定によれば、弥十郎にとって三左衛門は、看過できぬ凶運を持つ男だった。

「では、参りましょうぞ、薦野殿」

実直そうに見えるこの若者が、後に立花家を滅ぼすのだ。

十三

三左衛門は立花山を駆け下り、新たに調達した練貫を手に藤木屋敷へ戻った。

座敷に入ると、和泉と弥十郎が剣呑な空気を部屋じゅうにみなぎらせていた。三左衛門が出る前、二人は視線も合わせずにひたすら酒を呑み続け、他方、皐月と右衛門太が他愛もない与太話に花を咲かせていたはずだった。

「和泉には、美酒を一番まずく呑む方法をしかと教わった。反りの合わぬ人間と酌み交わすことじゃ」

「同意見だな。たとえ大友と毛利が和睦しても、俺とお前は折り合えまいて」

「合うのは酒の好みだけで、好物の握り飯まで違うからな。立花三傑の筆頭が、珍しい食い物だからと、にゅるにゅるした松露(しょうろ)なんぞを重宝しておる醜態は、立花のために、何としても世に隠し通さねばならん」

「ふん、あの松の香の良さもわからぬ人間に大事を任せておるとは、立花も危ういのう。糞(くそ)みたいな干し味噌を飯に放り込んで喜んでおる輩(やから)が、立花の軍師を務めておると世に知られた日には、狂喜した敵が大挙押し寄せて来よう」

　和泉は松露の、弥十郎は干し味噌の握り飯が、大好物であるらしい。

「お主と与太話を続けておれば、そのぶん大事な午睡の時間が減る。時と場所を決めよ。身どもは午睡の合間がよいぞ」

「俺はまだ右腕が完治せぬゆえ、お前を捻るにはちょうどよい時分だ」

「せっかくのお席で、お二人ともおやめなさいまし。見山先生が悲しまれましょう」

　佳月が間に入ったが、向かい合う和泉と弥十郎は、黙然（もくねん）と酒を呷るだけである。

　もともと今日の寄合は、三左衛門が右衛門太と相談して仕組んだ。

　見山を偲ぶなら、和泉も弥十郎も、断れまい。佳月と皐月は見山死去に関わった負い目か、元気がなかった。若い衆が集い、呑んで騒げば、気も紛（まぎ）れようと考えた。

　だが、裏目に出たらしい。

　三左衛門も見山の死後、父の大学助から種々話を聞いて、立花家中の内情を弁（わきま）え始めていた。和泉と弥十郎は友であっても、立場が決定的に違った。和泉は鑑載に、弥十郎は鑑光に絶対の忠誠を誓っていた。それぞれの主君が相争うなら、たとえ親友であっても、敵味方に分かれねばならぬ。今も、酔いに任せて政を論じていたのだろう。

「さあ、酒を調達して参りましたぞ」

火に油を注ぐやも知れぬが、三左衛門は二人の間にドンと、練貫の小樽を置いた。

二人が競うように練貫を呑み干したため、和泉の指図で立花城の蔵まで、わざわざ取りに行かされたのである。和泉も弥十郎も酒肴（しゅこう）にはいっさい手を付けず、ひたすら呑み続けたせいで、目が据わっていた。話題を変えて逃げたところで、解決はすまい。当たって砕けるのが、三左衛門の持ち味だ。単刀直入に尋ねた。

「ご両人はいったい何を議論されていたのでござるか？」

「全くばかばかしいのです。たかだか午睡の話で、果し合いとは」

ため息混じりの佳月の説明に、三左衛門は拍子抜けした。

「米多比三左衛門とやら。お主は府内にあって国主に仕え、また、かの軍師角隈石宗（つのくませきそう）の私塾で、兵学を修めたと聞いた。されば物事の道理を多少は弁えておるはず。よって、尋ねる。昼寝は一刻（とき）じっくりとすべきか、それとも四半刻ずつ分けて、別の時にすべきか」

弥十郎が真剣に立ててきた問いに、三左衛門は呆れた。

この二人は、さようにどうでもよい話題で口論していたのか。和泉はと言えば、盃を片手に三左衛門を睨んで、答えを待ち構えている。

「それがしは夜たっぷり寝ますゆえ、午睡をいたしませぬ」

「三左、つくづくお前はつまらん男だ。話にならんぞ。破門も考えねばならん」

「和泉もまれに正しいことを言う」

「お待ちくだされ。午睡をせぬ者は、つまらぬのでござるか」

「つまらん」と、異口同音に答える二人に、三左衛門はむっとした。

なぜ眠くもないのに、午睡をせねばならんのか。酔っ払いが絡んでいるだけだ。

「弥十郎どのは器用に立ち寝までなさるとか」

「姫も慣れれば、できまするぞ。馬上でも落馬せぬよう、鍛錬を積んでござる。極めれば戦でも役に立つ技じゃ」

「弥十郎どのは、お殿様の御前でさえ居眠りをなさるとか。和泉どのが時どき起こしてあげても、よだれを拭ったら、また寝てしまうそうですね。まったく無茶苦茶なお人ですこと」

容赦ない皐月の毒舌に、弥十郎は反駁した。

「身どもや和泉の出る合議なぞ、七、八分がたはどうでもよい話でござる。鼻の先にくっついたのに気付かず、取り損ねておる鼻くそのようなものじゃ」

下品な物言いが弥十郎という男には似合う。

弥十郎はヒッと、しゃっくりを始めた。

「合議中に身どもが休みを取っておるのは、つまらぬ話をしておる時のみ。大事な話になれば起こすよう、和泉に言うてござれば、何の差し障りもござらん」

「お前はしっかり午睡をせぬから、居眠りしてしまうのだ」

「されど、弥十郎どのは昔から夜通し学問をされて、褥さえお敷きにならぬではありませぬか。それでは眠いのも、致しかたございますまい」

佳月らしく助け船を出してとりなしたが、弥十郎にはおよそ夜、横になって眠る習慣がなく、ずっと起きていて、眠くなれば居眠りする生活を続けているという。縁側で猫のように横になっていた弥十郎の姿を思い浮かべ、三左衛門はわずかだけ、敬意を抱いた。

「それはぜんぜん違うぞ、佳月。近ごろの弥十郎は、学問にかこつけて花札で遊んでおるだけだ」

「万人に酒が入り用なこの憂き世から、酒という酒を駆逐する勢いで呑んだくれておるお主に、言われとうはないな」

「姫もご記憶あろう。弥十郎は俺と姫が結ばれると占っておったが、見事に外れた。うっかり弥十郎なんぞを信じてしもうた俺が阿呆であった。三左、覚えておけ。弥十郎の占いは半分だけ当たる。さような占いなら、俺でもできるがな」

和泉が悪口を叩くうちも、弥十郎は次々と盃を空けてゆく。

「弥十郎、呑みすぎだ。控えい」

「幻の酒など、次にいつ呑めるかわからぬ。阿呆殿が嘆いておる間に、呑むに限る」

和泉は、弥十郎の身ではなく、練貫の心配をしているらしい。

「ときに右衛門太どのは、どうしたのでしょう？」

佳月が話題を変えると、皐月が笑った。

「また、厠にでも閉じこもっておられるのではありませぬか」

酒が弱いくせに宴会の好きな右衛門太は、調子に乗って呑みすぎて、よく腹を壊したり、戻したりするらしい。

「弥十郎。右衛門太がどこへ行ったか、得意の花札で占ってみてはどうだ？」

「占筮(せんぜい)など用いるまでもない。お主のことじゃ、さしずめ先生の漬けられた梅干しを見山庵に取りにやらせたのであろう。じきに戻る」

「図星だ。さすがは立花が誇る大軍師よ。お前がおれば、立花も三日ほどなら安泰であろうな」

和泉の言葉が終わらぬうち、屋敷の玄関が慌しくなった。

「た、大変じゃ！　殿が、殿が――」

バタバタと戻った右衛門太は、突き出た腹を抱えながら、肩で息をしていた。汗だくだ。この男は太っているために、少し動いただけで大汗をかく。

「うろたえるな、右衛門太。殿が隠居なさる話は、じきじきにお聞きした」

弥十郎のたしなめるような声に、右衛門太は泣きべそをかいたように、何度もかぶりを振った。

「殿がお城で、お腹を……召されたそうじゃ」

第三章　敗残の知将

十四

薦野の里をしっとりと煙らせている春雨の冷気は、小松岡砦にも伝わってくる。

「父上。宗家に讒言した者は、安武、藤木以外におりますまいが」

薦野弥十郎の非難にも、父の宗鎮はうつむいたまま、首を横に振るだけだった。

弥十郎は昨夜、冷たくなった主君立花鑑光の遺骸に取りすがった。みじめになるゆえ泣くまいと思っていたが、意思とはかかわりなく、嗚咽が漏れ出た。鑑光はすでに隠居の身であったと扱われ、その謀叛も表ざたにされず、密葬だけが許された。

鑑光の死は恥辱にまみれていた。

冤罪だった。抗議の自害ともいえた。

毛利方の原田了栄（はらだりょうえい）との内通の疑いである。大友宗家に対し、国都府内で申し開きをしたものの認められず、再度の出頭を求められた。外敵である宗家を利用した鑑載（あきとし）派の陰謀だと察しがついた。鑑光はいくらでも弁明できたはずだが、安武、藤木が讒言（ざんげん）で外堀を埋めていたのであろう。もともと宗家は、立花家を乗っ取らせる肚（はら）で日田鑑載を送り込んだ。最初から鑑光の弁解を受け入れる気などなかったろう。

弥十郎は主君を奪われた口惜（くや）しさと己れの不甲斐なさに歯軋（はぎし）りした。鑑光派の将を失い、恩師見山の死から十日もたたぬうちに、肝心の鑑光を奪われた。偉そうに立花の軍師を名乗りながら、弥十郎はやられっ放しだった。

「父上は立花と大友、いずれに忠誠を尽くしておられたのでござるか？」

今さら父を責めたとて、鑑光は戻らぬ。

甘かった。弥十郎は鑑載派がかくも非情な真似をするとは考えていなかった。たしかに鑑光が一度出家しても、還俗（げんぞく）して再び家中で力を得るやも知れぬ。万一に備え、打てる手をすべて打ったわけだ。鑑載派は最初から、鑑光派の息の根を完全に止める肚だったに違いない。

「わからぬか、弥十郎。殿は腹心を原田に遣わしたかどで、腹を召された。お前に累（るい）が及ばぬよう腹を召されたのじゃ。救われた命、ゆめゆめ粗末にしてはならぬぞ」

そんなことはむろんわかっている。

安武の内通の証拠をつかむために、見山と弥十郎は原田家臣とひそかに接触してきた。この動きは、裏で原田と繋がる右京の知るところとなり、知りすぎた見山がまず始末された。右京はこの件をさらに利用した。原田との内通を疑われた鑑光は、孫である弥十郎の命と引き換えに、事件の幕引きを図ったのだ。

見山庵で梅の花を一緒に見たとき、鑑光も宗鎮も、その後の切腹をすでに知っていたわけだ。鑑光は別れを告げるために、弥十郎を呼んだのだった。

なぜ気付かなかったのか。

いや、謀略を知ったところで、弥十郎に何ができたろう。何と役立たずの忠臣か。

宗鎮は大きな息を一つしてから、居住まいを正した。

「亡き殿は慈悲深きお方であった。大友宗家に遺恨を持つでないぞ」

弥十郎は音を立てて歯軋りした。いったい正義はどこへ行ったのだ。

「亡き殿のご遺志を継ぎ、立花は一つにまとまらねばならぬ」

鑑光の死により鑑光派は完全に消滅し、立花は一つになった。

事を荒立てて下手人を割り出したとして、それが鑑載や安武であったと知れた場合、大友宗家はどう出るか。角隈石宗（つのくませきそう）あたりの謀略で、今度は鑑載を切り捨て、立花家を滅ぼしにかかるだろう。鑑載の正室は鑑光の娘だ。鑑光も悲しむに違いなかった。

「こらえよ、弥十郎。薦野の家も守らねばならぬのじゃ」

もう鑑光は死んだのだ。今さらできることは何もなかった。

「弥十郎よ。この件、これより立ち入るな。されば悪いようにはせぬと安武殿は仰せであった。藤木殿とも、過去のいきさつは忘れ、新しき立花のため、共に力を尽くさんと話をした。喪が明け次第、佳月殿が当家に輿入れする。大評判の立花小町じゃ、異存あるまい」

宗鎮の言葉をさえぎるように席を立った。

裸足のまま、雨の降りしきる庭へ飛び出した。鑑光は武芸が不得手だった。昔、薦野の里を訪れた鑑光が、弥十郎に稽古を付けてくれた庭だった。鑑光は武芸が不得手だった。幼い弥十郎がわざと負けているのにも気付かず、何度も稽古を付けてくれた。

この世は無情だ。名君だった立花鑑光も、歴史の狭間へ消えてゆく。

皆はすぐに、弥十郎もいつか、鑑光の想い出を失ってゆくだろう。この日の雨が散らせた、無数の梅花のように。

弥十郎は雨の下、天に向かって無念の雄叫びをあげた。

十五

数日続いた長雨を悔悟したかのように、立花城下の春空は天涯まで突き抜けるように青い。

藤木和泉は屋敷の縁側に寝転がって、ゆったりと浮かぶ数片の雲を見上げていた。

稽古場からは、三左衛門が子弟に稽古を付ける元気な声が聞こえてくる。

三左衛門の教練はなかなか上手らしく、子弟はめきめき強くなった、右衛門太も絶賛している。

近ごろの和泉は、酒を自粛していた。

煌めく才はないが、鑑光は立花を立派に治め、守ってきた。鑑光は口の悪い弥十郎にも皮肉られない、めずらしい人物だった。密葬の場で涙していた弥十郎の心中を慮ると、不憫でならなかった。今ごろ薦野城で、酒浸りの日々でも送っているのだろう。

弥十郎に酒を教えたのは、和泉だった。

まだ元服前の話だ。いつもの五人で、薦野城で呑んだ。宗鎮が立花城の勤番に出ているのをよいことに、蔵から酒樽を持ち出した。皐月は不味いと顔をしかめ、佳月はひと口味わっただけ、右衛門太もしきりに首をひねっていた。弥十郎とて、苦いだけで少しも美味いと思わなかったはずだが、大人ぶって「美味い、美味い」と繰り返し、和泉と呑み比べをするうち、二人とも気を失った。

弥十郎は和泉と違って、昔から感情を表にあまり出さぬ男だった。だがつき合ううち、ふてぶてしいほど冷静に見えて、内心には激情が流れているとわかった。

十年前、父の藤木監物が召し抱えられると、和泉は見山老師の私塾と安武家の稽古場に通い始めた。ほどなく右衛門太と呼ばれる小太りで、気弱な童への陰湿ないじめに気付いた。稽古の後、いつも笑顔の右衛門太と一緒に井戸端で水をかぶったとき、和泉は色白の肥えた体のあちこちにある青あざに気付いた。仲間はずれを恐れてか、いじめに黙って耐える右衛門太の作り笑顔が不憫だった。ある日、悪童たちの後をつけてみると、原上の原っぱで「荒稽古」と称して、右衛門太を袋叩きにしていた。安武家の長子で元服したての民部が首魁で、立花家中の子弟たちを子分に従えて、先頭に立っていじめていた。

和泉が止めに入って右衛門太に味方したために、今度は和泉が攻撃された。

もともと「和泉」の名は、父の監物が慕う人物から取って名付けたと聞いているが、受領名の「和泉守」に由来する通称だから、幼名としては変だ。立花家重代の家臣たちからすれば、監物はどこの馬の骨とも知れぬ新参者だった。ちょうど民部が、若年ながら家中で正式に民部少輔を名乗り始めた頃で、和泉が童のくせに、それも馬の骨の子でありながら、受領名を名乗るのは生意気だと、攻撃してきたのである。

和泉は意に介さなかったが、堪えたのは父への悪口だった。子らの関心は、突然召し抱えられた藤木監物なる人物が、実は鑑載の悪名高い「兄殺し」を唆した佞臣、平島主水亮ではないかという噂の真偽だった。民部たちは何とかして、和泉に「真である」と白状させようとした。悪童仲間から抜けられぬ右衛門太に囃し立てさせたときもあった。

使いっ走りの右衛門太が、勝ち気な和泉に民部からの果たし状を突き付け、刻限を決めて落ち合う。場所は原上の原っぱだ。負けず嫌いの和泉は必ず応じた。年長の悪童たちは、決して涙を見せずに全力で手向かってくる和泉の懸命なあがきを面白がった。当時の和泉はまだ身体も小さくて弱かった。毎日の喧嘩で体じゅうが傷だらけになったが、武士の子としての誇りが和泉にもあった。子どもの喧嘩は、子ども同士でけりを付けるべきだと考えていた。

その日は雨上がりの五月晴れの日だった。

和泉が見山庵を出て屋敷へ帰ろうとすると、右衛門太に呼び止められた。喧嘩慣れして強くなった和泉の激しい抵抗に、民部たちも痛い思いをするようになり、辟易していたらしい。数日前に休戦を申し入れられ、和泉も応じていた。昨日は心にもない悪態をつかされてしまったと謝る右衛門太を赦して、唐ノ原川で鮒をいっしょに捕まえて遊んだ。

この日は、右衛門太が野苺の採れる場所を教えてくれると言う。土産に持ち帰れば、佳月と皐月が喜ぶと思い、和泉が従いて行こうとしたとき、どこからか声が聞こえてきた。

「やめておいたがよかろうな。今日は手の込んだ作戦を考えておるぞ。青柳の山にムカデがわんさか出る時分じゃ。死にはせぬが、悪ガキのいたずらではすむまい」

辺りを見回したが、唐ノ原川沿いには、鮮やかな緑を帯び始めた柳の枝がそよいでいるだけである。「上じゃ」の言葉に顔を上げると、見覚えのある少年がいた。頭でっかちで、偉そうに風折烏帽子を被って腕組みをしていた。いつも退屈そうにしており、見山の私塾ではひたすら居眠りをしている少年だった。誰ともほとんど口を利かないから、名も知らぬ。それでも「果し合い」という名の制裁が始まると、決まって戦場から離れた栗の木の上で、高みの見物を決め込んでいた。

「お前か。名は何という？」

「薦野弥十郎。ゆくゆくは見山老師の後を継ぎ、立花家の軍師となる男じゃ」

「お前がか。なぜ俺に構う？　俺に味方すれば、のけ者にされるぞ」

「もとよりつまらぬ連中と徒党を組む気はない。身どもは変わり者らしゅうてな、誰からも相手にされん。最初から友なぞおらぬゆえ、今と変わりがない」

たしかに変わった童だと思ったが、和泉はむしろ好意を持った。

「民部たちとは手打ちをした。しばらく休戦だ」

弥十郎は「垓下の故事を知らぬか。敵が約束を守るとはかぎらん。現にお主を陥れるために、右衛門太を遣わしておるではないか」と言いながら、するすると木から降りてきた。

「右衛門太は俺の友だ。裏切るはずがなかろう」

「それは強き者の理屈よ。弱き者は、何も自ら望んで裏切るわけではない」

弥十郎は右衛門太の両肩に手を置くと、顔を間近まで近づけた。

「お主は野田家の跡取りではないか。安武の言うなりで生涯を終えるつもりか。白状せい。さもなくば、あのことを言いふらすぞ」

何やら慌てた右衛門太は、何度も謝りながら、和泉を連れ出すよう民部に命じられった。

たと白状した。和泉が音を上げるまで、ムカデだらけの落とし穴に閉じ込める作戦だった。

弥十郎は「どうだ」と言った様子で和泉を振り返ると、「せっかく罠を作ったのに、待ちぼうけをくらわされる民部が見物じゃな」と、言い捨てて去ろうとした。

「いや、俺は行く。行かねば、右衛門太が裏切り者として責められよう。行って、あやつらを返り討ちにしてくれる」

弥十郎は瞠目し、興味深げに和泉を見た。

「ほう、なかなか。されど策もなく飛び込んだとて、相手は大人数。勝ち目はあるまい。お主も負け戦ばかり、よくも厭きぬものじゃな」

相手は筆頭家老、安武家の息のかかった家臣団の子弟が十人以上だ。和泉ひとりで勝てるはずがなかった。

「やかましい。勝ってはおらぬが、負けてもおらぬ。一進一退の戦いが続いておるだけよ。俺はもっと強うなる。立花でいちばん強い武将になってみせるぞ」

「頭を使わんか、頭を」

少年は鼻で嗤いながら、自分の大きめの頭を指でコツコツ叩いた。

「お主は強うなってきたが、あの人数相手に一人で勝つには、あと一、二年はかかるであろうな」

「お前は俺に加勢するつもりなのか？」

「面倒くさいことは好かんが、曲がったことが嫌いな性分でな。見たところ、お主は何も悪うない。人には持って生まれた運命があるゆえ、正しい者が勝つとはかぎらぬが、眺めておって気持ちよいものではない。たまにはお主が勝たねば、つまらんと思うておった」

だが、弥十郎は和泉よりも小柄な痩身で、戦力になりそうになかった。

「身どもに一計あり。今日はお主に勝たせてやる。右衛門太、お主は青柳へ向かい、民部らに伝えよ。和泉は所用で遅れて参る、原上で待ち合わせてあるとな」

うなずく和泉の様子を見て、右衛門太はあたふたと駆け出した。

「和泉よ、これは戦じゃ。身どもはすでに兵学を極め、見山先生を超えた。民部の頭では、身どもの策を破れはせぬ」

和泉は吹き出した。いつも居眠りしているくせに、大仰な言い草だ。

「では、参るぞ」

弥十郎は踵を返した。原上とは逆方向だ。

「どこへ行く」と問うと、弥十郎は「戦に必要な道具を手に入れる」と答えて、農家のあるほうへ向かった。弥十郎は意外にも、農夫たちには礼儀正しく頼みこんで、荒縄やらのこぎりやらを借りては、和泉に持たせた。

「武器は使わぬ決まりだぞ」

「罠を作るのに使うんじゃ。四の五の言わずについて参れ」

弥十郎は立花城の山裾をすいと歩いた。和泉のまだよく知らぬ道で、どこへ向かっているかもわからぬ。やがて湊川という川に出た。下ってゆくと、古い丸太橋が見えた。

「お主も手伝え」

弥十郎は橋の上にしゃがみ込むと、のこぎりで橋の丸太をひき始めた。

「何をする？　まさか切って落とすのか？」

「落としたら罠に使えぬではないか。この橋へ敵を誘い込んでから、落とすんじゃ」

「こんな真似をして、大事にならんか？」

「この橋は傷んでおる。架け替える頃合いじゃ。立花にとっても、ちょうどよい」

弥十郎の指示通り、深い刻み目をいくつかの丸太に入れた。二人の童なら問題ないが、人数次第では橋が落ちるだろう。雨後の流れは、死にこそせぬが、高さもあって、子どもには怖さを感じさせる速さと水かさになっていた。

「まだ仕掛けがいる。ついてこい」

　街道脇に落とし穴も掘った。街道からは見えぬ位置で、注意せねば気付かず足を出すだろう。作業に精を出すうち、日が傾いてきた。約束の刻限をとうに過ぎている。

「そろそろ原上へ参るぞ、弥十郎」

「いや、ここで待っておればよい。平地での戦いは不利ゆえ、帰り道を襲う。見よ」

と、弥十郎は泥だらけになった手で、街道の向こうを指さした。

「読み通りじゃ。しびれを切らして戻って来おったわ」

　待ちくたびれたのだろう。まず三人が戻ってくる姿が見えた。

「あやつらが不審に思わぬよう、身どもは姿を隠す。お主はここで仁王立ちしておれ。敵は勝手に穴へ落ちる。何を言われても動くな」

　言われた通り突っ立っていると、三人の悪童が和泉を見つけ、悪態をついてきた。

　和泉が涼しい顔で無視していると、腹を立てていっせいに襲いかかってきた。

が、すぐに悲鳴を上げて、罠に落ちた。

　弥十郎と作り上げた深い落とし穴の底には、尖った石などを置いてあった。

　三人とも、手やら脚やらを痛めて呻いているところを、和泉が殴り付け、用意した荒縄で弥十郎が縛り上げた。

「こやつは道ばたに転がしておく。後の一人は目印、もう一人は人質に使う」

一人を川べりまで運んで、目立つように転がしておき、もう一人は人質として丸太橋から吊るした。子供にとってはそれなりの高さがある。和泉と弥十郎は川向こうに渡った。

戻ってきた安武民部は、目印に気付いたらしく、やがて手下を連れて姿を現した。和泉が一向に現れぬので、代わりにいじめていたのか、右衛門太が手足を縛り上げられている。

和泉と弥十郎の姿を見ると、悪童どもがいっせいに丸太橋を渡ってきた。

吊るされた童を助けようとする者もいる。渡り切ろうとして、弥十郎の撒いておいた古釘に足を抱える童もいた。

十人近くが乗った橋は、切り目を入れた箇所で、めりめりと音を立てて折れた。

悲鳴を上げながら、悪童たちが雨後の濁流に流されてゆく。

「裏切り者の右衛門太を成敗する」

向こう岸で指図していた民部は、報復のつもりか、縛られた右衛門太を濁流へ放り込んだ。

「身どもが助けるゆえ、お主は川を渡って民部をやれ。一対一ならまっとうな勝負じや。けりを付けよ」

「心得た！」

和泉は弥十郎と共に、湊川にざぶと飛び込んだ。

十六

勝利した和泉と弥十郎は、右衛門太も伴って、下原へ意気揚々と凱旋した。一対一の勝負で、和泉は年長の民部をこっぴどくやっつけた。

勝利とは、心地よいものだと知った。見ている景色はふだんと同じはずなのに、世の中が眩しいほど輝いて見えるのは、立花山の麓に咲く藤花や、晴れ渡った蒼天のせいだけではないはずだった。

「弥十郎、こたび湊川合戦に勝ったのはお前のおかげだ。礼を言うぞ。だが、なぜ俺を助けた？」

「実は、二つほど下心があった」

「二つもか。欲張りだな」

「人は欲まみれの生き物よ。実はこの右衛門太が、お主の妹に惚れておってな」

「内緒にすると約したではないか！」

悲鳴を上げる右衛門太を、弥十郎が手で制した。

急に顔を赤らめた弥十郎は、うつむき加減で付け加えた。

「実は身どもも、佳月殿を嫁にしたい。されば右衛門太とも、正々堂々と競わねばならぬと思うた」

香椎宮の祭りで見かけ、ひとめぼれしたという。

「して、俺はお前たちのために何をすればよい？」

「お主をだしに、藤木の屋敷に出入りさせてくれれば、それでよい。わが策をもってすれば、いずれ佳月殿は、身どもに首ったけになるはずじゃ」

「そんなもんかのう」

「女子（おなご）の心を摑むのも兵学で足る。今日の戦でも、身どもは民部たちの心を読み、見事に罠にかけたではないか」

「心得た。好きにせい」

「この話は秘密じゃ。絶対に漏らしてはならぬぞ」

「俺は友との約束を決して破らぬ。して、今ひとつの下心とは？」

弥十郎は澄ました顔を作りながら、喜びを隠せぬ様子で応じた。

「いや、もうよい。これで、つまらぬ世も、多少は面白うなるやも知れぬ」

「水臭いぞ。今ひとつは何だ？　俺に稽古を付けて欲しいのか？」

「そうさな。されば、お主の父上はなかなかの使い手と聞いたゆえ、藤木屋敷に稽古場を作ってくれぬか。それを口実に佳月殿とも会えよう」

童たちの乱闘は、橋まで落ちる事件に発展したため、大人たちが介入してきた。以来、いじめはぱたりと止んだ。弥十郎は狙い通りの展開だと説明したが、和泉は半信半疑だった。

藤木監物が開いた武芸の稽古場には、弥十郎と右衛門太が通うようになり、二人はやがて屋敷に入り浸るようになった。楽しそうにしている和泉たちを慕って、家臣の子弟たちも集まり始めた。あれから、十年ほどになる。

十七

藤木屋敷に、「和泉どの！」と、悲鳴にも似た声が繰り返し聞こえてきた。

たとえ慌てていても、佳月なら、もっと近くに来てから和泉を呼ぶ。姫にはあるまじきはしたなさというべきか。

「聞かれましたか！　弥十郎どのが出奔なさいましたぞ！」

　皐月が息を切らして駆け込んでくると、ようやく半身を起こしたが、和泉はさほど驚かなかった。

　仔細は知らぬが、鑑光の自害は明らかに鑑載派の仕業だった。

　監物は当初、薦野父子を葬り去って、鑑光派の手足をもぎ取ったうえで隠居させる肚だったはずだ。だが、和泉の願いを聞き届け、薦野を助ける代わりに、鑑光に腹を切らせたに違いない。

　弥十郎とて、鑑載派がひそかに流す大友宗家による陰謀説など信じはすまい。敬愛する主君を死へ追いやった人間には仕えたくないと考えたのではないか。あれほどの才があれば、戦乱の京、大坂あたりに出向いても面白かろう。

　ここ数日、弥十郎は博多津に通っていたそうだが、今日の昼下がりに登城すると、鑑光の近習時代に使っていた部屋で、何やら書き物をしてから去った。もう戻らぬとの書き置きがあったという。

「さもあらん。弥十郎は主君を失うたのでござる。立花にとどまる理由もさしてなし。あやつの才なら、どこでも役に立つはず。行かせてやりましょうぞ、姫」

「わらわたちにあいさつもせず、勝手に出てゆくなど、水臭いではありませぬか」

皐月は必死な顔をしていた。

「会えば、別れにくうなる。これで、よかったのでござる」

「よくありませぬ！」

「立花は弥十郎の生まれ故郷。亡き母御も眠っておられる。あやつほど、この立花を愛する男もござるまい。その古里を捨てる弥十郎の心中を想うてやってくだされ」

「ではこのまま、弥十郎どのを行かせてしまうと仰せですか？」

「もとより俺が説いたところで、思いとどまるような男ではござらん」

「でも今、佳月どのがあちこち探し回っておられます。場所にお心当たりはありませぬか」

ふだんなら、香椎潟の大岩の上で釣りをしているか、立花山の大楠（おおぐす）の太枝に器用に寝転がって下原の町を眺めているか、松尾山（まつおやま）の砦に寝そべって空を流れる雲を眺めているか……。

「た、大変じゃ！　一大事じゃ！」

突き出た腹をゆすりながらあたふたと現れたのは、右衛門太である。

昔からこのおっとりした男が慌てて現れると、ろくな事がなかった。耳を塞ぎたくなる凶報を伴っている。

「騒ぐな、右衛門太。弥十郎の出奔なら聞いた」

「こんな大事なときに？　立花はもう終わりじゃ！　宗像が攻めて参ったぞ！」

和泉は仰天して、右衛門太に詰め寄った。

「兵の数は？」

「物見の知らせでは八百余。すでに許斐城を回復し、南下しておる」

昨秋の宗像攻めで、立花軍は薦野弥十郎の策を用い、宗像家の内紛を利用して勝利した。一族の宗像鎮氏を支援して、要害の許斐城を攻略したのである。当主宗像氏貞は大島へ逃げのびた。鎮氏は権力に欲こそあったが、戦上手ではなかった。氏貞を大島へ追い払い、すっかり油断しきっていたところを奇襲され、鎮氏は許斐城を捨てて倉皇と逃げたという。半年もせぬうちに奪還されたわけだ。

「鎧を用意せい！」

和泉が家人の用意した甲冑を身に着け始めると、皐月が手伝ってくれた。全身を青糸で威した鎧である。

なぜ、かくも容易に敵の侵入を許したのか。

大島方面の防衛は、野田家が担当していた。

野田家はもともと鑑光派だ。聞けば、鑑載派の横暴を腹に据えかねた家士が、宗像の調略に応じて、領内へ敵を引き入れたらしい。悪い話は重なるもので、弥十郎が出奔したため、鷹野による北方の警戒が手薄になっていた。成り行き次第では、右衛門太が腹を切らねばなるまい。

なるほど立花城を攻めるには、今が好機だった。

新当主の鑑載は安武右京、藤木監物、米多比大学助ら名跡継承の功労者たちを伴って、立花家先代の不始末につき大友宗家に報告するため、府内へ出向いていた。十年がかりで立花家の乗っ取りに成功した戦勝報告のようなものだ。鑑載らが不在の間、鷹野家が留守居を、野田家が物見を仰せつかっていた。西の大友の武威を示すべく、鑑載は護衛の兵を率いて府内入りしたから、即座に動かせる城内の兵はせいぜい二百余だった。貝津城にいる安武民部や仲馬の援軍も間に合うまい。

「いかん。俺は急ぎ登城する。お前たちは手分けして、弥十郎を探せ！」

和泉は馬に飛び乗り、山麓で乗り捨てると、立花山を登り始めた。本城にたどり着くと、鷹野宗鎮がすでに籠城の準備を命じていた。

立花城は、立花山七峰のひとつ、井楼岳に築かれた本城と、対をなす白嶽の二つの主城に加え、松尾山と秋山谷の二つの大きな砦を持つ広大な山城である。大軍で籠城できる一方、寡兵では守り切れぬ弱点があった。宗鎮はすでに安武家の貝津城へ早馬を送っていたが、野戦で迎撃できるだけの兵はすぐに集まらぬ。和泉は宗鎮と相談し、やむなく北西にある白嶽を放棄し、立花城本城の防衛に専念する段取りを決めた。

和泉は本城から走り出た。下原の町が見える。和泉が立花に来て以来、城攻めを敵に許した経験はなかった。戦の常識では、城下の一族や領民を城へ避難させ、住み慣れた町を焼かねばならぬ。断腸の思いだが、弥十郎でも、同じ策しか使えぬはずだ。

下原へ降りる途中、右衛門太に会った。弥十郎はどこにも見当たらぬらしい。

もう立花を出たのか。あるいは、あそこにいるのか。

「右衛門太、お前は三左と共に籠城の支度を進めよ。町衆に持てるだけの米俵を担いで城内へ運ばせよ。俺が弥十郎を連れ帰る」

和泉は城下へ降りて馬に飛び乗ると、ただちに北を目指した。弥十郎を乗せて帰る馬も伴う。状況は圧倒的に不利だ。だが弥十郎なら、何とかできるのではないか。

弥十郎は船で本州へ渡るだろう。立花山に源を発する湊川は、城北を西へ流れて新宮湊（しんぐうみなと）に達し、玄界灘（げんかいなだ）に注いでいる。弥十郎の行先は新宮湊だ。だがその前に、弥十郎は古子山（ふるこやま）のふもと、青柳にある五所八幡宮に立ち寄るのではないか。

立花山の北に位置する古子山には出城が築かれていた。あの山には苦い思い出がある。和泉が十三、弥十郎が十二のときで、まだ初陣前だった。戦が起こると聞き付けた二人は、大手柄を立てようと談合した。薦野家は当時、古子山の砦の防衛を担当していた。

薦野家に長年仕えてきた天降吉右衛門は、弥十郎に武芸を仕込んだ戦場往来の古強者で、気のいい男だった。戦に連れて行ってくれと頼み込んだが、断られた。それでも二人は、吉右衛門の従者のふりをして、うまく古子山に潜入した。弥十郎の発案だった。

あいにくと戦は、和泉と弥十郎が思っていたほど甘くはなかった。激烈な攻防戦だった。腕の立つ童とはいえ、二人で何ができよう。弥十郎の浅はかな「計略」も裏目に出て、二人は敵兵に囲まれ、死を覚悟した。出城で守りを固めていた吉右衛門は、やむなく二人を救い出すために出撃した。立花軍は激戦の末に敵を撃退したが、吉右衛門は深手を負った。瀕死の吉右衛門は二人の勇気を誉めた。最後までひと言も二人を責めず、「立花を頼みましたぞ」と言い残し、五所八幡宮の大楠の下で死んだ。六年前の話である。

和泉は昔、民部たちと決闘した湊川を横目に見ながら、馬を疾駆させる。

十八

藤木和泉は滝の汗を流した馬を二頭、松の幹に繋いだ。

弥十郎は五所八幡宮の境内にある庭石に腰掛け、ぼんやりと大楠を眺めていた。

「お前はここで俺と誓い合うたはずだぞ。立花家に忠誠を尽くし、共に武名をなさん、死すときは同じだとな」

あのとき、弥十郎は吉右衛門の大きな手を握りしめ、肩を震わせていた。声にならぬ声で泣きじゃくっていた。

「身どもも幼かった。忘れてくれい」

二人にとって、あの頃の立花はひとつに見えた。大人たちが水面下で繰り広げる醜悪な権力争いなど、うら若い二人には、まだ何も見えていなかった。

「俺たちだけは違うと、思うておったのう。されど、大人になると、誰しも汚れてゆくのだな、弥十郎」

汚い政争にまみれた立花家に、弥十郎はつくづく嫌気が差したに違いない。

「身どもの心中を察してくれるとは、お主も大人になった」

「昔に比べれば、お前も物わかりがよくなったはずだ。されば、立花を救うてくれぬか、弥十郎。実は厄介な話になった。大島へ逃げておった宗像が、毛利の援軍と共に上陸した。すでに許斐城を回復し、その勢いで立花城を落とさんと南下してきおった。敵は八百余り。今、城下ですぐに集められる兵は、せいぜい二百だ」

弥十郎はわずかに瞠目しただけで、驚く様子を見せなかった。

「なぜ、みすみす上陸を許した？」

「右衛門太がしくじりおった。あやつ、切腹をする前は泣きわめくであろうな」

「相変わらず、世話の焼ける男じゃのう」

「留守居はお前の親父殿だが、戦上手とは、とんと聞かぬな。かくなる上は是非もない。下原を焼いて、皆で城に籠る算段でおるが、それでよいか？」

「どこの誰じゃ、そんな下の下の策を立てておったのは？」

「つい今朝がたまで、立花にも自慢の軍師がおったのだがな。弥十郎、どうしても行くのなら、立花と俺たちを救うてからにしてくれぬか」

弥十郎はゆっくりと庭石から降りた。

「面倒くさいが、やむを得ぬか。して、米多比の新顔は多少なりとも使えるのか？」

「使える。俺が見込んで弟子にした男だ。一手を任せてよい」

「ときに、新宮湊におるお主の馴染みの漁師は、確か民助と言うたな。頼みたいことがある」

武士に限らず友の多い和泉は、立花領の漁師とはたいてい仲がいい。

「俺の名を出せば、民助でのうても、頼みは聞いてくれよう」

「されば身どもは、新宮湊でちと小細工を施してから参る。お主はただちに立花城へ戻り、動かせる全兵力を下原に待機させよ」

「待て、弥十郎。出撃する気か？」

もし負ければ、そのまま立花城を失うに等しい。危険すぎる賭けではないか。

「二百の兵で、あの巨城を守る策は身どもにもない。あるなら、他を当たれ」

しばし見つめ合ったが、和泉はうなずいた。畏友の才を信ずるしかない。

「お主は選りすぐりの騎馬兵三十で先行し、青柳川の南岸で敵を邀撃せよ。派手に暴れて、半刻も止めてくれれば、この戦は勝てる」

博多津で南蛮菓子でも買ってこいと申し付けるように気安く言うが、簡単な話ではなかった。勇名轟く和泉を相手に、敵も多少は怯むだろうが、兵力が違いすぎた。

「たった三十騎でやるのか。怪我が治って間もないというに、相変わらず無茶を申すのう」

「凡将に頼んではおらぬ。されど、死ぬなよ。お主には、最後の仕上げをしてもらわねばならぬゆえ。半刻、時を稼いだ後、いったん古子山の砦へ逃げ込め。敵がお主を捨ておいて立花城へ向こうたら、兵をまとめて西へ進み、松林に伏せておれ。湊川のほうで敵兵の悲鳴が上がったら、敵の背後を襲え」

寡兵での立花防衛自体が虫のいい頼みだが、弥十郎の指図も、負けず劣らず厳しい要求だった。

「亡き殿の甲冑（かっちゅう）を用いるゆえ、父上に用意するよう伝えておいてくれぬか」

感傷に耽（ふけ）る場合でもあるまいにと思ったが、和泉は無言でうなずいた。

すぐに別れ、和泉は傾き始めた夕日を背に、下原へ向かう。

これが見納めやも知れぬと、一度だけ夕空を振り返った。

十九

米多比三左衛門は、稽古場の門弟たちと藤木屋敷を走り出た。

山上から降りてきた薦野宗鎮、野田右衛門太らと手分けして、下原（しもばる）の領民を城内へ避難させ、物資を運び上げる指図をし、自らも汗を流した。佳月と皐月は年寄り、女子供を城内へ誘導してゆく。

城下は敵襲来の報に、上を下への大騒ぎとなっていた。常時、警戒態勢が敷かれている立花家でも、立花城を直接攻められる経験は初めてらしい。籠城戦となれば、町も田畑も荒れる。ようやく慣れた下原も見納めか。

和泉が戻ると、出陣の法螺貝（ほらがい）が鳴らされた。

領民を城へ避難させて、寡兵で討って出るという。二百余の兵が山麓に集結した。だが出撃すれば、女子供を避難させた城を誰が守るのか。止める間もなく、和泉は馬にまたがって出撃して行った。いかに立花の誇る勇将とはいえ、八百相手に三十の寡兵では、死地へ赴くに等しいではないか。

「弥十郎殿が戻れば、何とかしてくれる」と繰り返す右衛門太が不愉快だった。

なぜか弥十郎は三左衛門を嫌っていた。花合わせなどに興じ、居眠りばかりしている男に、好意を持てるはずがない。だが驚いたのは、留守居役の薦野宗鎮が弥十郎の策と聞くや、時を移さず採用したことだった。

はたして薦野弥十郎とは、それほど頼りにできる男なのか。

三左衛門は足踏みをしながら街道の先を見つめているが、弥十郎はいっこうに現れぬ。兵学の常識なら、本城のみの防衛に徹し、援軍の到着を待って、奪回に出るべきだ。町は失うが、作り直せるし、敗北よりはいい。町が焼ければ敵も満足し、援軍が来る前に兵を退くのではないか。さまざま思い巡らしながら、いらいらして待った。

弥十郎が尻尾を巻いて逃げ出したかと思ったころ、街道に砂塵が上がり、旅装の弥十郎が単騎、戻ってきた。相変わらず人を食ったような顔つきをしている。好きになれぬと思った。

「方々、作戦を伝える。時がないゆえ、何も問うな。戦が終わってから、勝った理由を教える」

弥十郎は落ちていた枝を右衛門太に渡すと、地面に周辺の絵図を描かせ、湊川南岸の街道に白い石を置いた。腰から取った赤い軍扇で、白石を指す。

「この地にわれらが総大将、立花鑑光公の本陣を敷く。公の威名にふさわしい立派な帷幄を作れ」

三左衛門を含む皆が、いっせいに声を上げてのけぞった。弥十郎は気でも触れたのではないか。自害して果てた無念の主君が守護霊となり、立花を守ってくれるとでもいうのか。

弥十郎は何食わぬ顔で指図を続ける。

「父上は亡き殿の鎧兜を付け、真ん中にでんと構えてくだされ。半年前の戦を再現いたす。佳月殿は百姓たちに指図して、籠城のために集めた米俵で、湊川の上流をせき止めてくだされ。下流で二度目の鬨の声が聞こえたら、堰を切って水を流すよう指示されたし。ここ数日の雨で、流れが強うなっておるゆえ、お気を付けあれ」

弥十郎の隣で、皐月が砂上の地図を覗き込んだ。

「さてと皐月姫も、何ぞ仕事をなさいますかな？」

「立花危急のおり。当たり前です」

「さればこれより、老人と大柄な女衆を集め、甲冑を着けさせ、のぼり旗と槍を手に、後からゆっくり湊川まで来てくだされ。それらしい格好で、立っているだけで結構ござる」

指図を受けた三人は神妙にうなずいた。疑問もあろうが敵が迫っている。とにかく時がなかった。

「残りの軍勢をあと三手に分ける」

弥十郎の言葉に、皆がまたどよめいた。ただでさえ少ない兵を分ければ、ひとたまりもあるまい。

「幸い日も傾き始めたゆえ、地形を巧く使えば、敵に数ははっきりとわからぬ。米多比三左衛門、お主に本隊を任せる。百の兵で、湊川の北岸に背水の陣を敷け」

「心得申した」と答えながら、三左衛門はごくりと生唾を呑んだ。

最大の兵を預かる主力を指揮せよというのか。和泉が多少は撹乱してくれるにせよ、八倍の兵を迎え撃つのだ。誰も知らぬようだが、三左衛門は初陣だった。

「韓信のごとく気張らんでよいぞ。敵はお主を知らぬゆえ、好都合じゃ。川はせき止めてあるゆえ流れは弱い。押されたら、そのまま南岸に引け。その後は、ぞんぶんに暴れよ。敵が水に流されるまで、岸には一兵も上げぬつもりでな」

初陣で死ぬやも知れぬと、三左衛門は覚悟した。

「先の戦で奪った宗像の旗が幾本かあったな、右衛門太。お主の大仕事じゃ」

戦が始まったら、右衛門太率いる五十名の部隊が何食わぬ顔で敵兵に合流する。和泉による撹乱で敵軍が揃っていない前提の作戦だった。三左衛門の本隊が引いて南岸に上がったら、野田隊は鬨の声を上げて、側面から宗像軍に攻めかかる。

「この、このわしが、さように恐ろしい真似を？」

「仲馬に任せたい役回りじゃが、お主しかおらんでな。乱世の武家に生まれし上はあきらめよ。褒美に今度、美味いカステーラを食わせてやる」

「死んだら食えんではないか。弥十郎殿はいつも帷幄におるから、あの怖さがわからんのじゃ」

「右衛門太、野田の家人の裏切りでこたびの危機を招いたのじゃぞ。和泉には、右衛門太の大活躍で敵を撃退したと、新しき当主に報告してもらうつもりじゃ。気張れ」

「されどこの作戦では、本陣を守る兵は二十名ほど。帷幄は立派でも、張り子の虎ではござらぬか？」

三左衛門の問いに、弥十郎は面倒くさそうに応えた。

「さよう、本陣はもぬけの殻じゃ。ゆえにお主が敵の侵攻を許せば、身どもも父上も、姫も女衆も助かるまい。この合戦の勝敗は、本隊を率いるお主次第じゃ。身どもはお主をよう知らぬが、和泉から使える男だと聞いた。ゆえに信じる。さてと、これにて軍議は終わりじゃ。ただちに出陣ぞ」

最後に弥十郎は、赤い軍扇を意味もなく開き、ぱたりと音を立てて閉じた。

「宗像勢を湊川で食い止める。出鼻さえくじけば、敵は必ず兵を退く。われらは初戦のみ勝てばよい。されば皆の衆、この一戦に全力を傾けよ」

「弥十郎どの。堰を切った後、わたしたちが、他にできることは？」

佳月の問いに、弥十郎は「さよう」と、あごへ手をやった。

「皆、腹を減らせて戻って参るゆえ、水をかぶった米俵を大切に使うといたそう。残りの皆に指図して、干し味噌の握り飯と温かい汁物なぞ用意してくだされ」

「干し味噌だけですと差し障りも出るでしょうから、松露の握り飯も、できるだけ用意するといたしましょう」

二十

米多比三左衛門は湊川の北岸に陣を敷いて、宗像勢の襲来を待っていた。

緊張と恐怖に打ち負けそうだった。槍の柄と手綱を握りしめて手の震えを抑えようとするうち、感覚がなくなってきた。いかぬ。

弥十郎は次々と策を授けたが、戦とはそれほどうまく運ぶものだろうか。誰か一人でもしくじったなら、立花方の策は破綻(はたん)する。弥十郎は和泉の言葉ひとつで、三左衛門に枢要(すうよう)の役割を与えた。和泉も同じだ。弥十郎の言葉を信じ、寡兵で出撃した。己が命はもちろん、一族郎党の命運を預け合えるほどに、和泉と弥十郎は信頼し合っている。あれだけ悪口を叩き合う仲なのに、二人の間にある固い絆(きずな)が羨ましかった。

八倍する敵の侵攻を食い止め、川へ誘い込み、岸に上げぬよう迎撃する。

初陣の三左衛門にできるのか。本来なら勝ちの見えた戦で、父大学助の庇護の下で初陣を果たす段取りだったはずだ。だが今、三左衛門は何としても、和泉と弥十郎の期待に応えねばならぬ。

三左衛門がしくじれば、立花は敗れ、城も落ちる。

押しつぶされそうな重圧に震えた。

――来たぞ！

誰ぞの声がした。遠く街道に土煙を上げて進軍してくる敵兵の姿が見えた。

†

三左衛門は狂躁（きょうそう）のなかで奇妙に落ち着いていた。

やはり戦に向いているのやも知れぬ。

――よいか、三左衛門。戦場では、殺さねば殺されるのだ。

和泉の口癖を心のなかで唱えながら、敵を南岸に上げなかった。

宗像軍にすれば、惰弱（だじゃく）に見えた若き敵将が突然、人の変わったように奮戦を始めたのだ。面食らっているはずだった。

敵主力部隊が渡河を始めた時、敵陣中で鬨の声が上がった。

うまく合流していた野田隊が側面から敵を攪乱する。

川中の宗像兵は米多比隊に行く手を阻まれ、後ろでは混乱した味方が野田隊に応戦している。

進退両難に陥った宗像軍を、今度は湊川の濁流が襲い始めた。

敵兵が足を取られた。米多比隊は混乱を極める宗像兵を、岸辺で討ち取ってゆく。

大きな悲鳴が敵の背後で上がった。藤木隊が斬り込んだのだ。

だが、それでも敵は数に勝った。湊川の濁流もおさまってゆく。

敵将占部尚安（うらべなおやす）は配下を叱咤（しった）し、態勢を見事に立て直した。

気勢を上げ、岸辺の米多比隊に襲いかかってきた。

槍をしごく。必死で支えた。

が、守り切れぬ。

ついに、突破された。

済まぬ。三左衛門の失態だ。

その先は張り子の虎の本陣だった。このまま城下への侵入を許すのか。

三左衛門は絶望して背後を振り返った。

弦音（つるおと）がし、岸に上がった宗像兵が倒れていく。

本陣の兵二十名余はすべて弓兵で構成され、宗像兵に一斉掃射を加えていた。

戦闘に夢中で気付かなかったが、地形の起伏と死角、樹影と夕暮れの暗さ、女衆・

老人の偽兵を駆使して、まるで数百名の本隊でも控えているかのように見せかけた布陣になっている。

弥十郎は退くどころか、赤い軍扇を片手に、鑑光の甲冑を付けた宗鎮と共に押し出してきた。鑑光役の宗鎮の顔までは、夕闇でよく見えぬ。

「虚報に踊らされて出向いて参ったか。わが殿はこの通りご健在であるぞ！　わが計にかかりし上は、生きて許斐城へは戻れぬと覚悟せよ」

蔦野家の〈丸に州浜（すはま）〉の家紋を記した軍旗が川風にひるがえる。

宗像軍に電撃が走ったように見えた。半年前にも、弥十郎の計略で散々に打ち破られている。

「貝津城から安武の後詰（ごづめ）（援軍）も参ったぞ！　敵を一気に包囲殲滅せよ！」

こんなに早くか。耳を疑いながら河口へ目をやった。

残照の消えゆく海には、いつの間にか、幾艘もの黒い船影が浮かんでいた。

「退け！」

占部の下知を聞くか聞かぬか、宗像軍はわれ先にと逃げ始めた。

和泉が潰走する敵を散々に蹴散らしている。

三左衛門も雄叫びを上げて、湊川へざぶんと馬を乗り入れた。

二十一

　その夜、米多比三左衛門は立花城の大広間で、戦勝後の高揚に酔いしれていた。

　野田勢や他の家臣の兵たちも城に入り、当面の危機は回避された。将兵はもちろん、共に戦った女衆・年寄りたちも、大勝に満面の笑みで酒を酌み交わしている。数に劣り、機先を制されたはずの立花の逆転勝利だった。下原の町も残った。たった一人の男が戻っただけで、敗亡の流れが変わった。

「米多比殿が突破された時は、冷や汗を一升ほどかいたわい」

　右衛門太はわずかの酒で赤ら顔になり、すでに出来あがっている。

　敵将占部尚安の前に、弥十郎があえて無防備な姿を晒したとき、本陣で実際に戦える兵はわずか二十名ほどしかいなかった。そのまま敵が攻め込めば、薦野父子は討たれていたに違いない。恐るべき胆力というべきか。

「半年前、宗像は身どもの計略で城外へ誘い出された。挙句は完膚なきまでに敗れ、城を捨てて逃げた。亡き殿の訃報は表ざたにされておらぬ。身どもの流した虚報と疑うて、宗像を罠にかける計略なりと思い込んだわけじゃ」

得意がる様子もなく、弥十郎は盃の酒をすすりながら続ける。

「宗像は勝てるはずの戦で負けた。人は眼前に転がっておる勝ちを、それと気付かずに逃してしまう。勝てるはずの戦に勝つのも、存外難しいものよ」

和泉が弥十郎の言葉を引き取った。

「占部父子はなかなかの名将。先の戦で弥十郎に城を取られて体面を失うたゆえ、汚名を雪ぐ機会を狙っておった。すでに見事、許斐城を回復して、多少は名誉を挽回できた。意地でも立花城を落とすまでの欲はなかったわけだな」

宗像軍は周到な計画を立てて侵攻を開始したわけではない。鑑光自害の報を摑み、鑑載らの不在を奇貨として、虚を突かんと攻め込んできただけだ。相手が意外に備えており、容易に城を落とせぬと知れば、迷わず兵を退くと、弥十郎は確信していたのだろう。

「弥十郎。亡き殿に、よき供養ができたのう」

息子をねぎらう宗鎮に対し、弥十郎はぶっきらぼうに答えた。

「人は死ねば、終わりでござる」

ひやりとした場をつくろうように、右衛門太が口を挟んだ。

「わしが敵兵に混ざったときには、まったく生きた心地がせなんだ」

「お前に大役を与えねばならなんだ弥十郎とて、身も細る心地であったろうがな」

和泉の皮肉に右衛門太は頭をかいたが、太い腕を組んで首を傾げた。

「それにしても、安武勢はなぜ戻ってしもうたのであろう。勝ちが見えたからであろうか」

弥十郎が盃を空けながら、種明かしをした。

「あれはただの漁船よ。眼張(めばる)が獲(と)れる季節なれば、新宮湊の漁師たちに、船を動かすよう頼んでおいたのじゃ」

湊川で展開した事象はすべて偶然ではない。弥十郎があらかじめ仕組んでいたのだ。三左衛門は背筋が寒くなるほど驚嘆した。

上機嫌の和泉が三左衛門の背中をどんと叩くと、咽返(むせかえ)った。

「どうであった、この三左の槍働きは？　俺が見込んだだけのことはあろうが」

「立花の戦力にはなる。初陣にしては、上出来だったのではないか」

弥十郎にはすっかり見抜かれていたらしい。本物の将は武勇だけではだめだ。知略がぜひとも必要だ。三左衛門はこの若者のようになりたいと強く願った。

三左衛門は居住まいを正し、「弥十郎殿」と両手を突いた。

「それがしを弟子にしてくだされ。将たる者に知略は不可欠と思い知り申した。兵学を学びとうござる」

「断る」と、弥十郎はちょうど出た生あくびを噛み殺しながら、即答してきた。

「何ゆえでござるか」

「面倒くさい話は御免被る。身どもは和泉の世話だけで手一杯じゃ」

「ほざきおるわ。それにしても、三左は弟子入りの好きな男よな。されど、弥十郎。三左は便利だぞ。何でも言うことを聞く。師匠の仕事を肩代わりしてくれる。雑用はすべて任せればよい。のう、三左？」

「いかにも。されば、何とぞ」

「それならよかろう。弟子にしてやる。さればこれより面倒くさいことは、全部お主に任せる」

即諾した弥十郎は、空になった瓶子を三左衛門に差し出してきた。

「まずは、どこぞで練貫を探して参れ」

「はっ」と恭しく受け取ると、三左衛門は廊下へ走り出た。

ふと目に入った櫓に、ひとり月を眺める蝶の文様の小袖姿が見えた。皐月だ。

そういえば、宴では佳月と一緒に将兵を労っていたが、途中でそっと姿を消していた。皐月に頼めば、立花城秘蔵の練貫が手に入るやも知れぬ。

「姫、お聞きくだされ。それがし、弥十郎殿に弟子入りしました」

「物好きなお人もいるものです。おいたわしや」

「最初は嫌いでしたが、なかなかの人物。鎮西（ちんぜい）一の知略の持ち主と見ました」

皐月は三左衛門を一瞥もせず、吸い込まれるようにただ月を眺めている。

「あのお人は、生まれつき性格がねじ曲がっているのです」

弥十郎は出生時に母を失った。そのせいで、本人は己が母の命を奪ったと考えるようになったらしい。尋ねてもいないのに、皐月は語り始めた。

「昔、藤木の屋敷の庭に一羽の雀（すずめ）が来たのです。わらわも佳月どのも、雀を飼って世話したいと思いました」

二人に頼まれた和泉が捕まえようとして、家人も巻き込んで大騒ぎになったが、捕まらぬ。が、ふらりと遊びに来た弥十郎が難なく捕まえてしまった。庭に浅い穴を掘る。少し厚めの板を二枚用意して、穴のある地面と三角を作りながら、細い枝をつっかえ棒にしてかませる。和泉に採って来させた団子虫（だんごむし）を、穴の中へ何匹か放り込む。これで罠の完成だ。雀は地面に降りるとき、近くに枝があると、必ず一度とまってしまう習性があるらしい。間もなく雀が捕らえられると、二月（にげつ）は大いに喜んだ。鳥かごがなかったので虫かごに入れたが、興奮する和泉のそばで、弥十郎はどこかかなしげな顔をしていたという。

二月は雀に「弥八（やはち）」と名を付け、餌（えさ）をやって可愛がっていたが、翌日、かごで激しくばたばたと羽音がした後、弥八は動かなくなってしまった。

遊びに来た弥十郎に報告すると、かごに頭を強くぶつけて死んでしまったのだという。弥十郎は冷たくなった弥八の遺骸を撫でながら「空高く舞う雀に、かごは似合わんのじゃ」とつぶやいた。四人で庭に墓を作った。

「幼い頃から、知略に優れておられたのでござるな」

「そういう話ではありませぬ。雀が死んでしまうとわかっていたのなら、なぜ止めてくれぬのです？　弥十郎どのはいつもそうじゃ。先が見えているくせに、教えてはくれないのです」

冷たい月照の下で口を尖らせていた皐月が、初めて三左衛門を見た。

「殿方は、もし想い人が誰かのものになってしまうなら、奪い取ろうと思わぬのですか？」

「思いは致しましょうが……いざやるかどうかは、わかりませぬな」

皐月は三左衛門の恋心を知っている。実際、佳月の輿入れが決まったとしたらどうか。おそらくは何もできまい。だいいち、佳月自身の気持ちがある。

皐月はさびしそうに再び月を見上げた。

「何かに負けてあきらめてしまう恋など、本気の恋ではないのでしょうね。知恵が回れば、友情だの、愛だの、あきらめる理由をいくつでも繕えましょうが」

皐月は踵を返して立ち去ろうとしたが、三左衛門を振り返った。

「この際、お弟子さんに言うておきます。わらわは、薦野弥十郎がこの世で一番嫌いです」

皐月が去った後には、ほの甘い残り香と月照だけがあった。

第四章　折れかんざし

二十二

宗像軍を撃退して半月ほど経った早朝、米多比三左衛門は、藤木屋敷の稽古場で汗を流した後、和泉の部屋を見舞った。

近ごろの和泉は体調が優れぬのに、寝込みながら酒を呑んでいた。不摂生で具合はさらに悪くなったが、不調の原因は薬師に見立てられるまでもなく、恋患いだった。今日は仮病を使って、祝言には出ぬ肚らしい。

立花家で起こった政変や宗像襲来のあおりを受けて遅れたが、皐月の安武家への輿入れはいよいよ今宵に迫っていた。香椎宮から神主が来るそうで、皐月も覚悟を決めたらしく、山上の城で嫁入り支度を進めていた。鑑光の死は謀叛人の討伐として扱われ、忌服を理由とした日延べもされなかった。

「さほどまで姫をお思いであれば、安武仲馬を斬るよりほかありませぬな」

「やめよ。仲馬は品行方正にして、誠実無比。今後の立花を支えるに相応しき人物だ。父親があの俗物とは思えぬ。俺と違うて、呑んだくれでもない。非を打ちたいが、打つべき所が見当たらん。お手上げだ。早うあの親父がくたばって、仲馬が安武の家を継いでくれれば、立花も助かるのだがな。されば、たしかに姫に相応しき男子ではある」

「自信を持たれませ。和泉殿は筑前一の男児じゃ」

「仲馬が俺より上だと、いつ言うた？　それに俺は、鎮西一の男だ」

廊下に人声がし、佳月に連れられて、弥十郎と右衛門太が入ってきた。

「言われた通り、和泉殿の病はかなり重いと言いふらしておいた。今宵は出んでもよかろうが、城下ではいつの間にか、危篤じゃと噂されてござるぞ」

「もう死んでしもうたと、身どもは聞いたがな」

心配そうに語る右衛門太を茶化したのは、もちろん弥十郎だ。戦のせいで結局、出奔しそびれたままだ。弥十郎は生あくびを噛み殺しながら、だらしなく座った。これほど礼儀に無頓着な男も少ないが、皆が許すのは不思議な人徳があるせいだろう。

「恋患いなぞ、他の女に惚れれば、たちどころに治る。呑んでおらんで、女の尻でも追いかけて来い。選り好みせねば、お主の相手なんぞ、金平糖に群がる蟻の数ほどおろう」

「さような気力はない。昼寝よりは呑んでおるほうが、まだしも前向きではないか」

「違うな。眠りは力をくれるが、やけ酒は後悔しかくれぬ」

「居眠りが趣味の呑んだくれに言われた日には、世も末だな」

「和泉殿をお助けくだされ。弥十郎殿なら、いくらでも知恵があるはずじゃ」

三左衛門の頼みは聞き飽きたとばかりに、弥十郎は手をひらひらさせた。

「和泉は何としたいのじゃ。どうすれば、姫が一番幸せになる?」

「わからん。俺は今酔っておって、頭が回らぬ。よって万事、弥十郎に任せる」

「お主が素面でおるときなぞ、近ごろ、めったになかろうが」

「人のことを言えた義理か。とにかく小難しい話は、立花の軍師に任せる」

弥十郎はあごに骨ばった手をやりながら、虚空を見つめた。

「身どもとて、一臂を貸すにやぶさかではないが、世の中はうまくできておってな。誰かが幸せになれば、代わりに誰かが不幸せになる。畢竟、身どもはこたびの輿入れが、さして悪うないとも思うんじゃ。仲馬なら、姫を幸せにできるであろう。和泉と姫を無理やり夫婦にする手もないではないが、果たして吉と出るか、身どもには読めぬ」

「手がござるのか！　相慕う男女が結ばれれば、吉に決まってござる」

三左衛門の言葉に、右衛門太が嬉しそうに身を乗り出して何度もうなずく。

「お主らなんぞはどうでもよいが、佳月殿はそれでかまわんのでござるか？」

弥十郎の問いに、佳月はかすかに身震いした。弥十郎と見つめ合っていた佳月は、やがてやさしげな微笑を浮かべた。

「姫は仲馬どのより、兄上と結ばれたほうが幸せになれましょう。わたしも弥十郎どのにお任せいたします。姫がいちばん幸せになれますように……」

「さようで、ござるか」

弥十郎は数百もゆっくり数えるほど長い間、ずっと瞑目していたが、やっと小さくうなずき、

「されば、皆に策を授けよう。急ぐ順に申し付ける。右衛門太」

と、軍議のように重々しく指図を始めた。

右衛門太が神妙な顔で居住まいを正す。

「お主はただちに見山庵へ赴き、これまで先生と作った花札をすべて引き出して、花

の種類順に並べておけ。習作、失敗作も含めて、じゃ」

呆気にとられた様子の右衛門太が「そんな無体な。何千枚あるかわからぬのに」と文句を言いかけたが、「早う行かんか。時がない」と弥十郎に一蹴された。

右衛門太が何度も首を傾げながら去ると、弥十郎は乱暴に和泉の掻い巻きをはぎ取って、放り投げた。

「起きよ、和泉。お主はまず井戸水を頭からかぶれ。目が醒めたら、香椎宮に馬を飛ばせ。神主を迎えに行き、適当に騙してこの屋敷へ連れてこい」

「さような真似をしたら、罰が当たらんか？」

「お主が姫を手に入れるためじゃ、我慢せい。神主を足止めしたら、城から姫を奪ってこい」

「お前は阿呆か。姫を奪うなぞ謀叛に等しい。俺は腹を切らねばならん」

「頭を使え。名目は何でもよい、右衛門太が転んで頭を打って命に別状あるとか、カステーラを食いすぎて今わの際じゃとか、好きにでっちあげよ」

和泉はぶつぶつ言いながら庭に出て、行水を始めた。

弥十郎は懐から細長い木箱を取り出すと、中から翡翠の玉簪を取り出した。

「姫にも、心を定めてもらわねばならぬ。されば、佳月殿の出番でござる。これは今日の祝いに姫にお渡ししようと一昨日、博多津で手に入れ申した」

弥十郎は手にしたかんざしを見つめていたが、やがて両手でつかむと、ぽきりと二つに折った。驚く佳月と三左衛門を尻目に、弥十郎は折れたかんざしを木箱に戻して、短く「姫に」と、佳月に手渡した。弥十郎を見返した佳月は、戸惑うような微笑を湛えている。

「これで、弥十郎どののお気持ちが、姫に正しく伝わりましょうか」

「今はおわかりにならぬやも知れぬ。されど、身どもは能うかぎり多くの者が幸せになれる策を立て申した。姫にお伝えくだされ。この薦野弥十郎、これからも必ずや姫と立花家をお守り申し上げると」

「心得ました。これよりお城へ行って参りまする」

佳月は硬い表情で一礼すると、優雅に立ち去った。

「して、弥十郎殿。それがしには、何ぞ役目はござらぬか？」

佳月の後ろ姿をぼんやりと見送っていた弥十郎は、忘れ物にでも気付いたように答えた。

「お主は、博多津でカステーラをあるだけ都合して参れ。その際、今夕、薦野弥十郎が訪ねると、主人に伝えておいてくれぬか」

焼き討ちから一年余、博多津は着実に復興しつつあった。

「お待ちくだされ。南蛮菓子を何に用いるのでござる?」

「黙って従え。時がない」

「弥十郎殿は何となさる?」

人に意味のわからぬ指図ばかりして、弥十郎自身は昼寝でもしているつもりか。

「右衛門太と花合わせをした後、大嫌いな男に会って参る。気は進まぬが、仲馬にも会わねばなるまい。こたびの暴挙の首謀者は藤木、薦野、野田、米多比に姫、さらには仲馬じゃ。まさか全員の首は斬れまいが」

二十三

薦野弥十郎には、安武右京(うきょう)が呆れや怒りよりむしろ、面白がっているように見えた。

「ほう、さすがに海千山千の食わせ者だ。身のほども弁えず、わしを脅(おど)しに参ったわけか?」

「畏(おそ)れながら、ご明察の通り」

言葉とは裏腹に、弥十郎はまったく畏れ入る様子も見せずに答えた。

「これは、そなたが得意とする戦ではない。政じゃ。まさか敗北にさえ気付かぬとは申すまいな」

わかっている。鑑光派は完膚なきまでに敗れて瓦解、消滅した。

右京が大きな眼をぎらつかせている。草むらに身を隠したずる賢い蝦蟇が、蛇を睨み付ける眼を思わせた。真一文字に結んだ口は蝦蟇のように大きく、意志と野心の強さを思わせる。その蝦蟇に足をすくわれた弥十郎なぞは、せいぜい蝦蟇の好餌となる一匹の蠅にすぎまいが。

「変わり者の一家臣が、何やら誤解して謀叛人の死に不審を抱いた。身勝手な思い違いをしたあげく、筆頭家老を殺めようとした。ゆえにやむなく、これを討ち果たした。さような筋書きも、用意してあるのじゃが、そこまで気が回らなんだか」

本城二階奥の一室からは、暮れてゆく博多津が見えた。祝言に相応しい夕暮れだが、弥十郎が部屋に通された時から、次の間は襖ごしに殺気で満ちていた。

夕日に染まる復興途上の町並みを眺めながら、弥十郎は眼を細める。

焼き討ち前の博多津に、最後に皐月とふたりだけで行ったとき、皐月は輿入れの際には翡翠の玉かんざしで髪を飾りたいと言っていた。ずっと片想いのはずだった。皐月が和泉よりも弥十郎を好いていると気付いたのは、一年余り前だった。だが薦野家との縁組など、鑑載はもちろん、安武も藤木も承認するはずがなかった。

出会った時から、弥十郎と立花家の姫が結ばれる可能性は、皆無に等しかった。弥十郎は鑑光の血を引く唯一の男子である。弥十郎が鑑載の一人娘を娶れば、薦野家が立花家で不相当に大きな力を持ちかねない。結ばれたいなら、欠落するか、立花家を滅ぼすくらいしか手はなかった。ふたりともそれを知りながら、大人になった。だからこそ弥十郎も皐月も、互いに相手の恋心を感じながら、隠し合ってきた。

弥十郎は最後まで、実は今朝がたまで迷っていた。

皐月との欠落を真剣に考えた。皐月を奪って、鑑載派の鼻を明かしてやりたいとも強く思った。だが、見山の予言では、弥十郎の寿命はあと八年ほどで尽きる。他方、見山の見立てによれば、知勇兼備の和泉は、日なたで順風満帆の人生を歩む。佳月も望むのなら、皐月は自分を幸せにできる男と結ばれるべきだと考えた。

「ふん、阿呆なのか、豪胆なのか、ようわからん男じゃな」

まるで表情を変えぬ弥十郎に、右京はしびれを切らしたように畳みかけてきた。

「監物がそなたを気に入ったようでな。そなただけは生かしておけと譲らなんだ」

なるほど、弥十郎は己が才覚でなく、政敵の藤木監物に守られていたわけか。むろん弥十郎には手を出すなと、和泉が頼み込んだに違いない。

「ご家老がひどくせっかちなお人とは知っておりましたが、取引の中身も聞かずに相手を討ち果たされるほどとは思いませなんだ」

なぜ鑑載も安武も、待てなかったのか。いずれ必ず来る世代交代を待てば、時が積み重なる中で、弥十郎も新たな立花家に対し、不変の忠誠を誓えたやも知れぬ。鑑載は皐月の父なのだ。

弥十郎の抗議を、右京はふんと鼻息であしらった。

「このわしを相手に、肝がよう据わっておるのう、薦野。立花三傑の名に恥じぬぞ」

「筆頭家老からおほめに与ったのは、たしか三度目でございましたな」

弥十郎がとぼけると、「たわけ者が。初めてじゃ」と右京は少し笑った。

「これまでは敵同士、ゆっくり話す機会もなかったが、なかなかに面白き男ではある。さてと、取引と申したが、そなたはわしに何を売る？」

「花合わせの札を一枚」

弥十郎は懐から出した花札を一枚、右京の前にことさら優雅に差し出した。右衛門太の絵筆が鮮やかな紅で梅花を描き出している。

「梅の花はかように紅くはないぞ」

「見える通りに描けば、かえって本質を見誤るもの。世人には見えずとも、身どもには見える真実もござる。ご家老におかれては昨秋、わが軍の殿を務めた野田兵庫助殿が原田の急襲によって謀殺されましたる一件、ご記憶あるはず」

「そうであったかのう」と、右京は探りを入れるように弥十郎をじろりと睨んだ。

「この札は、安武家が原田に内通していた動かぬ証でござる」

右京が札をしげしげと眺め、やがて札の端を破ると、小さく折りたたまれた書状が現れた。広げると、安武の長子民部から原田了栄へ宛てた文である。

「かような物がまだあったか。あの痴れ者が紙なんぞ残しおって」

「先生の口を封じても、この文は見つけられなんだご様子」

見山は死の前日、博多津の闇商人から文を買った。だが闇商人は手取りを増やそうと、その足で立花城へ登り、見山を安武に売ったのだ。弥十郎の推量だが、間違いあるまい。

「ふん、花札の中なんぞに隠しておったとはの」

弥十郎は博多津へ足を運び、件の闇商人の行方を追っていたが、すでに消されていた。右衛門太の話では、見山の死後、安武の家人が見山の蔵書を見たいなどと言い、見山庵に足しげく出入りしていたと聞き、まだ文はあると踏んだわけだ。

「これは写しじゃな、薦野？」

隠すなら花札だと考えた。花札は使いやすいように、裏を和紙で貼り合わせて仕上げている。見山が半生を捧げた花札は膨大な量だったが、見山が実際に選んだ札は「柳」だった。当て付けの意味で弥十郎は安武の家紋の「梅」に変えたが、柳の札は偶然だったのか、柳のごとく運命に任せる生き方を見山が選んだのかは知らぬ。

「現物をお渡しすれば、ご家老は身どもをここで殺め、文を奪われるだけ。されば信頼できる商人に託し、身どもが消息を絶ち次第、別府におわす大友宗家の軍師、角隈石宗のもとへ文が届けられる手はずとなってござる」

右京が初めて苦い顔を見せると、弥十郎は畳みかけた。

「見山老師が命を賭して、ようやく手に入れた貴重な品。主を失いし今、家中でもめごとを起こしても得る物なしとは承知してござる。とは申せ、この文は立花取り潰しのよき口実となりましょうな」

右京はつるりとした顔で応じた。

「なるほど、あの石宗なら掌を返して、かつての日田家と同様に立花家を滅ぼし、大友宗家の御料所とするやも知れぬのう。じゃが、そなたはわしの身辺を嗅ぎまわり、原田と接触しておった。そなたの内通とて、いくらでもでっちあげられることを忘れるな」

「うかつでござった。それは気付きませんでしたな」

弥十郎はわざとらしく顔をしかめ、己れの頭を叩いてから、低い声で応じた。

「されど、論語にあるごとく、死なばもろともと申しましょう」

むろん、偉大な孔子はさような破れかぶれの言葉など残してはいない。ばかげた駄法螺にも、右京はにこりともせず「悪ふざけがすぎるぞ、薦野」と唸った。

弥十郎は鑑光を死なせた大友宗家に忠誠を貫く気持ちもないが、薦野家の宗鎮には、宗家と繫がりがある。右京とて、宗家に付け入られる隙を与えたくないはずだ。

「わからんな。忠義者が亡き主君の無念を晴らしたいとの一心なら、なぜすかさず手を打たなんだ？　わざわざ種明かしに参った理由は何じゃ、薦野？」

亡き鑑光も新しき立花家の滅亡を望んでなどいなかった。次女の常盤を頼むと言い残した。たとえ好きになれぬ主君でも、立花家の当主なら、好いてしまった女子の父なら、覚悟を決めて仕えるほかないと、さっき思い定めた。

「最初から申し上げてござる。取引に参り申した」

「そなたは軍略のみならず、政略の才も持ち合わせておるか。その若さでこのわしを強請るとは、立花にも頼もしき若者が育ったものよ。望みは何じゃ、弥十郎。言うてみい」

右京は初めて弥十郎を認めたように、通称で呼んだ。

「安武家がこれ以上、主家との繋がりを強くする必要もありますまい。されば皐月姫を賜りたく。それのみでござる」

右京の顔が引きつるようにこわばった。

「待て。先代の孫が姫を所望するとはやりすぎじゃ。そなたも立花家をわが物としたいのか」

弥十郎は嗤うように答えた。

「まさか。身どもではござらん。姫はわが畏友、藤木和泉が貰い受け申す」

右京は肩透かしを食らったように、拍子抜けした顔になった。

「驚きじゃな。そなたに野心はないのか。地位を望まぬのか？」

「はて……うっかり己れのことは忘れておりましたな」

「たかだか友のために、命まで賭すとは変わった男じゃな。そなたはこれより何とする？」

「憂きことばかりの乱世なればこそ、人は酒を呑みたいもの。されば博多津に、練貫を造る酒蔵を再興して、全国にうまい酒を売りさばき、ひと儲けできればと」

「面白いぞ、弥十郎」と、右京は作り笑顔で身を乗り出してきた。

「わしはそなたの知略を買うておった。されぱこそ始末せねばと思うたまでよ。そなたの体に流れおる血も気懸りゆえな。されど味方となるなら、話は別じゃ」

弥十郎さえその気になれば、立花の正統を名乗る道筋もありえた。そんな面倒くさい真似をする気は毫もなかったが、鑑載や世間がどう思うかは別の話だ。立花家の血筋を引く弥十郎は、鑑載派にとって最後の邪魔者にほかならぬ。内通の秘密も知っている。殺しておくに如くはなかろう。さして惜しい命でもないが。

弥十郎が問い返すように顔を上げると、右京が蝦蟇の大口の端に片笑みを浮かべていた。

「わしの姪を娶れ。されば、薦野家の安泰を保証する」

右京の居城、貝津城に、行き遅れた娘がいるとの話は噂で聞いていた。器量は悪くないらしいが、病弱なために輿入れできぬまま、婚期を逃している娘だった。右京の姻戚になるなど願い下げにしたかったが、交渉ではありうる駆け引きだと思っていた。弥十郎はともかく、薦野の一族郎党を人質に取られているに等しい状況でもある。皐月と結ばれえぬのなら、佳月と夫婦になりたいと思ったが、仲馬をさしおいて無理な話だとわかっていた。ならば、他の誰と結ばれても、話は同じだ。

黙ってうなずくと、右京は相好を崩した。

「大人になったな、弥十郎。身体は弱いが気立ての良い女子ゆえ、大事にしてやってくれい。殿と監物には、わしから話をする。仲馬は立花小町を室とできて、むしろ喜ぼうが」

右京が笑いかけてきたが、弥十郎はにこりとも返さなかった。

二十四

米多比三左衛門はほろ苦い気持ちで、立花城本城の渡り櫓へ出た。

佳月がにぎやかな宴の席を外して、部屋を出てゆく。後を追った。

立花城は眺めの良い山城である。櫓からは、博多津に入ってくる南蛮船の灯りが見えた。

和泉と皐月の祝言はめでたいが、安武右京が同時に明らかにした仲馬と佳月の縁組は、予期しえた事態とはいえ、三左衛門の胸を沈ませた。

「花婿が入れ替わるなど、前代未聞。まるで魔術にかかったようでござる」

三左衛門が話しかけると、佳月は振り向かずに小さくうなずいた。

夕刻には、弥十郎による指図通りの役割を果たした皆が、藤木屋敷に顔を揃えていた。豪胆な和泉でさえ、嫁入り当日の花嫁の強奪に気が気でない様子だった。当の皐月は最初こそ泣き腫らしたような眼をしていて、葬列にでも臨むような表情だったが、いつしかふだんのお転婆姫に戻っていた。だが、肝心の首謀者である弥十郎がなかなか現れなかった。

三左衛門はひたすら気を揉んでいたが、探しに出た右衛門太が息を切らせて戻り、「城で祝言を挙げるゆえ、神主も連れて皆で来い」との弥十郎の伝言を持ち帰った。

城では新郎を入れ替えただけで、滞りなく祝言が開かれた。主君の立花鑑載以下、安武右京、藤木監物ほか立花家臣団が総出で、皐月姫と和泉の結婚を祝った。

弥十郎の知略のほどは知っていたが、狐につままれたような心地だった。

「いったい弥十郎殿は、安武様と何を話したのでございましょうな？」

「いつも弥十郎どのはもったいぶってから、得意げに種明かしをします。しないときは、誰かが傷つく時です。きっと政略とも、関わりがあるのでしょう。昔から弥十郎どのは、無理して恰好を付けるお人でしたから」

「佳月殿は、弥十郎殿をよくご存じでございまするな」

「もちろん。本当は、姫が弥十郎どのをいちばん好きだと言うことも、二人が結ばれぬ想い人同士だったことも知っています」

三左衛門は仰天した。弥十郎と皐月はいつも口喧嘩ばかりしていた。右衛門太の分析によると、弥十郎は佳月に首ったけではなかったか。

「姫は昔から兄上が好きでした。今も好きでしょう。でも、女心とはわからぬもの。弥十郎どのをもっと好きになってしまったのです。何事もうまく行かぬものですね」

とまどって汗を拭う三左衛門に構わず、佳月は月を見上げながら続けた。

「弥十郎どのは、今朝まで迷っていたはずです。決断さえすれば、姫は従いて行ったでしょう。でも、弥十郎どのは翡翠の玉かんざしを折ってしまいました。姫から聞きましたが、妻問い（求婚）の証として求めていた品だったそうです。でも、皆の幸せを考えて、弥十郎どのが選んだ道です。姫も最後には受け容れていました。万事、これでよかったのでしょうね」

「佳月殿は、人の気持ちばかりお考えじゃが、己れの幸せを考えておられまするか？仲馬殿はたしかに立派な武人なれど……」

佳月は答えず、三左衛門に「恋をしたことがありますか」と問い返してきた。

「それがしとて、童ではござらぬ。実は……佳月殿が、この世で一番好きじゃ」

三左衛門は勇気を振り絞って打ち明けた。皐月をさしおいて「立花小町」とまで持て囃される女性など、高嶺の花だと知ってはいた。悔しいが、たしかに安武仲馬とは似合いの夫婦になるだろう。もう結ばれないと知ったからこそ、言えたのだった。

佳月は月照の下で美しく微笑んだ。

「うれしゅう存じます。わたしも女子ですから、好きな殿方はおりまする。でもそのお方は、他の女子を想うておられました。もとより武家の女子なれば、父上のお決めになった家に嫁ぐ所存です。でも、あのお方の妻になれればと、ずっと想うておりました……」

「知っておりまする。されど和泉殿は、佳月殿の兄上ではございませぬか？」

佳月は少し驚いた顔をしてから、袖で口元を押さえて笑い出した。

「ほほほ。兄上は大好きですが、恋なぞいたしませぬ。わたしを好きと言うてくださった三左衛門どのには、わたしの秘密を教えて差し上げましょう。……わたしが好きな人は昔からずっと、鷹野弥十郎どのです……」

佳月は顔で微笑みながら、心で泣いていたのか。皐月が安武家に嫁いでいたら、佳月の恋は成就したはずではないか。

「幼馴染の妹のような姫と、同じ殿方を好きになってしまいました。大切な姫から、わたしが弥十郎どのを奪うわけにはいきますまい」

佳月は、皐月の恋のために想い人をあきらめ、弥十郎は、想い人を親友に譲った。

皆の幸せを考えて策を練った弥十郎と、これを受け容れた佳月の思いが、今ごろになってわかった。むろん三左衛門の淡い恋も終わったわけだが、政略結婚が常の乱世とはいえ、世の恋とは、なぜかくもうまく行かぬのか。

「今宵のお話はすべて、三左衛門どのの胸の内にしまっておいてくださいまし」

佳月の眼に浮かぶ涙に初めて気付いた。

澄んだ月照の輝きに、瞳がきらめいている。佳月が三左衛門の腕の中に身を寄せてきた。女子の心はわからぬ。自分の心中を知る男の胸で泣いて、恋をあきらめたかったのだろうか。三左衛門は辺りを気にしながら、そっと佳月を抱きしめた。

間もなく佳月は、いつもの落ち着いた佳月に戻った。

皐月の部屋へ行く佳月と別れて宴の場に戻ると、鑑載以下重臣の姿はなく、座が入り乱れていた。探すと、弥十郎と和泉が酔っ払いながら、花札に興じている姿が目に入った。

二十五

「今宵は過ごしたようじゃ。身どもは眠いぞ」

鷹野弥十郎は、紫の袱紗の上に花札を乱暴に放り出すと、右衛門太の肉付きのいい肩に手を置き「片づけてくれい」と甘えた。

承知した右衛門太が自慢の花札を重ね合わせ始めた。作成者だけあって、愛着があるらしい。

「お前が眠くない時なぞあるまいが。教えい、弥十郎。どう出ておるのだ?」

弥十郎の軍略は、師の見山をはるかに凌いだが、占術は足元にも及ばなかった。ゆえに戦では、頭で布陣や計略を考案し、諸将への説明に卜定をもっともらしく用いるのみだ。生年月日から割り出す「命」は定まっている。読み方が難しいが、主だった家臣の命については、見山から結論を教えられていた。見山が考案した花札占いは「卜」であり、その時にたまたま選んだ札で、結果は左右されるはずだった。だが、札に見山の霊力が残存しているのか、見山の予言に沿う札ばかり現れたので、途中で嫌になった。

「見立ては変わらん。和泉は乱世で姫と共に天寿を全うする。九十まで生きるであろう。おめでたい話じゃ」

「俺には持ち前の強運があるからのう。それより右衛門太と三左よ」

「身どもの見立てなぞ信じぬと、馬鹿にしておったではないか」

「酒の肴くらいにはなろうが」

「教えてくだされ、弥十郎殿。どう出たのじゃ？」

右衛門太が身を乗り出してきた。

「この世には知らぬほうがよい話のほうが多い。見えぬものを無理に見んでもよかろうが。運命はいつも残酷だからな」

「けちじゃな。教えてくだされ」と、三左衛門と右衛門太が口々に言う。

しつこく尋ねてくる三人に面倒くさくなって、弥十郎は生あくびを嚙み殺しながら答えた。

「向こう十年のうちに、大きな戦が起こる。お主らはその時に死ぬ。ついでに言えば、身どもも死ぬらしい。和泉だけがしぶとく生き残る。せいぜい長生きせよ」

「ふん、弥十郎のつまらん卜定など気にいたすな。お前らは皆、俺が守ってやる」

弥十郎の見立てなど、むろん気に懸ける必要はない。だが、野田見山は違う。弥十郎は立見山の見立てでは、三左衛門の登場により立花は滅びへと歩み始めた。弥十郎は立花と運命を共にして二十六歳で死ぬはずだった。

だが、人との邂逅で、運命は変わってゆくらしい。立花の未来は大きく揺らいでいるが、弥十郎の早死の運命も影響を受けた。生にかすかな光明が見え始め、長寿の可能性まで現れた。ただし、立花と弥十郎の生は常に両立しなかった。立花が滅びれば、弥十郎は生きる。弥十郎が早死にすれば、立花は滅びない。

弥十郎が立花を滅ぼすことはありえない。今、見山が生きていれば、どのように見立てるかは知らぬが、弥十郎はおそらく、立花を守るために戦死するのだろう。今の姿からは想像もつかぬが、立花の凶星、米多比三左衛門は立花に叛逆するのやも知れぬ。野田右衛門太はその戦に巻き込まれて死ぬ。生き残った和泉が立花を守ってゆくわけだ。

弥十郎は日夜、寝る間も惜しんで、滅びの運命を回避すべく、命数を解き明かさんと思索、探究してきた。だが次第に、見山が喝破(かっぱ)していたごとく、人智の及ばぬ何かが支配する、誰にも変えられぬ宿命があるのやも知れぬと思うようになった。

「されど弥十郎殿、運命は変えられるのでござろう？」

三左衛門の問いに、弥十郎はすぐに頭(かぶり)を振った。

「わからんのう。まだ調べておる最中じゃ」

見山は運命を知りながら変えられなかった。だから最後に柳の札を選んだのか。

「戦ばかりで、さして楽しき世でもなし。皆で死ぬるなら、わしはそれでよいわ。それより弥十郎殿はもう、どこかへ行ったりせんのじゃろう？」

右衛門太が心配そうに尋ねると、弥十郎は手酌で盃に酒を注ぎながら答えた。

「旅支度をやり直すのも、面倒くさいゆえな」

佳月を通じ、恰好を付けて皐月には守ってやると約したが、主君も師も失い、想い人も親友に譲った弥十郎に、何が残っているのだろう。

「元気を出されよ。弥十郎殿には、野田殿もそれがしもおるではありませぬか」

何やら三左衛門が涙を浮かべている。

暑苦しいが憎めぬ若者だと、つき合ううちにわかった。結局いつの間にか、友のようになってしまった。いずれ避けられぬ運命なら、この若者と共に死んでやってもよいかと、弥十郎は思う。

「ときに三左衛門。そろそろ頼んでおいた例の物を持って来てくれぬか？」

三左衛門がうなずき、風呂敷を背負って戻ると、弥十郎は立ち上がって手を叩いた。

「皆の衆、今日は立花家随一の仁将、心優しき野田右衛門大夫が生まれし日ぞ。カステーラを買うて参ったゆえ、物のついでじゃ、盛大に祝うてやってくれ」

歓声が上がり、三左衛門がカステーラを配り歩く。

右衛門太は呆気に取られていたが、和泉たちから殴る蹴るの手荒い祝福を受けながている。

ら、泣き笑いしていた。愛すべき若者は眼に涙をいっぱい溜めて、いちいち礼を述べている。

「弥十郎殿は覚えておってくれたんじゃのう……。わしはいちばんの幸せ者よ。ここにいる立花城の皆が、十年の後も、二十年の後も笑顔でいられるよう、わしは祈るだけじゃ」

戦乱の世にずっと続く幸せなど、あるはずがなかった。だが右衛門太の純朴な祈りなら、天も聞き届けてくれはすまいかと、弥十郎は願った。

「弥十郎殿はよきお人じゃ。それがしはすべて知ってござるぞ。この米多比三左衛門、弥十郎殿に惚れ直しました。一生、ついて行き申す」

いきなり乱暴に抱きついてきた三左衛門のたくましい腕を払いのける。

「いかがしたのじゃ。もう酔いが回ったのか、三左衛門」

「それがしは不調法でござる」

三左衛門が口を尖らせたとき、「殿がお召しじゃぞ」と和泉が呼ばれた。

「幸せ者はどこへなりと去ね」

弥十郎はカステーラをほおばりながら、和泉を追い払うように手をひらひらさせた。

二十六

「和泉よ、立花第一の将はお前じゃ。藤木和泉ほどの将を臣に持ち、また婿となしえたは、わが生涯の誇りである」

井楼岳にある立花城本城の御座所で、藤木和泉は「はっ」と主君に平伏した。酔いが消し飛んだのは、鑑載の脇に、父の藤木監物が端座していたゆえもあった。

日田にいた昔から、鑑載は亡兄の日田親将と共に、「この童は必ず知勇兼備の名将になろう」と和泉を可愛がってくれたものだ。皐月と結ばれた歓喜と、主君の重い言葉に感極まって、不覚にも涙がこみ上げてきた。

かねて鑑載は、立花家臣団の中で、藤木監物と和泉だけを「お前」と呼んだ。他の家臣は「そち」としか呼ばない。これは、藤木父子への特別な信頼の現れに違いなかった。たとえ世のすべてを敵に回そうとも、和泉は必ず鑑載の信に応えねばならぬ。

和泉は今、十九年ほどの生涯で一番幸せだった。命を捧げられる主君に仕え、立派な父があり、最高の友を持ち、想い人と結ばれた。

家中では、鑑載派が完全な勝利を収め、十年来、謀略の渦巻いていた立花家が、ようやく一つにまとまった。今後、家中に亀裂は生じまい。立花には三傑がいた。さらに三左衛門も勇将としての片鱗を見せている。和泉たちの世代が、新生の立花家を支えてゆくのだ。その先頭に和泉が立つ。まさに一路順風だった。

「お前なら、安心して皐月を委ねられる」

ふだん笑わない鑑載がまれに微(かす)かな笑みを作ると、まるで、初めて人前で舞を披露する童女が見せるようなはにかみが浮かぶ。和泉はその恥ずかしげな笑みが好きだった。だが、はにかみは、すぐさま苦みで消された。

「和泉よ。立花家を継いだ今、お前にだけは、言うておかねばならぬ大事がある。余が兄上を殺(あや)めた経緯(いきさつ)じゃ」

和泉は覚えず身体をびくりと震わせた。

監物は身じろぎ一つせず、彫像のように端座している。

鑑載は兄の首を手土産に大友宗家に命乞いをして、立花家を買ったのだと陰口を叩かれてきたが、自身は「兄殺し」の汚名につき、一言も弁明しなかった。

鑑載は己が手を開くと、じっと見つめてから、ぎゅっと握りしめた。

「この手にはの、和泉。兄上の首筋に向かって、太刀を振り下ろしたときの感触がまだ、しかと残っておるのじゃ」

和泉の全身から、冷や汗が噴き出た。

鑑載の実兄日田和泉守親将の死をもって日田家が滅んだあの日、幼かった和泉は、大人たちとは別室にいた。まだ生きていた母は、不安がって泣く佳月と皐月を抱きしめていた。

鑑載の表情につきまとう翳りの原因が、あの日の出来事にあるのだろうと、察してはいた。だが監物を含めて、誰も過去の悲劇には触れなかった。兄殺しの逸話に触れることは、家臣団でも当然の禁忌だった。いずれ時が風化させるのだろうと、和泉は思っていた。

「余はただの片時も、兄上のご無念を忘れたことはない」

日田家は十二年前に滅亡した。

謀叛を起こした最後の当主親将は、居城の小野城を大友軍に包囲された。冤罪だったとの噂もあるが、乱世では付け入られる隙を作った親将が愚かだとされた。日田軍は城に籠り、籠城戦は長引くと見られていた。だが、戦はあっけなく終わり、城は明け渡された。親将の実弟である日田親載が、逆臣である兄を討ち、その首を持参して、大友宗家に降伏したからである。

大友家先代の義鑑は、親載のけなげな忠誠を讃えて、偏諱を与え、「鑑載」と名乗らせた。己れの望み通り日田領を宗家の御料所に加え、気をよくした義鑑は、鑑載をそばに置いて可愛がった。二年後、義鑑は忠臣の日田鑑載に、男子のなかった立花鑑光の娘を娶せ、養子として立花家へ送り込んだ。鑑載を返り咲かせ、立花家を乗っ取らせようとしたのである。以上が、世人が立花鑑載の過去について持つ、おおよその認識だった。

「もとより兄上には、宗家への逆意なぞ、微塵もなかった。こたび義父上（立花鑑光）が同じ目に遭われたようにな。じゃが、宗家の軍師、角隈石宗は平気で謀叛をでっち上げおる。兄上は監物と共に、日田を九州一の里にしようと日夜、奮励しておられた」

二十年以上前、仏門に帰依していた日田親将は、盲目となった兄に代わり、急きょ還俗して日田家を継いだ。親将は才ある者を領内に求めた。藤木監物、かつての平島主水亮は筑後柳川から日田へ流れてきたしがない浪人にすぎなかったが、親将のおかげで世に出た。身分こそ低いが、知勇に優れた主水亮は、近習に抜擢され、たちまち親将の信を得て重用された。

若い二人は旧弊を廃し、日田を豊後一、いや鎮西一の里にしようと、美しすぎる理想を抱いた。不正義に満ちた乱世でも、領内であれば正義が通ると勘違いしていた。

民あっての領主である。二人はうち続く戦乱で疲弊した民を、貧困から救い出そうとした。領内の諸勢力は、二人三脚で世を正そうとする二人に既得権益を脅かされ、猛反発した。二人が本気だと知ると恐れ、ついには当時の国主大友義鑑に泣きついた。

義鑑は怜悧な策謀家だった。

日田家中の内紛と若い領主による慣れぬ政治を、日田領召し上げの好機と見た。義鑑は不満分子の訴えをわざと鵜呑みにし、その願いをすべて聞き届けた。さらに親将の片腕である主水亮に蟄居させて、混乱を収拾するよう命じた。親将は、宗家の意を受けた一部家臣の不服従に手を焼いた。家中で孤立した親将が主水亮に救いを求めると、義鑑は待っていたとばかり、命に反したとして、ただちに討伐軍を起こした。

大軍迫るの報に家臣らは離反していった。当時、和泉は七歳だった。甲冑姿の大人たちが慌ただしく出入りする物々しい喧騒を今でも覚えていた。

「乱世を生きるには、兄上はお優しすぎた」

家を滅ぼした親将は名君でなく、乱世を渡る器量がなかったのかも知れない。だが、一族と民を思う領主であった。戦を避けて籠城し、開戦前に大友軍へ無条件降伏を申し出たが、一蹴された。

「余はあのとき、皆で城を枕に討ち死にせんと、兄上に申し上げた。じゃが兄上は余に、生きよと仰せになった。監物の殉死を固く止められたのも、兄上じゃ。余もお前も、兄上のおかげで生かされておる」

死んだほうが、鑑載の人生は楽であったやも知れぬ。その場合、監物と幼い和泉たちも皆、日田家と命運を共にしていたはずだった。身代わりとなって死んだ親将と、兄殺しの汚名を背負って苦難の生を選んだ鑑載によって今、和泉は生かされているわけだ。

「余はせめて、兄上が苦しまぬようにと願い、巻藁で何度も試し切りをした。じゃがそれでも、いざ兄上の脇に立つと、余の手は震えた。涙で何にも見えんようになった。兄上はあの時、腹に短刀を突き立てて苦しんでおられた。余は夢中で太刀を振り下ろした」

だが、鑑載の手元は狂った。刀は、親将の頭蓋を傷付けただけだった。親将は苦しそうに呻いたが、鑑載になお微笑みかけたという。

「兄上は余に、世話をかけてすまぬと、仰せになった」

鑑載は歯を食いしばった。眼には涙が浮かんでいる。

和泉はもらい泣きをした。

「財津、坂本、羽野、石松、堤、高瀬ら日田の旧家臣は、ことごとく余を見限って宗家に鞍替えした。だが主水亮だけは逃亡、潜伏し、余に従うてくれた。余と藤木は一心同体よ」

号泣して刀を振り下ろせぬ鑑載に代わり、親将の介錯をやり遂げたのは主水亮であったという。鑑載は、いかなる悪名を被ろうとも、報復の日のために生き延びよと命じ、夜陰の城の明け渡しに乗じて、主水亮たちを秘かに落ち延びさせた。

日田家滅亡後、勝利した大友宗家が正義となった。日田家の滅亡はすべて、悪政を敷いた暗君日田親将と佞臣(ねいしん)平島主水亮の責めとされた。

鑑載は復讐を誓いながら、義鑑に面従腹背して、その信を得た。鑑載が立花家の養子に入って返り咲くと、鑑載は主水亮を召し出した。主水亮は平島姓を捨て、素性も知れぬ藤木の姓を名乗った。筑前には多いというだけの理由で姓を決めた。名も、監物と変えた。

鑑載の立花入り後まもなくの天文(てんぶん)十九年(一五五〇年)二月、義鑑が世に言う「二階崩れの変」で家臣に殺害された。鑑載は直接の仇を失ったが、監物と共に大望(たいもう)を実現すべく、準備を始めた。筆頭家老の安武右京を取り込み、立花家をわが物とすべく着々と布石を打った。鑑光に怨みはなかったが、乱世では家を奪われるほうに落ち度があると、鑑載は学んでいた。

すべて、和泉が初めて聞く話だった。

「余と監物は、十年を費やして、ついに立花を得た。和泉よ。お前にだけは、余の大望を明かしておかねばならぬ。余は一度、滅ぼされた身よ。たとえ事破れ、立花を失おうとも構わぬ。これより立花は、じっくりと力を蓄え、向後五年のうちに、必ずや大友より独立を果たす。これは謀叛ではないぞ、和泉。余は、大友宗家の家臣となった覚えはないゆえな」

鑑載は大きく目を見開いた。

「余はいずれ、大友宗家を滅ぼしてみせる。必要なら、地獄の閻魔とでも手を組もう。余は復讐するために生きてきた。監物と並び、最も頼りとするは和泉、お前じゃ。立花の命運は、藤木にかかっておる」

兄を殺めた鑑載は、兄の無念の死を片時も忘れていなかった。いつの日か大友宗家を滅ぼし、兄の恨みを晴らさんと誓っていた。

全身から血の気が引いてゆく。

言葉を失った和泉は、深々と平伏するほかなかった。

――そして、七年。

筑前の国に巻き起こった、かつてない戦乱の嵐が、若者たちの立花城を襲おうとしていた。

第二部

■主な登場人物

藤木和泉　諱は成載。立花家臣。鑑載の女婿。毛利派。

薦野弥十郎　諱は増時。立花家軍師。

米多比三左衛門　諱は鎮久。立花家臣。大友派。

桂月院（佳月）　和泉の妹。

皐月　和泉の正室。鑑載の娘。

戸次鑑連　大友最高の将。のちの立花道雪

野田右衛門大夫　通称右衛門太。立花家重臣。毛利派。

立花鑑載　立花家当主。

安武右京　諱は鑑政。立花家筆頭家老。毛利派。

第五章　憧れの将

二十七

永禄十年（一五六七年）九月、大友家と毛利家は、筑前を舞台に果てぬ戦いを演じていた。

合戦を前に、布陣を終えた米多比三左衛門は胸を躍らせながら、立花軍の帷幄へ急いだ。父の大学助は境目の城の防衛に当たっている。三左衛門は米多比隊を率いる将であった。

北隣の宗像氏貞は以前から毛利方に与していた。宗像軍による侵攻の予兆は、国境の最前線を哨戒する薦野家士によりただちに察知され、立花城へ急報された。薦野弥十郎は、宗像の不穏な動きを懸念し、かねて盟友の藤木和泉に知らせていた。当主の立花鑑載は、和泉の進言を受けて兵馬を整え、平時の備えを怠らなかった。

宗像軍南下の報に接した鑑載がただちに出陣を下知すると、領内の各居城で守りを固めていた立花家臣団が続々と立花城に集結した。暁闇、鑑載は藤木和泉を先鋒、薦野弥十郎を軍師に任じ、自ら兵を率いて出陣した。立花軍三千余は弥十郎の進言で、立花城から北東に一里ばかりの筵内に本陣を敷いた。

三左衛門が急ごしらえの帷幄に入ると、鑑載を上座とする左右の列には、すでに立花家臣団が勢揃いしていた。筆頭家老の安武右京、民部父子に向かい合って、和泉と弥十郎が座を占め、その隣に三左衛門が座る。

居並ぶ諸将の中でも、具足姿の和泉は見惚れるほどの偉丈夫であった。長い立派な角のある金獅子を前立にした兜は大のお気に入りで、三枚錣は色鮮やかな青糸で威されている。黒塗りの小札をやはり青糸で威した胴丸は、右脇腹で引き合わせられ、随所にある金具が兜の金色と共鳴して輝いている。ひと睨みで敵を震え上がらせる和泉の鋭い眼光には、立花軍最強を自負する勇将の矜持が感じられた。

和泉の左には、弥十郎が床几に鎮座している。いつもの風折烏帽子の上から白鉢巻きをし、瞑目しながら思案する姿は、三左衛門が描く軍師の姿そのものである。今日の弥十郎はあくび一つせず、しきりに薄いあごひげをしごいていた。

物見の報せによれば、宗像軍の将、許斐氏備が一千余の兵で、立花城を目指して南下しつつあった。

安武右京が絵地図を指差しながら、迎撃の布陣を説明、伝達してゆく。

本来は軍師の役回りのはずだが、立花軍の主力はあくまで安武勢であった。正室常盤の病死後、鑑載は右京の娘を継室としていた。今や安武は立花家と一心同体で、その権力は絶大である。安武家中の配置について弥十郎には口出しさせないため、総力戦では右京が軍議を取りしきる形になった。諸将らはうなずくが、ひとり弥十郎はしきりに首を捻った。

右京の説明が終わるや、「畏れながら」と、弥十郎が軍議で初めて口を開いた。

その言葉は口先だけで、何も畏れ入っていない様子は、ひと目でわかる。

右京が威圧するように弥十郎を見ても、蛙の面に何とやらだ。弥十郎は人物を買えば敬意を払うが、今もって地位や年齢には無頓着だった。弥十郎に嫁いだ右京の病弱な娘もすでに死没していたが、それと関わりなく、弥十郎の不遜な態度は、昔から誰に対しても変わらない。

「ここ筵内は、足場の悪い湿地を後背に控え、敵を迎え撃つに適した場所ではござらん」

「待て。軍師を気取っておるそなたの進言で、この地に陣取ったのではないか」

「ここを戦場にすると申し上げた覚えはありませぬな。敵に押し込まれれば、負けまするぞ」

安武は呆れ果てた表情で、弥十郎に食ってかかった。

「負ける道理があるか。わが軍は敵に三倍する。そなたの強い進言で大軍を編成したのじゃぞ」

「許斐勢はただの囮(おとり)にて、本隊は別にござる。身どもが宗像の軍師なら、自慢の宗像水軍を眠らせてはおきませんな」

「そなたの当て推量にすぎまいが。物見から報せは届いておらぬぞ」

「軍師たるもの、敵の動きを読まずして、何をかなさん。報せが来てからでは遅うござる」

三左衛門もはたと気付いた。

毛利軍の清水左近将監宗知(さこんのしょうげんむねとも)の軍勢も加えれば、宗像軍の総兵力は約五千で、出陣した立花軍約三千を上回る。海を背として、南方以外に敵を持たない宗像は、全兵力で立花領に侵攻できた。今や南を含めた四囲を敵に囲まれ、郡境に守備兵の常時配置を強いられる立花家とは、まるで事情が違う。たとえば鷹野、米多比両家の兵の一部は、北東の境目を防衛するため、参陣していなかった。

「敵が海から来るわけか。和泉はどう見る？」

主君鑑載の問いに、和泉がうなずきながら腕を組む。

「なるほど、見えましたぞ。敵は新宮湊から本軍を上陸させ、立花城を衝（つ）くはず」

最初から弥十郎は、宗像軍の海陸両面作戦を看破した上で、迎撃策を立案していたらしい。

「それならそうと、なぜ言わぬ。立花城が手薄になったではないか」

右京の疑問はもっともだった。筵内は城から離れすぎだ。もし宗像軍に背後へ回られれば、立花軍は退くにも退けず、城へ戻れぬまま、挟撃されるおそれがあった。後嗣の立花親善（ちかよし）は蒲柳（ほりゅう）の質（しつ）で、戦には出ない。今回も立花城の留守居役とされていた。

弥十郎が面倒くさそうに応じる。

「陽動でござる。敵の物見も、立花が罠にかかったと伝えておりましょう。これで敵は、和泉の申す通り自信満々で、新宮湊から侵攻して参るはず。されば、これより兵を返しまする」

「五千もの兵で宗像が攻めて参るのなら、やはり籠城策がよいのではないか」

「焚火（たきび）の季節でもなし、下原（しもばる）を焼く必要はありますまい。城に籠ったとて、今の筑前の戦況で、後詰（援軍）が間に合う道理がござらん。戦はのんびりやれば、領民にも迷惑がかかり、国の力を消耗いたしまする」

昨秋から一年近く、大友は筑前、豊前に燎原の火のごとく広がった大規模な叛乱の火消しに追われていた。むろん策士の毛利元就の差し金で起こった騒擾である。大友には、ただちに立花城に援軍を送る余力などなく、立花家はほとんど孤立無援に等しかった。

「宗像は報復に燃え、決死の覚悟で出兵しておるはず。確実に勝つなら、真面目に邀撃せねばなりますまい。立花城に用もない兵を残し、無駄飯を食わせておる場合ではござらん」

筆頭家老に対し、いちいち皮肉めいた言い方をする弥十郎の悪い癖に、いつもながら三左衛門は冷やりとした。

――では、いかにして勝つと申すか、弥十郎？

とでも、主君鑑載の下問があれば、弥十郎もさすがに畏まるのだろうが、鑑載と弥十郎も不仲である。代わりに和泉が「殿にお前の策を申し上げよ」と仲立ちした。

「わが軍は、上和白の葦原に兵を伏せ、宗像の本軍を撃滅いたしまする」

弥十郎は懐から自前の絵地図を取り出すと、右京が説明に使っていた地図の上に広げた。居並ぶ将たちからどよめきの声が上がる。

すでに宗像水軍の侵攻路が予想されており、立花軍の部隊名と配置場所まで記してあった。

「北から参る許斐勢は、侵攻路に三百ばかりの伏兵を置き、その一手を以て、この地で撃退いたしまする」

弥十郎は閉じた赤い軍扇で絵地図の一ヵ所を指した。「団之原」と書かれている。

「待たぬか、薦野。許斐勢は千を超えると聞くぞ。三百は少なかろう。負ければ、われらは背後を衝かれて挟撃される。そのまま立花城を落とされるやも知れぬぞ」

「おお、さすがはご家老、よう気が付かれましたな」

弥十郎の言葉は嫌味にしか聞こえない。

「さいわい当家には一騎当千の武者がおり、退屈そうに鼻毛を抜いておりまする。藤木和泉の武勇なら、敵勢を木っ端みじんに粉砕できるはず。藤木隊が許斐勢を打ち払った後、上和白に合流して敵の側面を衝けば、立花の勝利は揺るぎなきものとなりましょう」

だが逆に、藤木隊が敗れたなら、上和白の主力が背後を衝かれるか、一挙に親善のいる立花城へ攻め込まれ、立花軍の敗退はほぼ確定する。大きな賭けだが、弥十郎はあくまでつるりとした顔をしていた。

鑑載が打診するように和泉を見ると、和泉は鑑載に向かって大きくうなずいた。

「軍師の策を用いる。皆の者、勝って立花の力を世に知らしめよ」

鑑載には家臣を信ずる器量があり、博打を打つ度胸があった。陰惨な出自はともかく、名君といえたろう。米多比家を最前線の布陣とした配慮も、三左衛門にはうれしかった。枢要の地に配置したのは、弥十郎が三左衛門の武勇に全幅の信を置くがゆえだ。相変わらず口こそ悪いが、弥十郎ほど和泉と三左衛門の力を正しく理解している者もいなかった。

帷幄に吹き込んできた西風に、潮の匂いが混じっている気がした。

二十八

宗像水軍の船影が遠くに消えてゆくと、藤木和泉は、水際から馬を返した。

立花軍の大勝だった。宗像軍は面白いほど、弥十郎の策にかかった。

団之原に兵を伏せていた藤木隊は、進軍してきた許斐氏備の軍に両側から奇襲をかけた。不意を突かれた許斐勢は、大混乱に陥った。和泉が縦横無尽に暴れまわると、敵はなす術もなく、百人近い戦死者を出して、潰走した。

他方その頃、立花軍の本隊は、宗像水軍を上和白で待ち伏せていた。弥十郎の見立て通り、敵が新宮湊から上陸し東進してくると、三方から包囲攻撃を開始した。敵将占部尚安と清水左近将監の両将は、別動隊の許斐勢が立花軍の背後を衝くと期待していたのであろう、形勢の不利にもかかわらずなお踏みとどまったため、激戦が続いた。だが、団之原で敵を打ち破った藤木隊が加わり、和泉が暴れ出すに及んで、ついに兵を引いた。

かくて団之原、上和白の合戦は立花軍の大勝利に終わったのである。

陣払いに当たり弥十郎が殿を買って出、副将として和泉、三左衛門の隊を指名した。鑑載がこれを許したので、三将の兵五百余りが、最後まで上和白にとどまった。

弥十郎は本軍が凱旋してゆく後塵を見送った後も、すぐには帷幄を動こうとしなかった。

すでに日は傾き始めている。

「弥十郎、なぜ戻らぬ。いつも帷幄に座っておるだけ、せいぜいあくびを嚙み殺すが仕事のお前が、殊勝にも殿を務めるなぞ、いかなる風の吹き回しだ？」

和泉がからかっても弥十郎は真顔で、海面に反射する傾いた陽光を見て、まぶしそうに眼を細めていた。

「身どもが宗像なら、やられっ放しではかなわぬ。勝利した直後の敵は、えてして油断があるものよ。さればせめて、一矢報いてから兵を退く。占部も清水も、立花に身どもがおるせいで負けが込んでおるが、なかなかどうして、ひとかどの将じゃ。勝ちに驕る立花の背後を衝かぬともかぎらぬ。面倒くさい話よ」

「何と。あれだけ敗けたのに、敵はまだあきらめておらぬと仰せか」

驚く三左衛門に、弥十郎は「ほれ、お出ましじゃ」と、生あくびを噛み殺しながら答えた。

和泉は、赤い軍扇の指す先を振り返る。

目を凝らすと、引き返してくる敵船団の姿が見えた。

「立花に隙あらばと様子見に戻っただけだ。お主らの二隊は海に向かって並び、怖い顔で敵を睨み付けておれ。三つほどあくびが出るうちに、引き返すであろう」

弥十郎は床几から立ち上がると、大きく伸びをした。

「後は任せた。身どもは立花城へ戻る。先に酔い潰れておるぞ」

と言い残すや、弥十郎は百名ばかりの兵を率いて、さっさと陣を引き払った。

その後、和泉は指図された通り、海に向かって兵を展開した。三左衛門と駒を揃えて、海風を浴びる。旗が風にはためく乾いた音が心地よい。三左衛門は自慢の笹穂槍を小脇に抱えていた。和泉に哀願してきたため、譲ってやった黒柄の槍だ。信頼できる戦友たちと共に戦うほど、心強く、誇らしく思うことはなかった。

浜辺で待ち構えている藤木、米多比両隊の姿を見たためであろう、宗像水軍が再び船首を北へ戻してゆく。弥十郎は戦わずして敵を引かせたわけだ。

「弥十郎殿の才、いつもながら、畏るべしでござるな」

「まったくだ。勝ちに驕って、のんきに凱旋しておったら、立花はどれだけ兵を失っておったことか」

油断して背後を衝かれれば、立花城まで侵攻を許したやも知れぬ。もし今、立花が一敗地にまみれたなら、四囲の敵がいっせいに立花家に牙を剝(む)くだろう。戦乱のうち続く筑前では、綱渡りの攻防が続いていた。立花家が生き残っているのは、弥十郎の知謀が、和泉と三左衛門の武勇を十二分に活かしてきたからだ。佳月(かづき)が嫁いだ安武仲馬は、二年前、弥十郎不在の立花が大敗を喫した戦で、死んだ。今は代わりに三左衛門を加えた新しい立花三傑が、立花軍を支えていた。

「近ごろの弥十郎は、俺よりも酒量が増えたな」

「弥十郎殿はいったい、何のために戦うておるのでござろうか……」

現当主の鑑載が家を継いで以来、弥十郎は立花家の行く末について自ら意見しなかった。和泉や誰かに問われて、初めて己れの意見を明かした。和泉を通じて採用されればそれでよし、されずとも、まるで他人事のように、気に留める様子はなかった。弥十郎の策を容れれば立花は勝ち、容れねば負けた。弥十郎は勝っても喜ばぬし、負けても悔しがらぬ。ずっと斜に構えたままだ。

和泉は義父でもある主君立花鑑載のために戦ってきた。三左衛門にとっては、国主大友宗麟（義鎮）のためでもあったろう。だが、弥十郎が仕えていた立花鑑光は七年前、鑑載派と大友宗家のために、死へと追いやられた。明かした覚えはないが、弥十郎なら、真相を見抜いているはずだった。立花家を裏切りはしないが、弥十郎は長らく不遇だった。

潮の香りが強くなった。海風が冷たい。

「戻るか、三左。弥十郎が待っておる。明日は俺の屋敷で宴でもやって、呑ませてやるか」

和泉が馬首を返すと、三左衛門もうなずいてならった。

二十九

米多比三左衛門が差し入れた練貫（ねりぬき）は、酒豪二名がとうに呑み干していた。和泉と弥十郎が「それにしても、まずい酒じゃのう」と文句を垂れながら盃を空けるたび、三左衛門か右衛門太が安酒を注（つ）ぐ。

宗像軍を大破した翌日、立花家では、女子供や年寄りが山上に退避したままで、家臣団が立花城と城下の警固に交替であたっていたが、和泉と弥十郎はまるで天下でも取ったように祝い酒を呷っていた。

「他を当たれ。敵将兵の心のうちを見通せる身どもでも、女心だけはついに計り知れぬと学んだ」

酒が入ると、三左衛門は必ず佳月との仲をからかわれた。この日は思い切って開き直り、逆に「何ぞよき策はござらぬか？」と問うてみたのである。

二年前の戦で夫の安武仲馬が死んで間もなく、佳月は尼寺に入り、落飾（らくしょく）して桂月院（けいげついん）と号した。子はなかった。忌明（きあ）け後ほどなく、三左衛門は桂月院を訪うようになった。佳月を慰める気持ちからだったが、会ううちに、終わったはずの初恋が蘇（よみがえ）った。安武右京の勧める縁談を蹴り、二十二歳になった今も妻を娶らぬ理由は、佳月への想いを残していたためだった。

「厄介だな。三左が煩悩三毒に溺れておっては、立花軍の士気にかかわる。右衛門太、何ぞ気の利いた知恵を出さんか」

和泉の突然のふりに右衛門太が猪首をかしげると、首筋に二本のしわができた。

「わが妻を見るに、女心をつかむには、贈り物にかぎり申す。金平糖なぞいかがでござろう？」

右衛門太は過年、右京が養女にした立花家臣の娘を娶り、子もなしていた。幸せが顔に居ついており、会うたびに肥えてゆく。

「俺は甘すぎて好かぬな。食い物は消えてしまうゆえ、不吉ではないか」

「おお、そうじゃ。南蛮渡来のよい絵筆がござってな。博多津の小田屋の隣に――」

よい思い付きをしたとばかり、右衛門太が意気込んで語り始めると、和泉がさえぎった。

「弥十郎ほどではないが、佳月は絵がへたくそじゃ。皆にお前のような絵心があると思うな」

「きれいな女性と申さば、櫛なんぞ――」

「阿呆め。落飾した尼に皮肉のつもりか」

「すまん」と、しきりに頭をかく右衛門太の姿が気の毒だった。

鼾(いびき)がする。弥十郎が腕組みをしたまま、居眠りを始めていた。

日ごろの鍛錬の成果か上手に眠っていて、鼾さえなければ、うつむいて考え事でもしているようにしか見えない。二六時中眠たがっている軍師など、世にもめずらしかろう。和泉が寝転がったまま盃をついと差し出してきたので、三左衛門が瓶子から酒を注いでやった。

庭では鵯(ひよどり)がやかましく囀(さえず)り、秋を告げている。

皐月(さつき)は流産しやすい体質で、まだ無事に子を産んでいなかった。少し前にまた流産をして、今は落ち着いているが、大事をとって山の上にいた。

弥十郎の娶った右京の姪は、もともと病がちで芯の細い女性だったが、弥十郎なりに優しくしてやったらしい。「幸せでした」と言い残して、弥十郎に看取られながら、数年前に逝(い)った。子もなく気ままな弥十郎は、後添えを娶らず、いちずな三左衛門も独り身のままだった。

「そろそろよかろうな」

和泉は立ち上がって広縁(ひろえん)に出ると、陰干ししてあった甲冑を取り入れた。

鎧櫃に佩楯を結んで固定する。鎧立てに胴を着け、籠手や袖を付けてゆく。金色の獅子の前立を何度もていねいに布で拭ってから、兜鉢に取り付けた。和泉は赤子を可愛がるように、必ず自ら手入れをした。戦場でも馴染みの青の甲冑は、今や立花軍の精強さの象徴ともいえるが、和泉は中でも兜を大切にしていた。

「俺は鑑連公のごとき将となりたい」とは、ここ数年の和泉の口癖である。

和泉が「家宝」と呼ぶ兜は、長角を持つ金獅子の前立が大口を開けながら睨んでいる。宿将戸次鑑連から和泉がじきじきに賜った自慢の兜であった。妻の皐月を除けば、和泉の一番の宝物で、今でもわざわざ被って眠る夜まであるという。

大友の戦神とされる戸次鑑連の威名は、今や大友最強の将として、九州はもちろん、全国に知れ渡っていた。「甲斐の虎」と恐れられる武田信玄も、鑑連との面会を望んでいると聞く。三左衛門も戦陣で、大友軍の総大将を務める鑑連に会い、顔と名を覚えられていた。鑑連の顔は噂に違わぬいかつい鬼瓦で、その気迫たるや、近くにいるだけで火傷しそうなほどの烈しさがあった。

「俺はこの兜を被っておるかぎり、いかなる戦場にあっても、怪我ひとつせぬ」と、和泉は繰り返した。実際、激烈な戦場に何度も臨みながら、和泉はかすり傷ひとつ負った例しがなかった。

「和泉殿、わしは獅子を見たことがないが、角なんぞあったかのう？」

「あるに決まっておろうが」

和泉は、右衛門太の呈した素朴な疑問をひと睨みで焼き殺すと、兜鉢を鎧立ての頭へ乗せ、兜の緒をしっかりと締めた。

宝物の兜をしげしげと眺めながらさもご満悦そうな和泉に、三左衛門は気懸りを問うてみた。

「和泉殿、まじめな話じゃが、立花が再び離反するとの噂、真ではござるまいな？」

三左衛門の問いに、右衛門太は身体をびくりとさせ、和泉は頭を振ってから気難しい顔で振り返った。

「立花は二度も夢を見てはならぬ。殿も重々ご承知よ」

三左衛門の問いに重々しく答えると、和泉は「酔い覚ましに歩いて参る」と言い残して屋敷を出た。

三十

体が酔っていても、心まで酔ってはいない。

藤木和泉は、浜男川のほとりを香椎潟のほうへ歩いた。近ごろ和泉がしたたか呑んでも酔えぬ理由は、心の隅で家中の不穏な動きを警戒しているせいだろう。

途中、川沿いに大きく開けた野に足を止める。

敬愛する父、藤木監物は二年前、この地で腹を切った。

振り返ると、立花城のほぼ全貌が見渡せた。

ここは戸次鑑連が赤杏葉の軍旗をなびかせて、本陣を敷いた地である。

立花が再び大友に叛けば、今度こそ、戦神は赦すまい。

九州と中国地方を繋ぐ門司城は、筑前の東に位置する要衝であり、大友は毛利との間で、長らく門司城争奪戦を繰り返してきた。六年前の戦に立花家が参陣した際、和泉は総大将であった戸次鑑連の采配と戦いぶりに惚れ込んだ。和泉は小規模な戦闘経験こそ豊富だったが、双方で数万の兵が激突する大会戦は、初めての経験だった。毛利軍の強さも思い知らされた。総大将でありながら、全軍の陣頭に立って指揮をとる鑑連の雄姿と、別格の精強さを誇る戸次兵の勇猛に、和泉は痺れた。鑑連も、和泉の抜群の武勇に惜しみない賞賛を与え、親しげに声をかけた。以来、和泉は鑑連を崇拝してやまぬようになった。口を開けば鑑連について語るので、辟易した妻の皐月から苦言を呈されたほどである。

だが二年前、和泉はその鑑連に敵として相対した。

立花家最大の汚点ゆえに誰もが口を閉ざすが、立花鑑載は永禄八年（一五六五年）五月、大友宗麟から離反し、独立を宣言した。かねて鑑載は大望を持っていたが、その決断は毛利元就の使嗾に由来した。毛利は山陰の尼子家攻略に専念するために、立花の叛乱を利用して、大友に後背を脅かされぬよう図ったのである。

和泉はこの鑑載の企てに強く反対した。

離反独立は、大友宗家と繋がりの深い米多比、薦野を始め家中に深刻な軋轢を生む。常勝の戸次鑑連を擁した大友は絶頂期を迎えつつあり、父の藤木監物もこの時期の叛乱に慎重論を唱えた。和泉は鑑載の大望を解しつつも、時期の尚早を説いた。だが鑑載は聞き入れなかった。大友が構築してゆく圧倒的な覇権を目にして、鑑載はひどく焦っていた。このままでは、憎き大友が九州を制する。鑑載の強い意向を受け、監物は密かに挙兵準備を進め、和泉もやむなく従った。

父子二代で宗麟に近習として仕えた寄騎の米多比家が、この企てに同心するはずがなかった。弥十郎はともかく、薦野家も同様だった。蹶起に当たり、両家の当主らは立花城に呼ばれ、人質として幽閉された。和泉は両家の一族郎党への危害を一切禁ずべしと強く進言し、鑑載がこれを容れた措置であった。

和泉が拘禁された弥十郎に策を諮ると、「今、兵を挙げても、勝つ策はない。早めに和睦するのじゃな」と、つれない答えが返ってきた。

立花家は毛利の支援、仲介を得て、これまで敵対していた宗像、原田、筑紫ら筑前の毛利方諸将、さらには豊前の長野家と結んで挙兵した。

驚いた大友宗麟は時を移さず、戸次鑑連を総大将とする討伐軍を差し向けた。鑑連は、太宰府を治める盟友の高橋鑑種を副将として、危なげない戦を展開した。まず長野をひと揉みで討滅して豊前を平定すると、その余勢を駆って立花城に向け、二万の大軍を進発させた。

切羽詰まった和泉が幽閉中の弥十郎に再び教えを乞うと、鑑連の侵攻を止める策を授けられた。

喜んだ和泉の進言で、立花家は三千の兵で出撃、勝手知ったる侵攻路に伏兵を置き、毛利ら友軍と合わせて一万の軍勢で、三方から鑑連の軍を撃退する作戦に出た。

だが、かねて角隈石宗と繋がる主力の安武右京は、もともとこの叛乱に乗り気でなく、立花軍は一枚岩でなかった。

結局この叛乱で、立花は毛利の捨て駒とされた。

鑑連の神速ゆえに、毛利は適時に援軍を送れず、鑑連の威勢に恐れをなした宗像らは、約束通りに兵を出さなかった。和泉はやむなく安武仲馬と共に立花軍単独で正面から戦いを挑んだ。だが、戸次鑑連、高橋鑑種の両将は鎧袖一触（がいしゅういっしょく）、立花軍を粉砕した。乱戦の中で仲馬は命を落とした。この敗戦では、あまりに大友軍の動きが速かったために、薦野、米多比家が内通したのだという噂さえ立った。

孤立無援となった立花家には、籠城して毛利の援軍を待つくらいしか手がなかった。が、毛利が約束を履行（りこう）する保証もないまま籠城したところで、勝ち目はない。立花城下に布陣した鑑連からの降伏勧告に対し、城内では勧告受諾派が大勢を占めた。だが、叛乱の責めを誰も負わずに赦されるはずもない。藤木監物の進言で、降伏条件が決まった。鑑載ではなく、腹心の監物が毛利に唆（そそのか）され、勝手に企てた謀叛である。よって責めはすべて監物にある。佞臣（ねいしん）藤木監物の切腹を条件に所領を安堵されたし、されば立花は二度と背かず、忠勤に励まんという、虫のいい条件だった。鑑連は叛将（はんしょう）を赦さない峻烈（しゅんれつ）さで有名だった。交渉は不可能ではと懸念されたが、もしも容れられずば、城を枕に討ち死にすると決まった。和平交渉の使者には、鑑連との間柄にも鑑みて、監物の嫡男である和泉が立てられた。

大友軍の本陣で、和泉は鑑連と対面した。条件が容れられぬときは、鑑連と刺し違える覚悟だった。総大将を失った大友軍を強襲すれば勝機もあらんとの策を、弥十郎から得てもいた。

　だが鑑連は、使者に立った和泉の悲壮な覚悟を、味方よりも理解してくれた。かねて鑑連は立花軍の若き勇将として、和泉に目をかけていた。和泉の肩に親しげに手を置くと、

「この鑑連、負けたわ。うぬは主家を守るために、父の命を差し出しに参ったか。藤木父子が忠烈、天晴(あっぱ)れである。されば必ずやわしが、立花の所領安堵を取り付けてみせようぞ」

と、力強い言葉で約した。さらに鑑連は被っていた兜をその場で外し、和泉に与えたのである。昔、若き鑑連が畏敬する武将から譲られた、由緒ある兜だという。金獅子の前立の兜は、かくて和泉の宝物となった。

　大友宗麟は渋ったが、鑑連の断固たる進言によって、叛乱を起こした立花鑑載は赦された。軍監の怒留湯(ぬるゆ)融泉(ゆうせん)を立花山の白嶽(しらたけ)に常在させる仕置きになったとはいえ、立花城という要衝に叛将をそのまま配置するという驚くべき寛容は、ひとえに藤木父子の忠義に胸を打たれた鑑連の強い意向に由来した。

　藤木監物は戸次鑑連の見守るなか、見事、十文字に腹を切ってみせた。和泉も立ち会った。監物の自裁に対し、鑑連以下、戸次家臣は最大限の敬意を払った。鑑連は切

腹を見届けた後、「武士に生まれし上は皆、藤木監物のごとくありたいものじゃ。皆の衆、心せよ」と述べ、和泉に向かって大きくうなずいた。

監物と和泉の心を最もよく解したのは、敵将戸次鑑連であった。監物は自裁の前、和泉に対し、時勢に鑑みて「爾後は大友に従え。立花を頼む」と遺言した。和泉は今、恩讐を超えて大友に忠誠を誓っている。二度叛して敗れたなら、今度こそ立花家は滅ぶ。父監物が命に代えて守った立花家を、絶対に滅ぼすわけにはいかなかった。

だが、政情は激変した。昨年、永禄九年（一五六六年）十一月、毛利元就が山陰の尼子家を滅ぼすと、時を同じくして、北九州に巨大な戦雲が湧き起こった。何と、筑前の毛利方諸将に目を光らせていた太宰府の宿将高橋鑑種が、大友に反旗を翻したのである。

立花家の四囲は毛利方一色となった。立花城には、鑑種から同心を求める使者が足しげく訪れていた。叛乱への対応を巡り、立花家は再び分裂し始めていた。

さいわい、実際に戦を担う立花三傑は、大友派でまとまっている。和泉には、主君鑑載の絶大な信もあった。

（鑑連公のためにも、俺は毛利からこの城を守らねばならぬ）

立花城を見上げながら誓うと、和泉は屋敷へ足を向けた。

そろそろ弥十郎が目覚めているころだろう。

三十一

居眠りから醒めた薦野弥十郎がよだれを拭き、凝った肩をほぐすべく首をぐるりと回していると、和泉がからかってきた。

「気持ちよさそうに眠っておったが、夢で加賀の菊花でも味わっておったのか？」

「縁側の陽だまりで、練貫を片手に午睡しておる夢であった。吟香まで覚えておる」

「本当に夢の中でも呑んでおったとは、幸せな男だな。立花が誇る軍師が見る夢とも思えぬが」

弥十郎は先代鑑光が託した立花という家に仕えていた。鑑載は家臣を依怙贔屓する。弥十郎は主君に追従せず、気も使わない。他方の鑑載は酒も嗜まず、酒席でも崩れぬから、弥十郎とはほとんど口を利かず、すれ違い続けてきた。

先代鑑光の次女であり、弥十郎の叔母に当たる常盤は鑑載の継室となっていたが、鑑光の死後、鑑載が立花家を継いだ翌年、病死した。毒殺の噂も立ったが、弥十郎は違うと思っていた。常盤は物静かな女性だった。恨み言ひとつ言わず、過酷な運命を受け容れていた。常盤の姿に、弥十郎は忍耐や寛容よりも、あきらめを感じていた。用もないのに何度か叔母を訪れ、他愛もない話をしたが、最後に会ったとき、常盤は「ありがとう」と、弥十郎に微かな笑みを見せてくれた。愛もなく、子も産めず、人生に何の希望もなかった常盤はただ、嵐の過ぎ去るときを待つように、自分の人生が早く終わることを願っていた。天はその願いを聞き届けたのではないか。

「弥十郎殿、今日は酒が進まぬようじゃな」

右衛門太がそれでも、空の盃に酒を注いできた。

「まずい酒じゃからな。練貫以外の酒は、呑めても一升半が限度よ」

酔い潰れる気にはならぬ。酔えぬから、弥十郎は思案している。三左衛門の恋についてではない。家中の不穏な動きについてだ。

戸次鑑連と双璧を成していた高橋鑑種が、太宰府の要害に拠り、反大友の狼煙を上げてから一年近くになる。鑑種はかつて宗麟に実兄を謀殺された恨みから、復讐を目論んだらしい。鑑種は周到に大叛乱を準備していた。宿敵毛利の支援を取り付け、秋月、筑紫、原田、宗像ら筑前の諸勢力と結び、大規模な叛乱を起こした。

大友は戸次鑑連を高橋討伐軍の総大将としたが、さしもの名将も、盟友であった鑑種には手を焼き、すぐには太宰府を平定できなかった。鑑連は今も、鑑種の居城宝満城を包囲したままで、攻略できていない。

立花家臣は現状維持の大友派と、毛利の後ろ盾を得て大友からの離反独立を再度試みる毛利派に大きく分かれ、揺れていた。

毛利派の中心は、二年前の叛乱とは異なり、安武右京だった。右京は次男仲馬を失った怨みから反大友の旗頭となり、秘かに高橋鑑種と気脈を通じている様子だった。対して藤木、薦野、米多比が大友派の中心である。和泉は主君鑑載を説き、家中を大友派でまとめていたが、右京の働きかけにより大友派家臣が切り崩されつつあった。父の宗鎮と違い、弥十郎はどちらでもよかった。積極的に動いて家論の統一を試みる気もない。鑑載の裁断で決まった立花家の方針に従うつもりだった。弥十郎は立花家を守ると皐月に誓った。その約束を守るだけの話だ。

「右衛門太。お前は近ごろ奥方の尻に敷かれて、義父殿とも仲睦まじいようだが、安武に寝返りはすまいの？」

和泉にどんと背を叩かれた右衛門太は、妻子に話が及ぶと決まって顔を赤らめた。

「どっちがよいのか、わしにはようわからん。皆に従う」

「その皆が割れておるから、厄介なのであろうが。野田家の当主として何とする？」

「……和泉殿の言うとおりにする」

「それでよい。われらは大友方だ」と、和泉に頭を撫でられた右衛門太は、まんざらでもない様子だった。弥十郎と同じ二十五歳だが、童のころと変わらない。

「肝心の殿は大丈夫でござろうな？　どうも近ごろ安武様と会われている時が多いようじゃが」

三左衛門が近ごろの毛利派の動きを挙げて懸念を示すと、和泉は「皆、二年前を忘れたわけではあるまい。誰が鑑連公を相手に戦をするのだ？　俺は絶対に嫌だぞ」とぼやいた。

だが、二年前とはまったく事情が違っている。

「今、筑前において毛利と大友は五分。それは立花が大友に与しておるからじゃ。もしも立花が毛利方に寝返れば、六分、四分。いや、身どもなら七分、三分にできる。立花城は難攻不落の巨城。身どもなら、戸次鑑連が万の大軍で押し寄せようと撃退できる」

弥十郎の言葉に、皆が視線を向ける。

そも北九州に、要衝は三つあった。九州と中国をつなぐ門司城、商都博多を擁する立花城、古来軍事拠点とされてきた太宰府である。すでに門司城は毛利に奪われ、太宰府の高橋鑑種までが毛利方に与した。さらに立花城が大友から離反すれば、大友は北九州を失うに等しい。いかに戸次鑑連といえど、逆転が容易でないことは童でもわかる。

「なんだ、弥十郎。立花軍師としての存念はどっちなのだ？」

「身どもはいずれでもよい。大友方に残るなら、これまで通り四囲の敵から立花を守ってやる。独立で家中がまとまるなら、鑑連公を撃退してやる。前回とは違う。どちらでも勝てる」

三左衛門や父の宗鎮（むねしげ）と違い、弥十郎は大友に対し恩義を感じていない。先代鑑光が死を賜った怨みさえあった。だが、いずれの道を進むにせよ、立花家臣団は一枚岩となる必要があった。

「されど、独立するなら、まず三左衛門や身どもの父を説き伏せねばなるまい。目付の怒留湯融泉のごとき凡将は恐るるに足りぬが、戦神を迎え撃つなら、宗像はもちろん、これまで敵対してきた周りの毛利方と密に連携し、相応の準備をすべきであろう。何とも面倒くさい話ではないか。されば、和泉が家中を大友派でまとめるが一番楽じゃ。気張れ」

「お前はいつも簡単に申すが、知恵を貸さんか」

「いとたやすき話よ。右衛門太の敬愛してやまぬ義父殿を討つ。家中不和の元凶は安武右京。十年前に討っておけば、家中はずっと平穏だったのじゃがな」

「言うておくが、わしも右京様をそれほど好きではないぞ。ちと用を足して参るわ」

物騒な話題に、気弱な右衛門太はそそくさと席を外したが、近ごろ安武の居城である貝津城に、毛利方の使者が出入りしているとの噂があった。鑑載の命令さえあれば、謀叛の疑いありとして討ち取ることはできた。

「右京殿とて立花を思うてのこと。無茶を申すな、弥十郎」

和泉も右京を嫌っていたが、鑑載の継室は右京の娘であり、女児を出産したばかりだった。

「さような話より、お前のごとき大酒呑みが、戦神を撃退できるなぞと、聞き捨てならぬな」

現在の筑前の戦況なら、和泉と三左衛門の武勇を用いれば、立花城防衛は十分に可能だと、弥十郎は確信していた。鑑連は恩賞欲しさに妻を焼殺した鬼だとの悪評もあるが、悪口を言うと、和泉は本気で怒り出すから、弥十郎はおとなしく酒をすった。酸っぱいだけで、やはりまずい。

「俺はいつか万の軍勢を率いて戦場へ赴き、公の采配のもと大戦をしてみたいのだ」

夢でも見ているように、和泉は鑑連の濁声を真似てみせた。

「和泉よ、あの砦を落とせる者は、やはりうぬしかおらぬようじゃ。二日で落として見せよ」――「畏れながら二日も要りませぬ。一日で落としてごらんに入れましょうぞ」――「よう申した、和泉」

独り芝居に和泉が精を出している間、三左衛門が弥十郎に安酒を注いでくれた。

和泉によるお決まりの鑑連礼賛が始まると、目配せしてきた三左衛門に、弥十郎はあごひげをしごきながらうなずき返す。

「それにしても立花第一の忠臣、藤木和泉が主を替えるとは、初耳じゃったな」

「何を申すか。大友が北九州を平定する頃には、藤木も城の一つくらい得ていよう。俺は立花を代表して一万の軍勢を率い、総大将戸次鑑連公の麾下に入って、敵を粉砕するのよ」

新参の藤木家は太宰府に近い宇美に小領を持つのみで、主君鑑載の直領の兵を統括する親衛隊長の役回りだが、和泉の武勇なら、いずれ一国一城の主になれよう。

「戸次軍が桁外れに強いのは、上から下まで一致団結しているからだ。由布惟信、小野鎮幸を始め歴戦の勇将が揃っておる。だが惜しいかな、最強の将兵を統べる最高の武将がおっても、鑑連公を輔弼しうる知将がおらぬのよ」

和泉は香椎宮の縁日で掘り出し物でも見つけたように、にわかにうれしそうな顔になって手を叩いた。

「そうだ、弥十郎！　お前は弟に薦野の家を継がせて、立花を出よ。鑑連公の軍師となれ。俺に公の武勇談を話して聞かせよ」

「なぜお主に与太話をするために、さように面倒くさい真似をせねばならぬ？　今まで通り父上に政を任せて、のんびり酒を呑んでおるのが一番楽じゃ。右衛門太にでも頼むんじゃな」

三左衛門が吹き出したが、和泉はあきらめきれない様子で「名案ではないか。俺の家宝の兜を貸してやらぬでもないぞ」と、さらに説得を重ねようとする。

「それにしても、野田殿は遅うござるな。また腹でも壊しておられるのか」

三左衛門が和泉の鑑連礼賛から話題を逸らそうとしたとき、右衛門太が慌ただしく部屋に駆けこんできた。

「大事な話をしておるときに騒々しいぞ！　何じゃ、佳月が三左の求婚を承知でもしたのか？」

右衛門太は肩で息をしながら、何度も首を横に振った。

「違う、一大事じゃ！　大友が秋月に負けたぞ！　城下はその話で持ちきりじゃ！」

事態が急変するやも知れぬ。啞然としたままの和泉の隣で、弥十郎は「詳しゅう話せ」と右衛門太をうながした。

高橋の宝満城を包囲していた鑑連は、背後を衝こうとする秋月種実の動きを察知して邀撃し、激戦の末にこれを撃破した。だがその夜、いったん敗れて城へ逃げ戻った秋月勢が、大友方の陣に夜襲を仕掛けた。嵐の夜、大混乱となった臼杵、吉弘勢が総崩れとなり、秋月領の休松なる地で、あろうことか戸次勢を敵と間違えて攻撃する醜態を演じた。常に備えを怠らない鑑連は動ずることなく、同士討ちの乱戦を止めさせたうえ、追撃してきた秋月勢を撃退した。だが、大友方の被害は甚大で、鑑連も身内や重臣を幾人も失った。数日前の話だというが、この敗戦のために、立花の四囲は完全に毛利方の勢力下となり、大友方の使者の往来まで困難となっていた。

弥十郎は薄いあごひげに手を当てた。

「まったく右衛門太は、凶報をもたらす厄神の使いじゃな。いや化身やも知れぬ。宗像が急に動いたのも腑に落ちた。こたびの大友の敗北で城井、後藤寺を始め、日和見の豊筑の諸士が少なからず毛利に靡くであろう。いよいよ毛利の大軍が上陸するとの噂も絶えぬ。明らかに形勢は鑑連公に不利じゃ。これで、筑前における均衡が崩れた。もはや毛利と大友は五分ではない、七分三分じゃ。立花への風当たりも厳しゅうなろう。家中でも毛利派が勢いづくはず。いっそ毛利に与したほうが楽じゃぞ、和泉。三左衛門も宗旨替えしてはどうじゃ？」

「弥十郎殿。立花は大友の一族、西の大友でござるぞ。今こそ立花が筑前を守らんで、何となさる？」

豊前、筑前の諸将には、鑑連への畏怖から、大友に従っていた者も少なくなかった。友軍の失態とはいえ、戸次鑑連の不敗神話が崩れたとも言える。戦神にも勝てるのだと秋月が示した今、毛利に鞍替えする者が出る事態は避けられまい。

和泉はすっかり酔いも醒めたように背筋を伸ばし、居住まいを正していた。

「三左の申す通りだ。鑑連公に合わせる顔がないではないか。弥十郎、俺を信じよ。必ず皆を説得してみせる。立花は万劫(ばんごう)末代まで大友方ぞ。殿にお会いして参る」

和泉は戦場の武人へ戻ったように眉根を寄せ、鋭い眼光を取り戻していた。和泉の長身が立ち上がると、逞(たくま)しい体つきのせいもあって、猛虎に睨まれたような威圧感があった。

「身どもは内輪揉めだけはご免じゃ。誰かが死んでからでは遅い。されば、右京を甘く見てはならんぞ、和泉。あの男は自慢の謀略でこの乱世を生き延びてきた。生かしておけば、この後、大いなる災いとなろう。もし本当に立花を大友派でまとめたいなら、奴を斬れ。大奸(たいかん)を除かねば、後悔するぞ」

弥十郎の言葉に、和泉はわずかにうなずいただけで、何も言わなかった。

第六章　訣別

三十二

　半年後の永禄十一年（一五六八年）春、藤木屋敷の桜は満開である。

　今日の藤木和泉は、素面であった。

　皐月は身重の体ながら、立花城から駕籠で下原へ降りて、ひさかたぶりに屋敷の敷居をまたいだ。佳月も尼僧姿で顔を出している。夫の安武仲馬との間に子を授かっていれば、佳月も違った人生を歩んでいたろうが。

「吉右衛門。叔母上だぞ。あいさつせんか」

　大きくなってゆく皐月の腹をさすり、腹の中のわが子に呼びかけるのが、和泉の日課だった。口には出さぬが、皐月が二度の流産を気に病んでいる心中も知っていた。

「おお、元気に蹴っておるぞ。さすがは、立花家中随一の勇将となる男の蹴りだ」

「蹴ってなぞおりませぬ。この子が女子であったなら、何となさいまする？」

呆れた様子の皐月に、佳月もつられて笑ったが、和泉は男児だと決め付け、名前も付けていた。この子は和泉と弥十郎の命の恩人、天降吉右衛門の生まれ変わりだ。和泉は占いなど信じぬくせに、弥十郎にむりやり占わせた。気を利かせただけやも知れぬが、腹の子は男児で乱世に驍将として名を成し、長寿を全うすると出た。縁起の良い卜定だけは信じることにしている。待望の吉右衛門の誕生が、立花家と藤木家を覆ってきた暗雲を吹き飛ばしてくれると信じていた。

安武仲馬は妻の佳月を愛し、大切に慈しんだが、仲睦まじい夫婦の暮らしは五年足らずで終わった。夫を討った敵の将は戸次鑑連だったが、佳月が鑑連への恨み言を口にしたことは一度もない。

「父上は忠義を貫かれ、見事に立花を守られた」

藤木監物は波乱の生涯を非業の死で終えた。和泉に遺した最後の言葉は「立花を頼む」だった。和泉は監物の遺志を継がねばならぬ。

「落飾して不憫に思うておったが、よい話も皆無ではない。お前に父上の霊を弔ってもらえるなら、安心だからな」

年に一度、藤木屋敷の桜が咲き乱れるころ、必ず三人は集まった。藤木家が立花に来たころから続く行事だった。監物も桜を愛したため、亡き父を偲ぶにはちょうどよい機会だった。

「これからもずっと、藤木と安武が手を携えて立花の家をお守りしてゆくことを、父上も望んでおられましょう」

仏門に深く帰依(きえ)した佳月は、俗世の事情をほとんど知らぬ。

一昨年に始まった高橋鑑種(たかはしあきたね)の大叛乱は、収まるどころか、豊筑全域に拡大しつつあった。門司城、太宰府を勢力下に置いた毛利にとって、筑前支配のために制すべき最後の拠点は立花城であった。北の宗像(むなかた)、西の原田(はらだ)、東の杉(すぎ)、麻生(あそう)らは毛利の支援を受け、虎視眈々と立花領を狙っている。昨秋、大友が秋月領の休松(やすみまつ)で敗れて以来、毛利方の敵中に孤立する立花家は、抜き差しならぬ苦況に追い込まれていた。

弥十郎は境目の城に兵を常駐させて四囲に物見を放ち、警戒を怠らなかった。敵に不穏な動きがあれば、撃退策と合わせて和泉に知らせる。和泉はただちに鑑載(あきとし)の了を取り、作戦を実行する。適時に出兵、対峙し、駆け引きで兵を引かせる。侵攻路に伏兵を置いて襲い、撃退した時もある。立花の孤立は長引くやも知れず、あたう限り兵力の消耗を避けるためだった。

　かくて立花三傑は立花領を守り続けたが、戸次鑑連が大叛乱の首魁、高橋鑑種を滅ぼすまで、厳しい戦況は続くだろう。家中では毛利派が勢いを増しており、もし立花が一度でも敗れれば、大友から離反すると決しかねない綱渡りの状況にあった。弥十郎が常々言うように、いっそ毛利に味方したほうが、戦略としてはずっと楽になる気さえした。

「桂月院さま、お聞きくださいまし。近ごろは戦にかこつけて、あの三人はいつもいっしょにいるのです」

　和泉は国境の小競り合いをいちいち報告しなかった。家臣団の不安をいたずらに煽る結果となれば、家中がさらに毛利派へ傾く。それが毛利と安武の狙いでもあった。身重の皐月を心配させて、得るものもない。

「せっかく桂月院さまがおいでなすったのに、今からまた薦野(こもの)城の花見に行かれるのだとか」

「不摂生が祟(たた)って弥十郎が寝込んでおるゆえ、見舞いも兼ねてな」

　仮病である。昨秋以来、大攻勢はないが、北の宗像に不穏な動きが生じた。戦は先手必勝だ。今夜は、薦野城と里を挟んで睨み合う飯盛山城に奇襲をしかける手はずだった。

皐月の訴えに佳月が微笑みを返す。

「日夜、お国を守ってくださっておるのです。姫も文句を仰いますな」

賢い皐月も事情を解しているはずだ。不安だから、佳月にそばにいて欲しいだけだろう。

「桂月院さまには、今宵じっくり愚痴を聞いていただきますよ」

和泉は苦笑しながら、「ときに」と話題を変えた。

「変わり者の弥十郎は仕方ないが、三左が未だ嫁を娶らぬのには困っておってな。あの右衛門太でさえ妻子がおるというに。誰ぞ尼僧でよき女子を知らぬか？」

「回りくどいお話を。尼寺に嫁を求めて何とするのです？」

皐月が佳月に身を寄せた。

「立花三傑が集まって国事を論じているかと言えば、違うのですよ。三左衛門どのの恋を肴に、呑んだくれているそうです」

戦時ゆえ深酒はせぬが、弥十郎と一緒に三左衛門を茶化すのはお決まりだ。

「これより出ねばならぬゆえ、結論を言うておく。佳月よ、お前はまだ若い。女としての幸せを求めてもよいはずだ。知っての通り、米多比三左衛門は立花重臣の嫡男にして、信頼できるわが友。あの男なら必ずやお前を守り、幸せにするはず。どうだ、還俗せぬか?」

和泉は立ち上がりながら、付け足した。

「立花は今、戦ばかりしておる。いつ誰と会えんようになるやも知れぬぞ」

風に散る庭の桜花を眺めながら、佳月は何も言わなかった。

三十三

米多比三左衛門の目の前で、藤木隊が敵陣を切り裂いた。

早暁(そうぎょう)、立花軍の予期せぬ出現に、宗像軍は慌てふためくばかりだった。奇襲せんと支度中の敵に、先にしかける奇襲ほど、小気味よいものはない。宗像勢の不穏な動きにいち早く気付いた弥十郎の策で、先手必勝と攻め込んだのである。

圧倒的に優勢な展開に、三左衛門は覚えず喝采(かっさい)を上げた。

「いつもながら見事な用兵でござるな、弥十郎殿。感服つかまつった。また、大勝ちじゃ」

立花三傑を敵に回したお前たちの運の尽きだ。

弥十郎は床几に腰かけ、薄いあごひげを弄(まさぐ)っている。いつもの仏頂面(ぶっちょうづら)だ。

「お主らのごとき勇将を使えば、たいていの戦には勝てる」

いや、和泉と三左衛門の武勇も、弥十郎の知略がなければ、宝の持ち腐れだ。

藤木隊は宗像軍を蹴散らすと、追撃を始めた。あえて飯盛山城の敵に後ろを見せ、敵に挟撃を狙わせて、城から誘い出す。出てくれれば、ただちに敵を迎え撃つ陣形に変える段取りだ。幻術さえ思わせる自在で迅速な陣の変形は、野戦を得意とする和泉の天賦の才といえた。

「和泉は大友びいきゆえ、敵に容赦がないのう。今日の敵は明日の味方。派手にやりすぎると、後で毛利に味方すると言うても、仲間に入れてもらえぬぞ」

弥十郎の愚痴に、三左衛門が笑った。

「和泉殿も似た話をされておりましたぞ。弥十郎殿は毛利びいきゆえ、宗像攻めも手を抜いておる。弥十郎なら許斐(このみ)城でも、蔦ヶ獄(つたがたけ)城（宗像氏の本拠）でも造作なく落とせるはずと」

「落とせと言われれば、落としてやるがのう。落とした後、守るのが面倒くさいではないか」

四囲を敵に囲まれた今の立花家には、敵地に侵攻して守れるだけの兵力がなかった。自領を固く守るだけで精一杯だ。

「そろそろ出番じゃぞ、三左衛門」

和泉に誘い出され、飯盛山城から救援の兵がぞろぞろと大根川目指して降りてくる。手薄になった城を、米多比隊が襲う手はずだった。

三十四

飯盛山城を破却した後、米多比三左衛門は和泉、弥十郎と轡を揃えて、薦野家の小松岡砦に入った。日は高く昇り、満開の桜と菜の花が春の艶を競っていた。

敵城には残煙が立ち上るだけだが、敗走した宗像勢が報復のために引き返してくる可能性も皆無ではない。立花三傑は、薦野の里で兵を休めながら様子を見た。館の庭にちょうど満開の桜があったが、さすがの和泉も、今は酒を所望しなかった。酒に見立てて、盃の水をすすっている。

風で散る桜の花びらが、居眠りを始めた弥十郎の風折烏帽子に舞い降りてゆく。

「美しい桜に敵も味方もないに、人とは無粋なものよ。いつの日か、心おきなく花見酒を楽しめる時代がくればよいのだが……。ともかくこの戦の勝利を大々的に報告するぞ。これで毛利派も少しはおとなしゅうなろう。俺の厄介ごとも減る」

毛利派は対外的な脅威を喧伝してきたが、国境の敵要害を攻略、破壊した意味は小さくない。

「外敵は弥十郎殿の策で追い払えまするが、むしろ問題は内なる敵でござるな」

立花領の四方では、綱渡りの攻防が続いていた。昨秋来、立花三傑は対外戦争で手いっぱいだった。後ろから鉄砲を撃たれてはかなわぬ。

「右京には右衛門太を張り付けてある。妙な動きをすれば、報せをよこすはずだ」

何かと頼りない男だが、右衛門太は義父の右京から情報を得る役回りを買って出ていた。薦野、米多比は当主が健在だから、弥十郎も三左衛門も評定には出ないが、右衛門太は野田家の当主として出席している。

「毛利派の連中は本気で戦神に勝つつもりなのか。大友には、角隈石宗なる大軍師もおる。どんな手を打ってくるか知れぬぞ」

「いや、打ってくる手は、一つじゃ」と、弥十郎が口を挟んだ。

軽い居眠りから醒め、気持ちよさそうに大きく伸びをしている。

「身どもが戸次鑑連なら、他を捨て置き、全軍で立花城を一気に攻め落とす。大友が筑前を失いたくないなら、他に手はないゆえな」

「俺は生まれ変わったら、頭を良うして、軍師になりたいのう。われらが命のやりとりをしておる間も、座って眺めておるだけ、気ままな生業だからな」

「そうでもないぞ、和泉。わが策に従うかぎり敗れはせぬが、武勇絶倫の御仁が無謀に突出してせっかくの計が破れはせぬかと冷や汗ものじゃ。帷幄においても、おちおち昼寝もできぬわ」

つるりとした顔で返す弥十郎に、和泉が応戦する。

「先月であったが、どこぞの名軍師の献策に従うて、西の大友が危うく負けかけたことがあったな」

「それは、さる口達者を自任する御仁が説いて内通を約したはずの敵が寝返らなんだゆえじゃったな」

皮肉の応酬は、和泉と弥十郎の挨拶のようなものだ。

「離反、裏切り、騙し合いは乱世の常。真の軍師なら、それくらいは見通してもらわねばの」

「お二人ともそれくらいになされ。勝ったとはいえ、戦の最中でござるぞ」

よくも皮肉や雑言が次々と浮かぶものよと感心する。

「案ずるな。戦はじきに終わる。俺は鑑連公に賭ける。公は日ならずして高橋に総攻めを仕掛けられ、必ず勝利される。それまで凌げば、いよいよ猛反撃の時だ。わが立花もついに討って出るぞ。戸次鑑連公あるかぎり、大友は必ず勝つ」

和泉の鑑連礼賛が始まるのを懸念してか、あやすように弥十郎が言葉を挟んだ。

「鑑連公の偉大さは省略せよ。どれほど気の進まぬ戦でも、やるからには勝たねばならぬ。身どもは立花が付くと決めた側を勝たせてやる」

「その意気や良し。弥十郎、少しだけだ、景気付けに呑まぬか」

「たまには和泉もよき献策をする」

弥十郎が家人に言い付けると、小さめの瓶子が用意され、さっそく三人で盃を交わした。むろん練貫だ。博多津が復興して以来、弥十郎はこの館に、呑み切れぬほど大量の練貫を常備するようになっていた。

良い機会だと思い、三左衛門はかねて温めていた腹案を思い切って披瀝した。

「ご両人、いかがでござろう。三国志に描かれし桃園の誓いのごとく、われら立花三傑も、この桜の下で義兄弟となり、死すときは同じと誓いを立てませぬか。桜園の誓いでござる」

「もう、酔ったのか、三左？」

「何度申し上げたらおわかりじゃ。それがしは不調法でござる」

「戦では使えるようになったに、お前はいつまでも成長せん男よな」

「下戸は成長に関わりなく生涯下戸のままでござる」

少しだけのはずが、和泉は盃を勢いよく空け、弥十郎も家人に追加の酒を命じた。

「今の話じゃが、身どもはご免被る。功を焦るお主らがうっかり戦死でもしたら、身どもまで死なねばならぬのか？　死ねば練貫を呑めんぞ。理不尽な話じゃ」

生あくびを殺しつつ、器用にあごひげをいじりながらの弥十郎の答えである。

「俺も嫌だな。弥十郎が拙い策を立てて、詰め腹を切らねばならん時は何とする？巻き添えを食らうのはご免じゃて」

皮肉の応酬に一蹴され、がっくり落ちた三左衛門の肩を、和泉が乱暴に叩いた。

「というわけだ、三左。お前一人で誓え。俺たちが聞いておいてやる」

「もう、結構でござる」

苦笑する三左衛門を尻目に、二人はまた皮肉を言い合い始め、次いで例によって佳月との恋にからかいの矛先が向くと、三左衛門は背筋を伸ばした。

「不肖、米多比三左衛門。明日、決死の覚悟にて、当家へ輿入れくださらぬか、佳月殿にお尋ねする所存にござる」

うち続く戦の中で、三左衛門はいつ死ぬか知れぬ。ゆえに、今日の戦に勝てば、佳月に求婚しようと覚悟を決めていた。宣言した三左衛門が、その後ますます二人にからかわれた成り行きは、記すまでもない。

三十五

翌夕、薦野弥十郎は盃の水をすすった。ほろ酔い加減の和泉は隣ですこぶる上機嫌である。

立花城下町の下原とは反対側の「立花口」へ少し下ったあたりに、大きな屏風岩がある。城の大広間で騒ぐ家臣らのにぎやかな酔声も、屏風岩にさえぎられてか、ここまでは聞こえてこなかった。

「ここなら密談できるぞ」

和泉は大岩に背をもたせかけたが、すぐに身を乗り出した。

「して、三左。佳月は何と返事した？」

三左衛門は顔を真っ赤にして、うつむいた。戦場では和泉に次ぐ勇将となったが、女の話になると相変わらず初心である。

「……明日、お返事をくださると」

三年近く桂月院に通い続けた三左衛門が今日、初めて佳月に求婚した。

「何だ、持ち越しか。佳月ももったいぶるのう。されど、こたびは当たって砕けまいぞ。俺も陰ながらちゃんと手助けをしたゆえな。聞けば八年越しの恋という。これは盛大に祝うてやらねば」

「手配はわしが致そう。立花小町を嫁御になさるとは、三左衛門殿も隅にはおけぬ。あとは弥十郎殿だけでござるな」

冷やかしではなく、右衛門太は真剣に弥十郎の身辺を案じている様子だった。

「余計なお世話じゃ。身どもを案じてくれるなら、水を汲んできてはくれぬか。喉が渇いた」

「承知した」

急ぐ必要もないはずだが、右衛門太は立ち上がるや、のそのそと駆け出す。

「俺の義弟となるのだ。ますます俺の言うことを聞けよ、三左。今宵は予祝(よしゅく)ぞ！」

「呑みすぎるな、和泉」

ぶち上げようとする和泉のわき腹を、弥十郎は肘で小突く。

弥十郎はこの日、酒をほとんど口にしていない。

昨日の戦に今日の宴。何かが弥十郎のなかで引っ掛かっていた。

実際には仮病だったが、宗像は蔦野城を守る弥十郎が病だと誤信して動いた節があった。もともとは右京あたりが敵に内通し、薦野、米多比を奇襲させる作戦だったのか。そうでなくとも、昨日は大友派の中核であり、政争では最も邪魔な和泉を、立花城からほぼ終日追い払えたはずだ。

「なんだ、弥十郎。三左に先を越されて妬いておるのか？」

和泉の茶化しに乗らず、弥十郎は声を落とした。

「今日の宴はどうも腑に落ちぬ」

「何を申すか。あまりに桜が見事ゆえ、俺が殿に申し上げて、立花家臣団が集うての固めの花見酒となったのではないか」

「お主の提案を待っておったように、皆がすぐに集まるのも面妖ではないか」

今朝がた弥十郎は乞われて、見山譲りの花札を用い、米多比城から一世一代の告白へと向かう三左衛門の吉凶を占ってやった。「凶」と出た。佳月に拒否されるなら、やめさせるべきかとも考えたが、この恋に決着を付けたほうがいいと考え、「吉じゃ。気張れ」と嘘をついた。

和泉から誘いがあったが、弥十郎は戦時の花見に気乗りがしなかった。三左衛門が意を強くして去った後、占った。自らを占うのは禁じ手ゆえ、代わりに和泉を占うと「大凶」と出た。だが、弥十郎の見立てに、師の見山ほどの精度はない。要らざる疑いをかけられ、付け入られるのも面倒と考えた。三左衛門の恋を見届ける約束もあった。遅れて登城すると宴もたけなわで、和泉に手招きされて呑み始めたところへ、三左衛門が登城してきた。四人で井楼岳（せいろうだけ）の本城を出て、人気の少ない屏風岩まで来たわけである。

「われらは皆、同じ立花家臣ぞ。一丸となって、筑前から毛利方を一掃する。敵は多いほどやりがいがある。分捕った所領を山分けできるからな。明日にも鑑連公が動かれるやも知れぬ。されば家中の毛利派なぞ、いっせいに宗旨替えしおるわ」

たしかに昨秋の休松での敗戦以後も、大友軍は崩れなかった。大戦（おおいくさ）こそないが、局地戦では必ず鑑連が勝利していた。鑑連は動かぬが、将兵の英気を養いながら、反転攻勢の準備を進めているだけだ。鑑連が動けば、戦局は大きく変わるだろう。

だが、明日よりも今日だ。最も信を置く和泉を鑑載が裏切りはすまい。だが安武右京は悪辣（あくらつ）な謀略家だ。引くに引けぬところまで、鑑載を追い詰めるやも知れぬ。

「殿がお呼びでござるぞ、和泉殿」

井戸場から水を汲んで戻って来た右衛門太に声を掛けられると、和泉は「おお、そうであった」と何やら思わせぶりな表情で座を立った。

「皐月にも声を掛けておってな。冷やかしに連れて参るゆえ、しばし夕桜を楽しんでおってくれ。今宵の余興は、右衛門太の鳥の鳴き真似だけではない。楽しみにしておるがよいぞ」

皐月の名を聞くと、弥十郎の胸は今でも締めつけられるように苦しくなる。弥十郎のほうで避けていて、長い間会っていなかった。もうすぐ母となる身で、落ち着きも出てきたらしい。だが、弥十郎にできることは、今も昔も、皐月のいる立花を守ることだけだ。

「和泉殿は実に楽しそうじゃな。何ぞ知っておられるか、野田殿？」

尋ねる三左衛門の顔からは、隠し切れぬ喜びがこぼれ出ていた。佳月から色よい返事を貰えると確信しているのだろう。

「わしも手伝うたんじゃが、口止めされておるでな」

右衛門太が満面の笑みを隠せぬまま答えた。二人の笑顔を見ていると、こっちまで幸せな気分になる。すべて杞憂やも知れぬ。見山と鑑光の死以来、物事を悪い方向に考える癖が付いたらしい。

弥十郎は苦笑しながら、舞い降りてきた桜の花びらを盃で受け止めた。

三十六

井楼岳(せいろうだけ)の本城へ向かいながら、藤木和泉は笑みを隠せなかった。

昨日の勝利も然りだが、近ごろの立花三傑の功は目覚ましい。今宵は、宴の果てるころに、鑑載が皆の前で、三将をじきじきに賞する段取りになっていた。弥十郎には、新しい黒漆(くろうるし)塗りの風折烏帽子と赤い軍扇が、三左衛門には、南蛮胴具足が褒美として与えられる。和泉も何かを賜るはずだ。厳しい戦況のなか、立花を守り抜くために八面六臂(はちめんろっぴ)の活躍を続ける二人の盟友へのせめてもの礼だった。弥十郎は仏頂面(ぶっちょうづら)で受け取るだろうが、内心はまんざらでもないはずだ。政争上の意義も小さくはない。

大友派三将の戦功を公に讃えることで、鑑載による大友派の支持を改めて宣言するのだ。あと少し踏ん張ればいい。まもなく鑑連の反転攻勢が始まり、筑前から毛利方を一掃できるはずだ。立花家の活躍如何(いかん)では戦後、立花が筑前一国を領する大出世もありうる。

井楼岳の急坂を登るうち、せっかくの酔いも醒めてきた。和泉は宴の裏方の差配などをしていて呑み始めたのが遅く、弥十郎たちも遅参したため、まだ酔いが浅かったせいだろう。

城門に着いた。

変だ。本城はなぜか、不気味に静まり返っている。

直接、御座所へ伺候した和泉は、鑑載が姿を見せるまでかなり待たされた。

ようやく衣擦れの音と足音が聞こえた。平伏する。

「和泉よ、お前に詫びねばならぬ。済まぬ、この通りじゃ」

現れるなり両の手を突き、深々と頭を下げる鑑載に、和泉は面食らった。

「殿、お手を。いったい如何なされましたか」

鑑載は蒼白の顔に、血走った眼をしている。

「右京の手の者が薦野宗鎮、米多比大学助の両名を討った」

「何と……」

驚愕した和泉の全身から、冷や汗が噴き出す。

「取り返しのつかぬ真似を！　安武は立花を滅ぼすつもりか」

これほどの凶事はなかった。先の叛乱で安武仲馬が死んだ理由は薦野、米多比の者が立花軍の動きを敵に知らせたためだと、右京は恨めしげに漏らしていたことがある。安武は最初から、両家を滅ぼす肚だったのではないか。

和泉は鑑載に向かって、がばと平伏した。

「かくなる上は、安武右京の首を刎ね、弥十郎と三左衛門に詫びるほかありませぬ」

鑑載は苦い顔で、ゆっくりとかぶりを振った。

「薦野と米多比には、詫びても詫びきれぬ。余はいくらでも頭を下げよう。だが両名が余を赦すであろうか。二つに一つなら、立花は安武をとるほかない」

薦野、米多比の兵は、両家を合わせてもせいぜい五百程度だ。これに対し、安武は一千を超える兵を動員できた。安武傘下の家臣らを加えれば三千近い。安武こそが立花軍の中核であった。右京は娘を鑑載の継室とし、立花家における地位を盤石なものとしていた。立花に寄生して花開いた安武は、今や立花の胸であり、胴に他ならない。切り捨てようがなかった。

「三年前、余は起つべき時を過った。監物の諫めも聞かず、焦って大大友に一人で歯向かおうとした。余の過ちである。じゃが、こたびは違う。すでに筑前には、叛乱の炎が燃え盛っておる。監物の無念を忘れたわけでもあるまい。お前にとっては父、余にとっては右腕をもがれたも同じよ。監物の仇を取らいで、何とする？」

和泉は「大友に従え」との父監物の遺言を忠実に守ってきた。監物が生きていたら、今、どうするだろうか。

「こたびは右京も、余と同じ存念である。お前はおそらく同意せぬゆえ、独立に向け、右京とひそかに準備を進めておった。主だった重臣たちの同意を得て後、お前に告げるつもりであった」

鑑載と安武が、大友派の中核たる和泉を除外して事を進めたのは当然か。

「もはや後へは引けぬ。薦野、米多比を討つほかはない」

和泉が懸命に詫びれば、二人は赦してくれまいか。立花にとどまってはくれぬものか。いや、同じ立場なら、和泉は赦すまい。下手人を必ず討ち果たすはずだ。安武と一体化した立花との共存はありえまい。

父を討たれた弥十郎と三左衛門は、毛利方に付いた立花から離反し、大友方に与するしかない。大友方の城と兵が領内にあっては、独立もままならぬ。

「すでに安武の討手が向こうておるが、弥十郎と三左衛門はなかなかの剛の者。たやすくは討てまい。和泉よ、お前には友を討てぬか？」

事ここに至っては鑑載が正しい。当主を討った以上、薦野、米多比を切り捨てるしかない。怨みを残せば、火種になる。内戦を避け、反逆の芽を摘むための一族鏖殺は、ありふれた常套手段だ。

弥十郎だけが不審な動きに気付いていた。

安武では討ち漏らすだろう。二人を立花城から逃せば、いずれ強大な敵となって、和泉の前に現われる。その前に二人を討たねばならぬ。さもなくば、弥十郎の知略と三左衛門の武勇の前に、立花が滅ぼされかねぬ。一刻も早く友を討たねば、立花を守ることはできぬ。

今日から親しき友は、立花の敵となったのだ。

見山の卜定は正しかった。二人は若くして死ぬ。和泉が命を奪うからだ。

皆、乱世を生きているのだ。やむを得まい……。

和泉は天を仰ぎ、悲壮な決意を固めた。

静かに答えを待つ主君に対し、和泉はかすかにかぶりを振りながら、手を突いた。

「殿のおんためなら、たとえ友とて、討ち果たしましょう。されど寸分の正義も、われらにはございませぬ」

「お前も乱世の理（ことわり）を承知しておろう。わが兄の末路を見よ。勝った者こそが正義なのじゃ」

「御意。やる以上は必ず勝たねばなりませぬ。二名を逃した場合に備え、ただちに出陣の支度を整えさせましょう。薦野、米多比の城を速やかに落として、後顧（こうこ）の憂いを断ちまする」

弥十郎と三左衛門に詫びてから、斬る。他に道はなかった。

和泉は心のなかで、何度も二人に詫びた。

三十七

春の日差しは和らぎ、屏風岩の冷たさが薦野弥十郎の背に伝わってくる。弥十郎は脇に置いた刀へ目をやりながら舌打ちした。和泉の戻りが遅い。

「呑みすぎるなよ、三左衛門」

「それがしは不調法でござる」

気散じの戯れ言にもまじめに返してくる三左衛門の肩に、なだめるように手を置きながら、右衛門太に尋ねた。

「広間で重臣連中を見かけなんだが、花見はどのような塩梅であった？」

薦野家は境目の城を守っている。今朝がた、和泉から花見の宴に必ず来るよう報せがあり、弥十郎は異母弟の丹半左衛門に小松岡砦の防衛を指図してから、遅れて立花城に来た。

右衛門太の懐からは、魔術のように色々な食い物が現れる。干し柿を旨そうにほおばっていた右衛門太は、口をもぐもぐさせながら答えた。

「若衆に気を使わせまいと、宴が始まってほどなく、重臣がたは奥座敷へ行かれた。そう言えば、怒留湯様は疲れたと言われ、白嶽へ戻られたが」

怒留湯融泉は、立花家を監視するために、白嶽に常在する大友家の軍監であった。もし鑑載が再び蹶起する肚なら、宴に事寄せて主だった家臣をすべて集めた今日こそが、好機ともいえた。弥十郎は独立でも構わぬが、父の宗鎮や米多比父子は、猛反対するだろう。逡巡する鑑載に決意させるために、右京が反対派を討ち滅ぼす強行に及ぶ懸念もあった。

怒留湯は立場上、立花とは距離を置いているが、立花が大友から独立するなら、真っ先に軍監を血祭りにあげる段取りとなるはずだ。怒留湯を討ち取れば、立花はもう後へは引けぬ。大友宗家と繋がる薦野、米多比は大友派の急先鋒だ。真っ先に命を狙われよう。だが、立花を分裂させれば、それだけ力を失う。右京は果たしてそこまでやる気なのか。

「あれは誰じゃ？　皐月姫ではないか。ますますお美しゅうなられたのう」

右衛門太が皐月に向かって手を振って合図した。

身重なはずの皐月が、着物の裾を両手で持ち上げながら駆けてくる。

弥十郎の胸がざわついた。

「早う、お逃げなさいまし！　弥十郎どの！　三左どの！」

皐月は息を切らせ、うまく言葉にならぬ。

「われらの父の身に、何かあったのでござるな？」

弥十郎の問いに、皐月は涙を浮かべてうなずいた。

「落ち着いて聞かれませ。お二人は……安武の手の者に、討ち果たされました」

皐月は和泉から屏風岩での花見の話を聞いていた。日暮れまでには顔を出そうと、自室を出た。城中で奥座敷へ向かう武装兵の物々しい姿を見つけ、不審に思い、こっそり後をつけた。奥座敷で騒ぎ声と剣戟（けんげき）の音がしたため、とっさに近くの台所に隠れた。足音が去った後、奥座敷をのぞくと、血の海のなかで、薦野宗鎮と米多比大学助が事切れていた。

弥十郎は突然の凶報に歯を食いしばった。

杞憂（きゆう）ではなかった。

やはりこの宴は、毛利派が蹶起のために仕組んだのだ。和泉は利用されただけだ。

三左衛門は男泣きに泣き、声にはならぬ声で「右京を討ち果たしてくれん」と何度も歯噛みした。城へ向かおうとする三左衛門の腕を摑んで引き止めた。

「死にに行くようなものじゃ。やめよ」

右衛門太は食べかけの干し柿を手に、青ざめて震えている。

弥十郎はその肩に手を置いた。

「お主は急ぎ白嶽へ行き、立花の逆意顕現せりと、怒留湯殿に伝えよ。安武の暴発にすぎぬなら、安武の首を差し出す手もあるが、殿はそうはなさるまい」

右衛門太は自らに言い聞かせるように、「承知した」と何度もうなずいた。

「参るぞ、三左衛門！　泣いておる場合ではない。われらの父を討った以上、安武は必ず薦野、米多比の一族を討滅しにくる。われらは生き延びて一族郎党を守らねばならぬ」

弥十郎は叱咤するように、三左衛門の広い背中を音を立てて叩くと、皐月を見た。

「よう知らせてくだされた、姫。礼を申す」

同情にあふれた皐月の顔は、幼さが抜け、身籠ったためにふっくらしていたが、昔と変わらず美しい。和泉は皐月を愛し、大切にした。愛される幸せが、皐月をますます輝かせていた。

だが、これが永遠の別れになるだろうかと、弥十郎は思った。

米多比三左衛門は、ちぎれそうなほど手綱を握りしめながら、馬を疾駆させた。

空は暮れなずんでゆき、涙で行く手はよく見えぬが、狂ったように馬を走らせる弥十郎に追いすがる。弥十郎の馬術は相当なもので、三左衛門でも従いてゆくだけで精一杯だった。

凶報を聞いてから、急ぎ二人で山を下り、馬に飛び乗った。父の死により突然、三左衛門は当主として判断する立場になった。が、何をどうすべきかわからぬ。弥十郎に従うつもりだった。

弥十郎は馬上で何やら叫び続けていた。

戦場でさえ、いつも涼しい顔の弥十郎が、哭いているのだとわかった。

やがて二人は、米多比の里に着いた。今朝がたは、希望に胸を膨らませて出立したはずだった。

弥十郎が馬を止める。

泣きやんで澄ました顔をしていても、まぶたは腫れあがっていた。

「三左衛門、城へ戻り次第、ただちに戦支度をせよ」

「急な話ゆえ今、兵を集めても、両家で三百といったところでござろうな」

「十分じゃ。すべて伏兵に使う。集まり次第、西郷原へ来い。城を守る必要はない」

三左衛門は面食らった。西郷原は米多比の里のずっと西に広がる草原だ。ふつうに考えれば、侵攻路から大きく逸れている。

「お待ちくだされ。あんな場所に何用――」

「敵は明け方には来よう。説明する時がないゆえ、黙って身どもの指図に従え」

三左衛門はうなずいたが、心中の懸念を問うた。

「やはり攻めてくるでござろうか。もしや和泉殿が右京の首を持って――」

「――は来ぬ。右京を討つは、今や立花に弓引くに等しい。やりたかろうが、和泉にはできまい」

立花軍の最主力は安武家だった。立花は安武に寄生された大樹に等しい。

「となれば、攻め手の将は……？」

愚問だった。二人を討てる将が立花にいるとすれば、一人しかいなかった。

「覚悟しておけ。立花にしても負けられまいが、われらとて負けられぬ。負ければ一族皆死ぬのじゃ」

「説けば、和泉殿はわれらに味方してくれますまいか。立花に正義はござるまい」

「和泉も承知の上よ。藤木和泉は立花第一の忠臣。われらを切り捨てるしか道はない。全力でわれらを討滅しに来るであろう」

三左衛門は愕然として、弥十郎を見た。

これほど嫌な戦は初めてだ。気が進まぬのは、和泉とて同じであろうが。

馬首を返した弥十郎の背中はいつものように涼しげだが、今日はどこか泣いているように見えた。

第七章　西郷原

三十八

「西郷原へ抜けよ！」

藤木和泉は、潰走させられた自軍の兵らに下知した。

政変後の立花側の目論みは、すべて裏目に出ていた。

和泉が手勢を引き連れて急行すると、屏風岩には呑み散らかした瓶子と盃に、齧りかけの干し柿が散らばっているだけだった。白嶽を攻めたが、大友方軍監の怒留湯融泉は、脱け出した後だった。

鑑載から薦野、米多比討伐の命を受けた和泉は、安武右京、民部父子と共に八百の兵を率い、立花城を発した。夜明け前には薦野、米多比の城を急襲して落とすつもりだった。その際、夜陰に紛れて、せめて弥十郎と三左衛門の身内は落ち延びてはくれまいかと願っていた。

立花軍は夜を徹して行軍したが、途中、松林や窪地に潜んだ伏兵に何度も襲われて難渋した。

弥十郎は付近の地形を知り尽くしており、立花軍の松明を目印に襲わせていた。敵は寡兵のはずだが、決まって隘路や鞍部で挟撃されるため、兵数の優位をまったく活かせなかった。

和泉は先頭を切って馬を駆ったが、後続が襲われるたびに馬を返して、敵を追い払わねばならなかった。神出鬼没の伏兵は立花軍を怯えさせ、無視しえぬ損害をもたらしていた。弥十郎相手に奇襲など通用せぬと思い知らされた。和泉はやむなく進路を北東から変更し、大きく北へ迂回して野原に出たのである。夜明けが近づき、辺りは松明が無用な明るさになってきた。

ほどなく曙を迎える西郷原で、和泉は混乱した兵をまとめた。

右京に進言し、奇襲を警戒して小高い丘に陣取った。思い切って西郷原へ出たのは、二人との決戦を避けたい和泉の思惑もあった。

「野戦に持ち込めればありがたいが、あやつらはかような場所までわざわざ出て来んじゃろうな」

右京の言葉に民部が大きくうなずく。

「いかにも。父上、兵たちも落ち着きましたゆえ、まずは米多比の城から落としまするか」

「じゃが、薦野はなかなかの策士ゆえ、油断は禁物。あやつが何を考えておるかわかるか、藤木？」

三左衛門は復仇に燃えていよう。寡兵でも決戦を挑みかねない。だが、弥十郎は冷静に籠城を選ぶはずだ。あの二将に城砦に籠って防戦されれば、容易には落とせぬ。城から兵力を増強して、一城ずつ落とすほかはない。民部の言うとおり、まずは三左衛門の米多比城だ。

「俺にも、弥十郎の頭のなかは、さっぱりわかり申さぬ」

あの策士の裏をかける気などしなかったが、戦況は圧倒的に立花に有利だ。

毛利方に寝返った立花領内で、薦野、米多比は今、完全に孤立している。大友の援軍が今日や明日に来ることはありえない。いかな弥十郎でも、勝ち目はないはずだった。和泉は熟知しているが、両家の最大動員兵力は合わせて五百、ただちに動かせる兵はかき集めてもせいぜい三百余だ。城をもぬけの殻にもできまいから、あえて出撃する意味は乏しい。

立花軍はまず米多比の里に侵攻して、城を囲む。兵の消耗回避を右京に訴えて力攻めはさせぬ。立花軍の総力を挙げて兵を増強してゆき、兵三千で取り囲む。非を安武に認めさせ、詫びさせる条件で、三左衛門は降伏勧告に応じてくれまいか。

「三左衛門はなかなかに槍を使いおるが、そなたの武勇なら、弥十郎のほうは敵ではあるまい」

右京は立花三傑の仲を知っている。戦は苦手なくせに、馴れ合いの戦をさせぬために、自ら目付として来たのだろう。

「藤木の稽古場では、俺が不在のおり、弥十郎が代稽古を務めており申した」

錐(きり)のごとく鋭い智謀ゆえに目立たぬが、弥十郎は武勇も一流である。だが、弥十郎の武勇なぞこの際、問題ではなかった。その知略が、和泉は恐い。

「右京殿。あの二人に頭を下げてくださらんか。されば、立花に帰参させられるやも知れぬ」

「意に従わぬゆえ始末したのじゃ。すべては立花家のためよ。詫びる理由なぞどこにある？　今となっては、あの二人を討たねば、安武が危うい」

右京が形ばかり謝罪したところで、二人は納得すまい。やはり訣別(けつべつ)しかなかろう。

皐月にひどく叱られると思った。だが籠城戦となれば、まだ道があるやも知れぬ。

遠くで馬の嘶きが聞こえた。

西郷原を吹く風に、満開の桜花が惜しげもなく身を委ねて舞っている。

そのなかを一団の兵が現れた。〈丸に州浜〉の家紋が朝の近づく風にひるがえっている。

薦野勢であった。なぜ出撃してくるのだ。

和泉は覚えず舌打ちした。

三十九

藤木和泉が目を凝らすと、白み始めた空を背に、鬨の声を上げる薦野、米多比両軍の様子が見えた。兵はせいぜい三百といったところだ。立花軍の半分にも満たぬ寡兵で、野戦を得意とする和泉相手に出撃してくるとは、弥十郎は何やら策を持っているのか。

だが、見通しが利き、高低差を有利に使える小丘を先に押さえられたのも幸運だった。伏兵には悩まされたが、幸先が良い。

「しばらく様子を見ますかな、父上」

民部の言葉をさえぎって、和泉が進言した。

「いや、相手が陣を固めるまで待ってやる理由はござらん。先手必勝、ただちに攻めまするぞ」

果敢即断が和泉の持ち味だ。勝機は、あるうちにつかみ取る。

右京も民部も、和泉の戦上手は知っている。同意した。

ただちに和泉は先陣を切った。

敵右翼の米多比隊を一挙に撃滅する。

いかな三左衛門でも、数に勝る藤木隊の猛攻は防ぎ切れまい。

敵陣を突破した後、薦野隊の後ろへ回り込んで、民部が率いる兵四百と、前後から挟撃する。兵数が互角なら勝敗はわからぬが、自軍は倍以上だ。和泉は負けるはずがないと踏んだ。

和泉は左翼の藤木隊三百で一気に攻め込む。

すぐに三左衛門が応戦してきた。和泉からもらった笹穂槍を小脇に抱えている。

さっそく槍を合わせた。

「赦せ、三左！　すべては俺の責めだ！」

「和泉殿、右京の首をくだされ！　されば、われらが戦う必要はござらん！」

「できるものなら、とっくにやっておるわ！」

三左衛門が繰り出してきた笹穂槍を、渾身の力で振り払った。

が、相手の体勢までは崩せない。

「立花の正義はどこじゃ？　和泉殿、われらに味方されよ！」

三左衛門は相当強くなった。だがまだ、和泉には勝てぬ。

十合ほど交えるうち、和泉の槍が三左衛門のわき腹をかすめた。

寸前で手元が鈍った。友を殺めたくなかった。

「お前は俺の言うことなら、何でも聞くと約したはずだ。皆を赦し、立花に戻ってはくれぬか」

「戻るなら、下手人の首が条件じゃ！」

「だから、それができぬと、言うておろうが！」

和泉が石突(いしづき)で三左衛門の胸を痛打しようとしたとき、背後に強い殺気を感じた。

とっさに身をよじる。辛うじて鋭い穂先を受け止めた。弥十郎の槍も、厄介だ。

変幻自在の用兵で、自陣を弟に任せて単騎出てきたらしい。

「三左衛門、日ごろの鍛錬の見せ所じゃぞ。立花第一の将を討ち取って名を上げよ」

弥十郎は烏帽子形（えぼしなり）の兜を被り、黒光りする甲冑で全身を固めていた。

戦場でも弥十郎は、小袖に風折烏帽子姿の軽装が常だった。

見慣れぬ鎧姿に、懐かしさを感じた。

「お前が兜まで着ける戦は、俺たちの初陣以来かのう」

十五年ほど前、古子山の砦で勝手に果たした、慙愧（ざんき）に堪（た）えぬ二人の初陣を和泉は思い出す。

「お主相手に三左衛門だけでは足りぬでな。面倒くさいが、身どもも助太刀をせねばならん」

「赦せ、弥十郎。お前にも詫びるほかはない。されど、俺は立花に忠義を尽くす身。立花が鷹野、米多比の両家を滅ぼすなぞ、理不尽ではないか」

弥十郎は槍を繰り出しながら、嗤った。

「身どもの心配は、この戦に勝ってからにしてはどうじゃ？」

「ここは堪（こら）えてくれぬか？　お前たちの寡兵で勝てると申すのか」

「勝てる。お主の万夫不当（ばんぷふとう）の武勇さえ、封じればな」

背後から、弥十郎がさらに激しく槍をしごいてきた。

防ぎ切れず、体勢を立て直そうと、いったん脇へ逸れる。

そこへ三左衛門が馬を飛ばしてきた。すかさず弥十郎が再び参戦する。

三人は激しく槍を打ち交わした。

さすがの和泉も、二人を相手に防戦へ回った。

個別の戦闘で相手に押される経験は記憶になかった。

やむなく和泉は兵をいったん少し引いた。弥十郎たちは追撃してこない。

和泉は戦場を見渡した。

百五十ほどの薦野隊に安武隊が攻め込んでいるが、様子がどうも変だ。民部は攻めあぐねていた。弥十郎の異母弟、丹半左衛門(たんはんざえもん)が薦野隊を指揮している。和泉を慕ってくる若者で、頭の良い能吏だが、武技も戦も、不得手なはずだった。

敵は小勢なのに、安武隊はなかなか前に進まない。

もどかしく思っていると、陥穽(かんせい)に兵がはまった。

たちまち敵兵の餌食になる安武兵の姿が見えた。

和泉の背筋が凍り付いた。

(昨夜のうちに、落とし穴を掘っておいたというのか)

弥十郎は、最初から西郷原を戦場にするつもりだったのだ。立花軍はまんまと誘い込まれただけだ。

西郷原へ先に着けば、立花軍は奇襲を恐れて、必ず戦場を見渡せる西の丘に陣取る。他方、弥十郎は布陣する場所を自ら決められる。自陣と丘を線で結び、その線上に落とし穴を掘っておく。切り札の三左衛門を右翼に布陣させれば、和泉は左翼を担当するから、敵右翼の進攻路はおのずと明らかとなる。まだ夜の明けやらぬころだ。弥十郎にすれば笑いの止まらぬほど、安武隊を落とし穴にはめられるわけだ。

安武隊が進まぬぶん、左翼の藤木隊は敵陣に突出していた。

劣勢の安武隊が兵を引けば、藤木隊は全敵兵に包囲されよう。和泉自慢の武勇は弥十郎と三左衛門によって封じられ、無効化されている。

（どうやって、勝つのだ……）

和泉がその場で思い付いた単純な作戦など、弥十郎には通用しない。このままでは負ける。やはり敵陣を力ずくで突破して、背後へ回り込むしかあるまい。

和泉は手綱を引き締め、再び陣頭に立った。

二人を生かして帰したいという中途半端な気持ちが槍を鈍らせていた。

もはや二人を討ち取る気で戦わねば、負ける。

和泉は雄叫（おたけ）びを上げると、再び敵陣に向かって馬を走らせた。

親友の二人が応戦してきた。

渾身の槍を何合も打ち合わせた。和泉が優勢だ。

突然、和泉は昇り始めた朝日の眩しさに、視界を失った。

弥十郎の鋭い突きが肩をかすめたとき、はたと気付いた。

これも、偶然ではない。弥十郎は日の出の方角と時刻まで計算に入れて布陣したに違いなかった。どこまで先を読んでいるのか、空恐ろしい男だった。

輝く朝日に向かって兵を進めるのは、それだけで不利だ。弥十郎と三左衛門相手では、埒(らち)も明かぬ。日が昇り切るまで待ったほうが良かろう。

「引けい！　いったん引き上げるぞ！」

「追え！　一兵でも多く討ち取れ！」

三左衛門を先頭に猛追撃が始まった。

だが、和泉は殿(しんがり)を守りながら、堂々と兵を退いた。

弥十郎は隊を割り、安武民部の隊に側面攻撃をしかけた。安武隊が敗走を始める。

和泉は唇を噛んだ。

これまで大小さまざまな戦を経験してきたが、劣勢で退かねばならぬ屈辱の展開は、鑑連(あきつら)に負けて以来だった。今まで戦は勝って当たり前だった。敵に回して初めて、弥十郎のありがたさを身に沁(し)みて感じた。

和泉が後にした戦場を振り返ると、夜露を含んだ野草が、いらだちを覚えるほど眩しく、朝日にきらめいていた。

四十

何も知らぬ雲雀たちが、春の朝の到来をにぎやかに告げている。

本陣まで引きあげた和泉を、安武右京、民部父子が苦い顔で待っていた。

「なぜ敵は右翼ばかりを攻めおるか？　まさか示し合わせておるのではあるまいな、藤木？」

「和泉、お主の隊はなにゆえ落とし穴にかからなんだ？」

藤木隊は将どうしが派手に戦っていただけで、兵の消耗がほとんどなかった。甚大な被害を受けた安武隊に比べれば、明らかな差があった。見ようによっては馴れ合いにも見えたろう。遠方から眺める右京に、三人の命懸けの戦闘までは見えなかったはずだ。

安武父子は疑心暗鬼に陥っている様子だった。

なるほど弥十郎が、一見有利に見える小丘を立花軍に陣取らせた理由が、今ごろわかった。確実に落とし穴へ誘導するだけではない、本陣の安武右京が不審がるように、戦況を見やすくするためだ。むろん安武父子の出陣も読んでいた。

「ならば、次は一丸となって、全軍で押し出し申そう」

最初から和泉と安武との間に信頼などはなかった。和泉がいくら弁明したところで、信じはすまい。行動で示すほかなかった。

両軍は西郷原で睨み合っていたが、日が高く昇ると、和泉は「出撃じゃ！」と味方を叱咤（しった）した。

明け方の戦闘で、敵右翼へ攻め入った進攻路には、落とし穴がなかった。そこを全軍で突き進む。凹凸のある戦場を通るより速く、敵に到達できよう。西郷原には、枯れ木、枯れ草を積み上げられる隘路（あいろ）もなく、弥十郎の火計を案ずる必要もなかった。

和泉は再び先陣を切る。

藤木隊が動くと見るや、弥十郎は兵を後退させた。

あの男が兵を動かすたびに、策略ではないかと肝が冷える。

が、策など、槍で突き破ってくれる。

和泉は馬を疾駆させた。

今朝、三人で激闘を演じた辺りを通過し、さらに奥へ進んだ。

突然、宙へ投げ出された。

槍を地面に突き刺しながら、うまく着地した。

馬が落とし穴に引っかかっている。なるほど敵右翼にも、この先には落とし穴が掘られていたわけだ。米多比隊はそれを避けて進軍し、引いただけか。後続の者たちも、次々と落とし穴にかかっている。それでも和泉は「押し出せ!」と叱咤した。

穴も、無数にあるわけではない。しゃにむに進んだ。

和泉の行く手に、三左衛門がまた立ち塞がった。今回、弥十郎の姿はない。

馬上の高さを活かし、三左衛門はのしかかるように槍をしごいてきた。

「お前はいつも俺の邪魔をしおる」

応戦した。和泉が鍛え上げた三左衛門の武勇は今や驚異に値する。だがそれでも、和泉に一日の長があった。

突き出された笹穂槍を引っつかむと、馬から引きずり下ろした。

配下の兵らを従えて押し込んでゆく。退く敵を追った。

「お前では、まだ俺には勝てぬぞ、三左」

和泉が三左衛門を松の大木まで追い詰めたとき、小丘の本陣で銅鑼が激しく鳴らされた。

——全軍退け、の合図である。

「ずいぶん深入りされたのう、和泉殿。手薄の本陣はだいじょうぶでござるか」

三左衛門の言葉に和泉は舌打ちをしながら槍を下ろす。

敵の騎兵を突き落として、馬を奪った。

「退け！」と命じ、自らも本陣へ駆け戻る。

途中、弥十郎に右京を討たせればよいかとも考えた。いや、無理だ。右京を中心にまとまってきた立花家臣団は、右京を討った将を受け容れまい。

小丘の上の本陣では、右京が退屈そうに床几に腰掛けていた。

「あと一歩でござったに、なにゆえ兵を退けと？」

「背後から敵襲があったのじゃ。弥十郎が来おった。ちと兵に休みをやろうぞ」

敵に兵力の余裕などないはずだった。

おそらく弥十郎は、ごくわずかの兵で戦場を抜け出して、密かに後ろへ回り込んで、背後を衝いただけだ。落ち着いて撃退すれば足りた話だが、夜明け前からさんざん煮え湯を飲まされてきた右京が怯え、慌てて銅鑼を鳴らすと踏んでいたに違いない。あわよくば、右京を討ち取る気だったやも知れぬが、臆病な右京が百余りの兵で周囲を固めていたために、討ち果たせずに退いたのであろう。

腕を負傷した民部が戻ってきた。

「敵にはもう策などありますまい。兵数では勝っても、戦のやり方が下手なのだ。ただちに押し出しまするぞ！」

「無理じゃな、藤木。見るがよい」

和泉は振り返って眼を疑った。

いつの間にか、弥十郎たちの兵が跡形もなく姿を消している。

西郷原に残っているのは、風に乗せられて舞う桜花だけだった。

「ここはいったん、われらも立花城へ引き上げるかの」

右京が床几から立ち上がると、和泉は歯軋りした。

もとより弥十郎には、西郷原にこだわる理由など微塵もなかった。

立花軍に痛撃を与え、厭戦気分にさせれば、十二分に目的を達したわけだ。

「お待ちくだされ。あの二人に時を与え、このまま城に籠らせれば、もう簡単には落とせませぬぞ。支度の整わぬ今こそ、一気に攻め落とすべきでござる」

右京は絵の真贋でも見極めるような顔つきで、和泉を見返した。

「そなたの狙いは、わしの首ではあるまいの？」

呆気に取られる和泉に、右京が矢文を差し出してきた。

弥十郎の特徴のある悪筆で「手筈どおりに右京の首を挙げた後、いったん鷹野城で談合したい」との旨が書かれていた。

（弥十郎にはめられたわけか……）

西郷原の奥深くへ和泉を誘い込んだのも、和泉を右京の視界から消し、疑心暗鬼に陥らせるための策だ。夜明け前の戦いで、すでに右京は和泉に不審を抱いていた。疑い出した右京が立花三傑の友情を考えたとき、戦も馴れ合いの見せかけで、すべて安武を討つための策だと見えてもおかしくはなかった。

「惑わされますな。離間の計で、弥十郎が揺さぶりをかけておるだけでござる」

「わかってはおるがのう」

右京は策に乗せられるほど馬鹿ではないが、さりとて和泉に全幅の信頼を寄せかねている。だいいち、負け続きで戦の続行にすっかり嫌気が差している様子だった。

「寡兵なりといえども、薦野のことじゃ。まだ何ぞ、企んでおるやも知れぬ」

戦場から姿を消した兵らは、どこへ行ったのか。和泉にもわからなかった。

弥十郎は城の防御など後回しで、その全軍を薦野城と米多比城への進攻路の伏兵としているやも知れぬ。簡単に勝たせてはくれまい。

「兵も疲れておろう。後日、大軍で屠（ほふ）るとしようぞ」

将兵は昨夜から一睡もせず、散々な目に遭ってきた。日が傾いてから兵を引いたのでは、またもや弥十郎の伏兵の餌食になるおそれもあった。

(完敗だ。安武右京以下、今の立花軍将兵で、戦を続けるのは無理だ)

弥十郎は再侵攻などないと、たかをくって伏兵も置かず、城に帰って酒でも呑んでいる気がした。いや、そう思う和泉のさらに裏をかくだろうか。弥十郎相手に、思い付きの戦略では勝てそうにない。和泉は右京の説得を断念した。

親友二人は突然父を殺され、友に戦をしかけられた身だ。そっとしておいてやりたいとの甘い考えもよぎった。

立花軍は伏兵に警戒しながら、しずしずと立花城へ兵を退いた。

四十一

春の雨が立花城の夕べを煙らせていた。

城に戻った藤木和泉は、兜から取り外した金獅子の前立を角の先までていねいに磨きながら、皐月の非難を言葉少なに受け止めていた。

「桂月院さまは、城には上らぬとおおせでした」

佳月のささやかな抗議の表れであったろうか。今度こそ女としての幸せを得ようとした矢先に、予期せぬ政変が起こったのだ。

「あなた様がおられながら、かような仕儀に立ちいたるとは」

見通しが甘かった。が、和泉は昔から言い訳をせぬ男だ。「すまぬ」とだけ謝った。

和泉は鑑載に対し、主君自ら出向き、薦野、米多比二将の遺体を送り届け、両家に頭を下げて欲しいと懇願した。安武右京は出家し、民部が継ぐ。大友方の戸次鑑連にも、和泉が釈明に出向けば、怒留湯融泉襲撃の件を安武の暴発として、赦しを得てみせると説いた。だが、鑑載は独立こそがわが真意であると言い切った。あろうことか、右京の進言を容れ、諸将らに立花家の断固たる意志を示すべく、大友派の中核であった二将の首を城門に晒した。

父想いの三左衛門はもちろん、父親を口では小馬鹿にしながらも愛していた弥十郎も、この措置には激怒し、立花家を仇敵とみなすだろう。関係修復の道は完全に絶たれたと見てよい。

立花は離反独立、反大友で突き進む以外に、道は残されていなかった。やる以上は勝って、立花を守るのが和泉の使命だ。だが、鑑載と右京は、筑前の情勢と鑑連の力を甘く見ていた。

今さら考えたところで詮なき話だが、和泉が立花の独立を図るなら、まず、これまで敵であった毛利、高橋、秋月、筑紫、宗像、原田らと緊密に連携し、時間をかけて信頼を確実にする。そのうえで、立花軍二千は素知らぬ顔で鑑連による太宰府包囲網に加わる。毛利の援軍が来る好適の時期を選んで寝返り、大友軍の背後を衝いて、太宰府の高橋軍と前後から挟撃する。戦場での突然の離反なら、鑑連にも勝てよう。大勝利の後に堂々と立花城へ戻り、立花の独立を宣言すればよかったのだ。乱世では勝者が正義だ。薦野も米多比も、鑑連まで討たれて筑前を失い、敗退した大友に味方せよとは言うまい。家中の分裂も防げたはずだった。

だが実際には、毛利の援軍も十分に得られぬ時期に、他家との連携もおぼつかぬまま、家中に修復不能な亀裂を作り、領内に離反者を出したばかりか、討伐もできずに残した。何より戸次鑑連は健在だ。立花にとっては、現状で考えうる最悪な形での独立劇ではなかったか。

右京は立花家より前に、安武家の利得を考えていた。二派に分かれた現状を利用して、邪魔な二家を排除したのだ。右京は自勢力を拡大し、家中の政争に勝ち抜いたと満足していようが、和泉の見るところ、立花を取り巻く状況は厳しい。

「弥十郎どの、三左衛門どのと、戦うおつもりなのですか?」

藤木は唯一の、日田以来の鑑載の忠臣だ。何としてもこの苦境を乗り切って、立花家を守らねばならぬ。そのために、親友を討たねばならぬのなら、討つ。

和泉は皐月を抱き寄せると、「赦せ」とだけ言った。

四十二

その日の夜、立花城本城の天守で開かれた軍議は、立花鑑載の力強い宣言から始まった。

「これは謀叛ではない、独立じゃ。こたびこそは必ず勝つ。時勢もわれらに味方しておる。勝てるぞ」

藤木和泉は、筆頭家老安武右京の向かいに着座し、腕組みをしたまま、貝のように堅く口を閉ざしていた。大友派の家臣たちはむろん出頭していない。家臣団の七分が残ったと見るべきか。隣に座る野田右衛門太が、不安げに鑑載と和泉の顔を代わる代わる見ていた。

「こたびは三年前と事情がまったく異なる。政道邪(せいどうよこしま)多き大友宗麟(そうりん)を討ち滅ぼさんと、この二年、筑前、豊前には、反大友の狼煙(のろし)が無数に上がってきた。邪道を討つ正義の炎は、北九州全域に燃え盛っておる。余は二年のうちに、わが旧領、日田の地を取り戻してみせるぞ」

半生を過ごした故郷の奪還は、鑑載の年来の悲願だった。一度はあきらめた夢が、高橋鑑種(たかはしあきたね)の謀叛により現実味を帯びて、大きく膨らんでいた。

「こたび起(た)ったは、ひとり立花のみにあらず。四囲は味方じゃ。放っておいても勝ちが見えておる」

待っていたように、右京が鑑載の言葉を継いだ。

「殿の仰せの通りである。わしも三年前の挙兵の際には反対申し上げた。それは、勝ち目が薄かったからじゃ。されど今、大友は高橋、秋月相手に大いに苦戦しておる。しばらくは立花を攻める余裕なぞあるまいて。鑑連は戦上手なれば、戦況の不利をよう知っておる。立花城まで失った今、戸次鑑連はどうやって筑前を回復するのじゃ？名将ゆえにこそ、負けて大恥はかけぬ。されば筑前を捨てて兵を退くと、わしは見ておる」

馬鹿な。あの鑑連が戦わずして、引き下がるというのか。

右京は政争こそ得意だが、戦をまるで知らぬ。筑前全体での戦況が不利なら、大友の戦神(いくさがみ)は各勢力を各個撃破してゆくだろう。最初の標的は分裂しながら挙兵したばかりの立花だ。

（立花は今、どう動くべきか。弥十郎なら、どうする）

政治面では立花家の離反独立が大友に与える打撃は、計り知れない。門司城、太宰府に加え、商都博多を擁する立花城を失った大友は、筑前すべてを失ったに等しい。今ごろ宗麟は真っ青になっていよう。鑑載の溜飲（りゅういん）も下がったはずだ。だが、軍事面ではどうか。

友軍の敗戦により、戸次鑑連は筑前で苦戦を強いられてはいた。立花までが敵に回り、筑前における大友包囲網は、ついに完成した。鑑連は絶体絶命の窮地に陥っているように見える。凡将なら右京の言う通り、形勢の圧倒的不利を悟って筑前をあきらめ、豊後に退くであろう。だが、鑑連は戦神だ。筑前の最重要拠点を失い、尻尾（しっぽ）を巻いて逃げるなどありえぬ。全力で奪還しにくるはずだった。

この半年余り、鑑連は敵中にありながら、全方位に睨（にら）みを利かせて牽制するだけで、積極的な攻勢に出てこなかった。戦線は膠着（こうちゃく）状態に陥ったかに見えるが、そうではない。鑑連は戦の長期化を見越して南方の兵站（へいたん）を強化しつつ、兵らを交替で休ませながら、十分な休息を与えて英気を養い、太宰府の高橋鑑種を攻略するための準備をしていただけだ。かねて和泉は友軍の将として、鑑連から求められて協力していたから、鑑連の目算を知悉（ちしつ）していた。鑑連は近く大規模な反転攻勢に出、高橋を討ち、太宰府を回復する肚づもりだったろう。

立花城の重要性に疑問の余地はない。鑑載の独立を知れば、本来は高橋を攻めるはずの兵が、立花へ向けられるだけだ。鑑連は必ず動く。それも全軍でだ。動けば、神速だ。数日で立花城に到達するだろう。三年前、鑑載は鑑連の宗麟への直言で助命され、そのまま所領を安堵された。驚くほど寛大な処分だった。その鑑載が背いたのだ。鑑連は責めを負うべく、今回の叛乱を是が非でも己が手で平定しようとするに違いなかった。

「戸次が面目にこだわって兵を退かぬなら、それでもかまわん。立花はゆるゆると構え、援軍要請があれば兵を出す。宗像、原田、高橋らと結び、大友を包囲殲滅してゆけばよい。三年前には立花領に攻めてきた高橋が、立花を守る壁となってくれておるのじゃからな」

安武は和泉の同意を求めるように続けるが、和泉は黙したままだった。

親友二人への仕打ちを考えれば、右京を討ち果たしたいが、すべては後の祭りだった。今は立花家が生き延びる手立てを早急に決め、実行せねばならぬ。

和泉は西郷原から兵を退く帰途から、ずっと思案を続けていた。憧れのあの男に勝つための手立てを。勝つには兵が要る。大友最強の軍勢を撃退するには、大兵力が必要だった。

北の宗像は年来の宿敵だ。簡単には結べまい。立花は昨秋も、弥十郎の策で攻め寄せる宗像を大破した。数日前には飯盛山城を攻略して、砦を破却した。十分な根回しもなく、宗像が立花のために命を張るはずがなかった。仮に宗像を動かせたとしても、立花に敗れたために、派兵可能な兵力も大きくはない。宗像は背後の敵とならぬだけで、よしとすべきだろう。

「一万の兵で籠っても、兵糧（ひょうろう）は優に一年分はあろう。矢玉も無尽蔵じゃ」

右京は気軽に言うが、一万の兵などどこから来るのだ。これまで筑前の諸将は皆、鑑連の武威を恐れて自城に立てこもり、毛利の大援軍が来る日を、首を長くして待っていただけではなかったか。黙っていても立花城を守るために派兵してくれるというのは、甘すぎる期待だ。

大事なのは、毛利方に与し敵に回さずにすむ将兵の数ではない。これから決戦場となる立花城に、実際に援軍として来てくれる将兵の数なのだ。

立花家では、高橋鑑種の挙兵以来、弥十郎の指図でまじめな右衛門太が調達に骨を折り、籠城準備は万端だった。もっとも、毛利の大軍が当面は来ないと想定し、立花家の最大動員兵力五千で籠城する前提で、二年分の兵糧を用意しただけだ。はたしてあの戸次鑑連の激烈な城攻めに、五千の兵で一年も持ち堪えられようか。あの高橋鑑種でさえ、支城の岩屋城を落とされ、本城に籠城するのみで手も足も出ず、勝機を見出せぬままではないか。

「方々。立花家は一丸となって、殿をお支えせねばならぬ」

一丸が聞いて呆れる。結束を壊したのは右京ではないか。無理な独立の強行で薦野、米多比ら大友派が分裂した。居並ぶ家臣団の欠けから見れば、千五百ほどの兵力が大友方に回ったろう。

「ありがたいことに、毛利の清水左近将監殿がおっつけ四千余の兵を率いて、この城に入られる段取りじゃ」

おっつけでは話にならぬ。即刻兵を入れねば間に合うまい。毛利も立花城の重要性を知っている。説けば、兵を入れるだろう。

これまでも立花家は防衛に徹してきた。弥十郎の献策により、周囲の敵の襲来に備え、領内の要衝をしっかりと固める方針をとった。立花城を目指して侵攻する敵を、各要衝から出撃して包囲殲滅する作戦であり、現にこの戦法で幾度も敵の侵攻を撃退してきた。

だが事態は大きく変わった。立花家の領内は、毛利方と大友方にまだら模様で分かれている。おまけに今後の形勢次第では、家中の誰がいつ敵に寝返るか、知れたものではなかった。

鑑連は、戦力を逐次投入する愚を知っている。背後の高橋、秋月を牽制する寡兵のみ拠点に残して、いや、いっそ城など捨てて、ほぼ全軍で一気に立花城を攻略しようとするはずだ。兵の数は優に二万を超え、あるいは三万に届くだろう。

城内にある鑑載直属の兵、安武の兵に、今朝がた和泉の指図で加わった野田家の兵三百を足して、この場に集う立花家臣の兵を急ぎかき集めれば、最大で三千五百。毛利の援軍を足してやっと七千五百だ。とても兵が足りぬ。

「これで、大友包囲網は完成した。ゆくゆくはこれまで敵対してきた原田、宗像らとも連携し、包囲網を狭めて、筑前内の大友勢力を殲滅するのじゃ」

鑑載も右京も、立花が大友包囲網の一角に加わるとの認識しか持っていない。

――だが、違う。

筑前の最重要拠点たる立花城こそが、この大乱の主戦場に変わるのだ。

あの高橋鑑種が毛利と結んで周到に立ち上げた包囲網でさえ、鑑連を撃退できなかった。むろん、高橋の包囲網を崩してきたのは立花だが、たとえ包囲網が完成したとしても、鑑連に勝てるとは限らない。

城攻めには、城兵の三倍の兵を要するのが常識だ。七千五百では守り切れぬ。まして寄せ手の総大将は戸次鑑連だ。一万でも足りぬ。できれば一万五千は欲しい。

「戦は立花第一の将、藤木和泉殿の領分。頼りにしておるぞ」

身勝手に起こした戦の指揮を任されるのは不本意だが、主君のためには、和泉が戦をやるしかなかった。今までとは違い、和泉は独りきりだ。何食わぬ顔で抜群の軍略を編み出す弥十郎も、和泉と共に立花軍の両翼をなして、戦場で暴れる三左衛門もいなかった。

むすっと唇を結んだままの和泉にちらりと目をやってから、右京は「では方々、固めの盃を」とまとめに入ろうとした。

「お待ちくだされ」

和泉が初めて口を開くと、鑑載と右京が同時にホッとしたような表情を見せた。

「ご家老の見通しは、博多津の小田屋(おだや)の隣で買える金平糖のように、甘うござる。のんびり酒なぞ呑んでおる場合ではござらんぞ」

家中に和泉の酒好きを知らぬ者とてないが、喧嘩腰の放言に座がどよめいた。

和泉は鑑載に向かって、両手を突く。

「殿、この戦は難しゅうございまする。勝つには、相当のご覚悟が必要かと」

「覚悟なら十分にできておる。何でも殿に申し上げてみよ。勝つためなら、手は選ばぬ。何でもお聞き届け――」

和泉は右京の言葉に重ねながら、鑑載に進言する。

「さればまず、明日じゅうに貝津城の兵一千をこの城に入れまする」

右京が飛び上がった。貝津城は安武家の居城である。

「お前は貝津城を捨てよと申すのか？」

鑑載の問い返しに、和泉は大きくうなずいた。

「御意。大友を撃退してから、取り戻せばよろしゅうござる。安武こそは立花の主力。立花城が落ちれば、貝津城など一蹴されましょうぞ。一族郎党、あげてこの城に入られたし」

鑑載と一心同体の身になった右京とて、人質を取られれば調略に乗り、鑑載の首と引き換えに寝返らぬ保証はなかった。離反の芽を摘んでおくにしくはない。

「藤木殿はなぜさように急ぐ？　鑑連が宝満城の包囲を解くとでも――」

和泉はまた右京の言をさえぎりながら、改めて鑑載に言上した。

「これより筑前では、この立花城が決戦場となりまする。早ければ三日のうちに、戸次鑑連率いる大友の大軍が、この城へ押し寄せて参りましょう」

和泉は立花城の重要性と、鑑連の侵攻について説いた。

「待たぬか、藤木殿。いかに鑑連とて、四方八方敵だらけの筑前では自在に兵を動かせまいが」

「あの高橋殿でさえ、籠城が関の山。戸次鑑連率いる万の大軍を、立花のために命を張って止めてくれる将が、筑前のどこにおりましょうや？　昨日まで皆、立花の敵だったのでござるぞ」

「なぜ鑑連がまずこの城を攻めると言い切れる？」

「高橋殿は太宰府で準備万端相整えて挙兵されたゆえ、城は容易に落ちませぬ。これに対し、こたび立花は、ろくな支度もせず、仲間割れを起こしながら、兵を挙げたもの。落としやすい城から落とすのが、戦の常識でござる」

痛烈な皮肉に、右京がむすっと押し黙ると、和泉はさらに畳みかけた。

「戸次鑑連公は鎮西一の戦巧者。怒留湯融泉を取り逃がした以上、立花の独立はとうに大友方に伝わっておるはず。立花城は太宰府と並ぶ筑前の要衝なれば、大友軍は必ずや全力を挙げて奪還に参りましょう。討伐軍の総大将はもちろん、大友最強の将でござる」

和泉は二度もあの男と戦わねばならぬ不運を嘆いた。

だが、三年前とは違う。毛利による調略で周りの毛利方も増えた。鑑連の盟友、高橋鑑種さえ味方の陣営にいる。勝機はあるはずだった。

「方々はこれより急ぎ戻られ、二日のうちに一族郎党を引き連れ、ありったけの兵糧、矢弾（やだま）とともにこの城へ入られたし。こたびの籠城が数年の長きに及ぶ事態も覚悟召されよ」

座が激しくざわついた。

「大仰ではないか。毛利の大軍が来れば、解放されようが」

「三年前には来なんだ援軍が、今回はすぐに来てくれる保証がどこにござる？　他人任せでは、勝てる戦も、勝て申さぬ」

「お前は何とする、和泉？」

鑑載の下問に、和泉は手を突いた。

「これよりただちに出立し、原田、麻生、杉、宗像らを訪い、高橋、秋月にも援軍を乞（こ）いまする。立花城を一万五千の兵で固く守れば、いかに戦神とて、たやすくは落とせますまい」

筑前北東部の毛利方である麻生、杉らは、大友軍の直接の攻撃にさらされていない。毛利軍に加わり、立花城で合流してくれるやも知れぬ。だがこれまで長らく敵であった者たちだ。二つ返事で味方してくれるほど、乱世は甘くない。

「安武殿は、急ぎ清水左近将監殿のもとへ出向き、明日のうちに全軍を立花城に入れるよう強く求められよ。城へは立花口を避け、下原から入るようお伝えあれ」

「なにゆえ、さように遠回りをせねばならぬ？」

「通り道には薦野、米多比の両城がござる。ことさら危ない橋を渡る必要もござるまい」

里を通る毛利軍をあの二人が黙って見過ごすだろうか。弥十郎が三左衛門の武勇を使い、妨害してくるおそれがあった。

「藤木和泉の申すことはすべて、わが言なり。委細、和泉の指図通りに進めよ」

鑑載の申し渡しに、諸将が平伏した。

四十三

薦野弥十郎は無精ひげを弄りながら、以前に右衛門太が作った花合わせの札を眺めていた。

師の見山が編み出した占術は、無情な運命を突き付けてくる。

見山は未来を知りながら、手詰まりとなって、自死を選んだ。見山が残した見立ての通り、弥十郎は想い人と結ばれず、子もできなかった。神が気まぐれで決める運命の理（ことわり）に、しょせん人の手は届かぬのか。

「慌てるな、三左衛門。お主の城には、しばらく誰も攻めては来ん」

弥十郎が和泉なら、鷹野、米多比の二城は捨て置く。

友情ゆえではない。わざわざ攻め落とすには、面倒な山城だ。最大の敵、戸次鑑連に勝つためには、できるかぎり多くの兵を集結させて籠城すべきだ。宗像勢が報復のために攻め寄せる懸念はあったが、まずは至近の鷹野城を襲うだろう。

常在戦場の鷹野城では、いちはやく籠城支度が済んだ。小松岡の砦を捨て、皆で詰城へ上がった。

鷹野、米多比の行く末を今、三左衛門と二人で決める。

「両家は立花のために、大友との橋渡しとなって参った。しかるに、この仕打ちは何でござる？　なぜじゃ、弥十郎殿。なぜわれらの父上が死なねばならぬ？」

大友方の二将は梟首（きょうしゅ）されたと聞いた。その後、皐月の計らいか、遺体が丁重に返されはしたが、弥十郎とて胸をえぐられ、はらわたが煮えくり返る思いだった。かくなる上は大友方に味方し、父の仇を討ちたかった。だが乱世では勝つ側に付かねば、滅ぼされる。今なら、和泉の戦い方次第で、立花は大友に勝てる。

「それがしは必ずこの手で、立花を滅ぼしてみせるぞ！」

三左衛門が拳(こぶし)を握りしめて、声を震わせた。

見山の予言が的中してゆく。運命は変えられぬのか。

西郷原の地で、降りかかる火の粉は払ったが、窮地の戦況に変わりはなかった。

薦野城と米多比城は、毛利方となった立花領内にある。立花領の周囲も、毛利派の諸勢力に囲まれている。今や、敵だらけの海に浮かぶ孤島に等しい。大毛利と立花を敵に回して、大友の助力なしに寡兵で勝てるわけがなかった。

立花軍を撃退した後、弥十郎は異母弟の丹半左衛門鎮方(たんはんざえもんしげかた)（後の親次(ちかつぐ)）を遣わし、大友方の重臣臼杵鑑速(うすきあきすみ)に援軍を要請していた。臼杵は海を挟んだ筑前西部の志摩(しま)郡に、飛び地の所領を持つ。半左衛門は米多比大学助の口利きで、宗麟の近習となっていた。弥十郎と違って愛想の良い若者で、宗麟から偏諱を受けており、大友重臣の覚えもよかった。

弥十郎は今後予想される展開を詳しく語り、立花城が新たな決戦場になると明言した。

「大友方がすぐに来なんだら、いかにしてわれらの城を守りまする？」

「城を捨てて逃げればよい。城は人のためにある。城のために人がいるのではない。されど戸次鑑連は、必ず神速で現れる。和泉の人を見る眼に狂いはない」

大軍を擁して攻め寄せる鑑連の本陣は、立花城の崖下に敷かれるとまで弥十郎は事細かに予測した。だが、三左衛門は最後のひと言を聞きとがめた。

「何と！　弥十郎殿が出陣されぬとは、何事でござるか？」

「どうも、気が進まぬでな」

「さような理由が通用するとでもお考えか？」

弥十郎は、三左衛門とは違う。

先代立花鑑光(あきみつ)から託された立花家を、わが手で滅ぼすわけにはいかぬ。亡き父宗鎮も、薦野が立花家を滅ぼすを、よしとはすまい。立花家二百三十年の歴史を、誰かが閉じるのはやむを得ぬとしても、代々禄(ろく)を食(は)んで来た薦野家が、立花領に敵を引き入れる尖兵(せんぺい)とはなれぬ。異母弟の半左衛門は母方の丹家を継いだ。薦野家そのものではない。形ばかりにすぎぬが、今となっては、せめて建前だけでも守りたかった。

「薦野家の当主が同心あらねば、後々、大友より論難されかねませぬぞ」

「鑑連公に問われたら、ぎっくり腰で身動きもできんと、ごまかしておいてくれ」

「何を馬鹿な」と、三左衛門がしつこく説いたが、弥十郎は相手にしなかった。戸次鑑連が真の名将なら、わが意を解するはずだ。小なりといえど、薦野家の歴史にも誇りがあった。

「三左衛門。大友方として参陣するのなら、お主は米多比城を捨てよ。女子供は薦野城に連れて参れ。身どもが守ってやる」

寡兵による二拠点の防衛は至難だ。復仇に燃える三左衛門は、大友軍に参陣し、弥十郎は薦野城を守る。うまく使えば、女子供、年寄りも籠城戦では戦力になった。戦える兵を百人前後残せれば、弥十郎ならしばらく城を守れる。鑑連なら、毛利方を牽制する薦野城の重要性を解するはずだ。

「籠城するには、兵糧が少々足りませぬな」

「明日あたりには手に入れるつもりじゃ」

「周りは敵だらけでござるぞ。どこから兵糧を調達するのでござる?」

「和泉はその豪勇ゆえに目立たぬが、どうして知勇兼備の良将よ。つまらぬ軍師よりは、よほど先を読む。戦神が襲来する前に、麻生や杉など毛利方の軍勢を急ぎ立花城に入れるはず。されば、街道を通る小荷駄隊からいただく」

見山の卜定によれば、和泉は生き残り、弥十郎と三左衛門はこの大乱で死ぬ。

――いつ、どういう形で、二人は死を迎えるのか。

立花城は金城湯池の堅城だ。藤木和泉は類稀なる名将だ。いかに戸次鑑連といえども、簡単には落とせまい。和泉の籠もる立花城を攻めあぐねた鑑連が撤退したとき、薦野と米多比の命運は尽きる。その前に毛利に付くか。父を殺めた立花に帰参はできぬが、一番高く売れるときに毛利方に寝返るなら、薦野の力を見せ付けておいてもよかろう。

だがさて、いかにして運命に逆らい、当面を生き延びるか。

弥十郎は薄いあごひげをしごいたが、いつものようにあくびは出なかった。

第八章　筑前擾乱

四十四

晩春の日も沈み、ふだんの立花城なら肌寒さを感じるはずだが、結集してきた将兵たちの人いきれで、広大な山城は昼間のような熱気に満ちていた。三日ぶりの帰城だった。

藤木和泉(ふじきいずみ)が友軍高橋家の将、衛藤尾張守(えとうおわりのかみ)と並び、二千余の兵と共に立花城へ入るや、城内から割れるような歓声が上がった。和泉は衛藤に布陣の場所を示してから宿所へ案内すると、いったん別れ、人混みをかき分けて井楼岳(せいろうだけ)の本城に入った。たらいで足を濯(すす)いでいると、戦時に似合わぬのどかな声がした。

「ひどくお疲れの様子じゃな、和泉殿」

野田右衛門太の声かけに「おう」と応じながら、和泉は手ぬぐいで脚を拭く。「少しお休みになられたがよい。こちらでござる」と案内されて二階へ上がった。薄暗い小部屋に入るや、和泉は倒れ込み、だらしなく板ノ間に大の字になった。燭台の火がゆらめく。

弥十郎たちに負けて西郷原から戻って以来、和泉は一睡もする暇がなかった。大友軍が襲来するまでの限られた日数で、和泉は筑前を駆けずり回った。これまで立花は大友方の重鎮であり、相手はいずれも、これまで戦ってきた敵である。立花の離反独立は、大友方の策略ではないかとも警戒されたが、必死で説いた。

和泉が動いたぶんだけ、立花城に入る兵の数が増える。それだけ勝機が高まるのだ。身体じゅうが眠気と疲れで悲鳴を上げていた。戸次鑑連の率いる大友軍は、最も早ければ明日にも襲来するはずだ。少しでも心身を休ませたかった。

「弥十郎のごとく、疾駆する馬の上で熟睡できればよいのだが、俺は不器用でな」

「そいつは弥十郎殿でも無理じゃ」

右衛門太は小さく笑いながら、手で盃を呑み干すしぐさをした。

「いい練貫が手に入り申した。一献だけ、いかがでござる？　軍議まではまだ時がござるぞ」

「いや、俺はこの戦に勝つまで、一滴たりとも酒を呑まぬと決めた。鑑連公は酔っ払って勝てるような相手ではないゆえな。ときに諸将は、兵の配置に不満を言うておらなんだか？」

立花城は七峰にある二城、二砦を中心とする広大な山城である。

各軍の持ち場は、出立前に和泉が思案し、右衛門太に上手な図面を描かせて鑑載に献上していた。諸将の案内役は、腰の低い右衛門太に任せてあったが、うまく行ったらしい。

「城には、兵がいかほど入った？」

「和泉殿のおかげで続々と集まりましたぞ。民部殿の話では一万を少し超えたとか」

「少ないのう。原田、麻生、千手に杉。しかと話を付けたはずだぞ。原田からはいかほど？」

「はて。八百ほどでござったか」

「なぜだ？　俺はまず原田へ行って、三千の援軍を引き出したはずだぞ」

一昨日、和泉は原田家に入るや、当主の了栄に、大友方の重臣臼杵家の柑子岳城の急襲を進言した。乞われて和泉も客将として戦に参加し、城を一気に攻め落とした。

立花家が大友に属していたため、和泉は城将の臼杵新介が密かに城を不在としており、城がもぬけの殻だと知っていたのである。後顧の憂いを無くした了栄は大いに喜び、ただちに兵三千を起こして、立花城での決戦に参加すると約した。だが聞けば、城を落とした翌日、了栄は大友方に柑子岳城を奪い返されたらしい。そのため了栄は、嫡子原田親種の兵八百のみを入城させてきたという。

大友方による城の奪還が早すぎた。

立花離反の報を聞いた鑑連は、真っ先に原田の動きを警戒し、臼杵新介の兵を柑子岳城に戻したのか。あるいは、和泉の行動を先読みした弥十郎が、臼杵家に使いをやって妨害したのか。

原田の兵が一千に満たぬとは当てが外れた。自領の防衛を懸念する気持ちは察するが、立花城が落とされれば、次は己れの番だとわからぬのか。この最大の苦境で、鑑連が立花城の奪還に見事成功すれば、鑑連の武威はますます高まり、筑前国人衆は鑑連の前にひれ伏すだろう。鑑載の目付役だった怒留湯融泉のごとき凡将とは、格が違う。立花鑑載は寡兵ゆえに侵略しなかったが、鑑連が勝利して大軍で立花城に入れば、原田ごとき忽ち屠られようものを。

「秋月も、やはり立花まで兵は出せぬと」

和泉は秋月家を訪い、筑前で一丸となった反大友勢力の結集を説いた。立花の独立を秋月は手を打って喜び、派兵を約したはずだが、「立花城危殆のとき、戸次の後方を脅かさん」との使いが来たという。筑前最南の秋月領からの援軍は難しかろうが、鑑連が即座に派兵を妨害したのだろう。この三日のうちに、手はすべて打ったつもりだが、和泉が考えつく策は、鑑連も当然に封じてくる。鑑連の意表を突くような奇手でも打たねば、勝機はあるまい。

「やはり宗像は来ぬか？」

宗像氏貞は、立花三傑に再三煮え湯を飲まされてきた宿敵である。最初、和泉との面会さえ拒んだが、和泉が落ち着いて利害得失を説くと、ようやく出兵を約した。

「再三、催促し申したが、芦屋浦を動かぬようでござる」

和泉は舌打ちした。和泉の懸命な説得で、氏貞は兵二千を率いての出兵を約した。だが、結局は立花城の防衛に加わろうとせず、遠く離れた地にとどまった。積極的に参戦する気はないらしい。宗像勢は昨秋、今春と立花三傑の力で撃破したばかりだ。長年の因縁がある。合力させるには時をかけて、もつれた関係を解きほぐす必要があった。

「高橋勢を足して一万三千ほどの兵で、戦神を迎え撃つわけか」

さすがに高橋鑑種は名将だけあって、立花城決戦の重要性を即解した。大友軍が包囲できない北の山伝いに、和泉が高橋の宝満城に入ると、鑑種は二つ返事で和泉の援軍要請に応じた。ただちに支城を守る配下の衛藤尾張守に兵二千余を率いさせ、強行軍で立花城へ派遣すると約した。和泉はその足で衛藤とその兵を連れて帰参したのである。

「軍議までしばらくござる。ここでわずかでも、寝まれてはいかがじゃ？」

「弥十郎でもあるまいに、眠っておる場合ではないぞ。早ければ明昼にも、戦神の大軍が押し寄せよう。陣を固められてからでは、厄介じゃ。戦は出だしが肝心よ。ときに右京殿は？」

和泉は全軍での出撃策を提案するつもりだった。右京は作戦の良否よりも、己れの利得や体面にこだわる節があった。事前の根回しをしたほうがよい。

「不在でござる。貝津城からじきに戻るはず」

右衛門太が何やら恥ずかしそうな顔で和泉を見た。

「今朝がた原田殿を案内しておったら、殿がお越しになって『頼むぞ、右衛門太』と、じきじきに声をかけてくださったんじゃ」

内気な右衛門太は、家老格の家柄のくせに、主君鑑載の前ではおどおどして、いまだにろくに目も合わせられないでいた。だが、和泉の言に従い、真っ先に立花城に駆けつけた右衛門太の忠義に、鑑載も気をよくしたらしい。

「そいつは、良かったのう」

和泉が心から喜び、脂身の多い背中を音を立ててぶつと、右衛門太はまんざらでもない顔をしたが、ほどなく真顔に戻った。

「されど、わしなんぞがお役に立てるじゃろか。わしは立花三傑とは違う。昔から戦が嫌いでな。怖いんじゃ。これまでは弥十郎殿の策で、和泉殿と三左衛門殿が戦うておれば、戦には勝てた。じゃが二人とも敵になってしもうた」

「元気を出せ、右衛門太。お前は俺が守ってやる。俺は必ず戸次鑑連公を破ってみせるぞ。師を超えるのが、弟子の大事な務めだからな」

「そうじゃな。和泉殿は昔から、いつもわしを守ってくれた」

右衛門太は無理に笑顔を作った。心優しきこの男に、戦は似合わぬ。和泉は「世話の焼ける奴よ」と、右衛門太の肥えた頰を指で軽く突ついてやった。

「なあ、和泉殿。あの二人とはもう、これきりかのう」

「いや、生きてさえおれば、俺が二人を守ってやる。勝てば皆、昔と同じように一緒に馬鹿話ができる」

和泉はこの戦に勝つ。

大友軍を撃退すれば、筑前は完全に毛利方の手に落ち、蔦野城、米多比城は敵中に孤立する。その時、和泉の挙げた大功に免じて、両名の助命を引き出し、所領安堵と引き換えに、立花家に帰参するよう、二人を説くつもりだった。鑑載と右京に形だけでも頭を下げさせれば、説得できまいか。

和泉は生あくびを噛み殺しながら、戦のやり方ばかり思案している自分が、弥十郎のようだと思った。軍師も確かに厄介な役回りだ。

「戦の指揮をされるにも、多少の眠りは必要でござろうが」

右衛門太の気遣いだろう、準備のよいことに、薄暗い部屋の隅には、木枕と掻い巻きが用意されていた。過労に和泉の身体が悲鳴を上げている。「そうだな」と、右衛門太が差し出してきた掻い巻きを受け取った。

「軍議が始まる四半刻前に起こしてくれ」

「承知し申した。われらを守ってくださる大切なお身体じゃからな」

和泉の重いまぶたが、右衛門太のやさしげな笑みをすぐに消し去った。

四十五

藤木和泉はハッと目を覚ました。熟睡した感覚があった。

（いかん、寝過ごしたか）

枕元の燭台の火も消えている。飛び起きた。

和泉は小部屋を走り出ると、奥座敷へ向かった。賑やかな笑い声が聞こえてくる。

鑑載の小姓に案内されるや、中へ飛び込んだ。

酒盛りの最中で、諸将は和泉にさえ気付かなかった。

毛利軍の清水左近将監（宗知）、原田軍の原田上総介（親種）、高橋軍の衛藤尾張守らも顔を揃えていた。すでに座は崩れており、安武右京は上機嫌で、上座の鑑載を交えて友軍の将らと談笑していた。酒を呑まぬ鑑載は素面だが、右京は大戦の盟主たる立花家の筆頭家老として、誇りに酔いしれてでもいるのか。

酔いで顔を真っ赤にしながら、身体をふらつかせている右衛門太を見つけた。

「右衛門太、宴が始まって、どれほど経ったのだ？」

「一刻あまりでござろうか。あいや、起こしに行き申したが、和泉殿があんまり気持ちよさそうに眠っておられたゆえ、今宵は顔合わせだけじゃし、殿の仰せで軍議は明日――」

　和泉は右衛門太を捨て置いて、上座へ向かった。

　友軍の将と言っても、数日前まで敵同士だった者たちだ。清水も、原田も、戦場で和泉と戦い、立花に敗れた経験さえあった。これから生死を賭けて共に戦う諸将の融和も、もちろん大事だ。だが、こうしている間にも、鑑連は進軍している。酒など呑んでいる時ではない。今しか使えぬ勝利の策があった。

「方々！　遅参いたし申しわけござらぬ。立花家臣、藤木和泉でござる！」

　和泉は酒盛り場に向かって、腹の底から大音声を叩き付けた。

　座がしんとなって、皆が和泉を見た。二十七歳の若さだが、和泉は立花三傑の筆頭として、座にその名を知らぬ者とてない。和泉は上座の鑑載に向かって、恭しく平伏した。

「藤木殿はお疲れであったろうが、よう休めたかの？　まずは明日、裏切り者の薦野らを血祭りにあげたいと思うが、どうか？」

　右京の話では、毛利軍が立花城へ向かう途中の山間で、薦野、米多比の兵に小荷駄隊を襲撃され、兵糧を奪われたという。城内の蓄えが十分なかったのだろう。四千余の軍勢をものともせず、敵から兵糧を調達してみせるとは、いかにも弥十郎らしかった。和泉は立花口を避けるよう忠告したはずだが、右京が伝えなかったのか、清水が沽券に関わると聞き入れなかったのか。

「おやめなされ。西郷原で敗れたばかりではござらぬか。あの策士が城に籠れば、容易には落とせませぬ。今は、立花城の守りに専一することこそが肝要」

弥十郎は意趣返しに毛利を襲っただけで、この戦にこれ以上手を出さぬのではないか。たとえ鑑載と反りが合わずとも、あれほど名門立花家を誇りに思い、忠誠を尽くしてきた男が、立花家を滅ぼす戦に率先して加わるとも思えなかった。弥十郎は捨て置いてよい。

和泉は座を睨め回しながら、言い放った。

「早ければ明昼にも、大友の大軍が到着するはず。未だ陣の定まらぬうちこそ、出撃の好機。全軍で討って出て、敵の総大将の首級を挙げれば、われらの大勝利にござる。されば今宵の宴は、これにてお開きでござる。方々、今宵これより持ち場へ戻り、明日の出撃に備えられたし。物見より敵来たるとの知らせあらば、ただちに全軍で出撃いたしまするぞ」

「待たんか、藤木殿。寝坊して遅れてきおったくせに、何を申すかと思えば」

右京に強い苛立ちを覚えた。

起こりかけた笑いをさえぎって、和泉は鋭く切り返した。

「われらは大友に勝つためにこの城に集まり申した。酔いつぶれておる場合ではござらん！」

「立花随一の酒豪に、誰ぞ酒を注いでやってくれぬか。野田殿はいずこじゃな？」

茶化して笑いを取ろうとする右京に、和泉は無性に腹が立った。

「無用！　戦の最中は酒を断ってござれば」

「大の酒好きの藤木殿が酒断ち（さかだ）とは、いかなる風の吹き回しじゃ？　禁酒に比べれば、戦神を討ち取るほうがたやすかろうに」

誰のせいで、親友を敵に回し、最も崇拝する憧れの将と戦う羽目になったのか。

「勝算もろくに考えず、無理に挙兵したゆえ、酒など呑めんのでござる」

腹立ちまぎれの和泉のよけいな皮肉に、右京が憤然と鼻を鳴らした。身体を震わせている。

「どういう意味じゃ、藤木！　諸将の団結に水を差す気か！」

「酒に溺れておる御仁に、水など差しても通用しますまいが！」

冴えぬ切り返しに右京が顔を真っ赤にしたとき、廊下を駆けてくる慌ただしい音が聞こえてきた。

――申し上げます！　香椎の南を、大友の大軍が北上しておりまする！　その数いまだ不明なれど、総大将は戸次鑑連との由！

座がいっせいにどよめいた。

和泉の全身を悪寒が駆け抜ける。

何という速さか。鑑連は太宰府の高橋鑑種を包囲していた。高橋勢の追撃を考えれば、すぐには兵を動かせぬはずだった。和泉は諸将に明昼と言っていたが、実際には明後日だろうと考えていた。和泉は鑑種に対し、宝満城から攻勢に出て追撃するよう要請した。むろん承諾されたが、さしもの鑑種も、鑑連の見事な撤兵に、まったく手を出せなかったのだ。

和泉は気を取り直して、鑑載に力強く進言した。

「殿、今こそ好機でござる。ただちに出撃の支度を整え、討って出ましょうぞ！」

右京が和泉に負けじと、大声を張り上げた。

「なりませぬぞ、殿。敵の数もわからぬに軽挙妄動はなりませぬ。お集まりの面々には、遠方より強行軍でお越しいただいたもの。将兵の疲れもありましょうゆえ、まずはゆるりと休むことこそ肝要にございまする」

「敵の数を知る必要なぞござらん。敵は大軍に決まってござる。ひとたび陣を固められれば、打ち破るのは容易ではありませぬぞ」

「大軍とな。何倍もの敵に向かって討って出、もし敗れれば、そのまま城に攻め込まれるではないか。まずはしかと守りを固め、心を一つにし、折を見て――」

「さような折なぞ、いつ訪れるか知れませぬ」

「今討って出て、絶対に勝てると、藤木殿は申すのか？」

この世に確実に勝てる戦などまずない。まして相手は、戸次鑑連の率いる大軍ではないか。

「集まったばかりのわれらの不利は承知。されど――」

「本拠を攻められておるのじゃぞ。万が一にも負ける作戦はとれぬ。大友は筑前最大の拠点を失ったのじゃ。立花まで合力した以上、毛利の勝ちは見えておる。待っておれば、毛利の大軍が大友を追い払ってくれようぞ」

四国伊予の争いにまで介入している毛利が、大軍を九州へ上陸させるには、まだ時がかかる。和泉も籠城戦の長期化は覚悟していたが、城内の士気を考えれば、緒戦で敵に少しでも打撃を与えておきたかった。

（なぜ、右京は出陣に反対するのだ……）

和泉は、右京がかたくなに反対する理由にはたと気付いた。

この謀略家は、目の前の戦ではなく、その先にある戦後を睨んでいるのだ。右京はこの戦に必ず勝てると考えている。ゆえに立花独立は安武の主導で、安武が最大の功を立てる形で成功させる。和泉の献策や武勇で勝ち取ってはならぬのだ。安武に説き、安武から献策させるべきだった。寝過ごしたために根回しを怠った。鑑連の着到が早すぎたのも、計算外だった。

「ここはひとまず、敵の出方を見ることにしては、いかがでございましょうや」

立花家臣どうしの激しい対立を見かねた毛利軍の清水左近将監が、助け船を出すように鑑載に進言した。清水のとりなしに、友軍の将たちも異口同音に同意を示す。毛利方の諸将とは、長年にわたり敵対してきた。勝つためには信頼が必要だ。援軍を乞うた立場の立花家臣が、友軍の将の顔を潰すわけにはいくまい。

和泉をじっと見つめていた鑑載は、和泉に小さくうなずいてから、座を見渡した。

「ここは清水殿の言に従い、しばし様子を見るといたそう。されどわが腹心、藤木和泉の申し条にも一理ある。すでにわれらの心は一つなれば、これより各自持ち場に赴かれ、敵の襲来にしかと備えていただきたい」

和泉は鑑載に向かって平伏した。和泉は主君に恵まれた。鑑載は最終的に安武か和泉か、いずれを選ぶかと問われれば、迷わず和泉を選ぶだろう。右京とは反(そ)りが合わぬが、当面の目的は同じだ。援軍の将たちも、戦勝を求めていた。初手で勝たずとも、負けではない。機会は必ず巡ってこよう。和泉は鑑載のために、鑑連相手に戦い抜き、必ずや勝利を収めるのだ。

和泉は藤木隊の持ち場へ向かった。

本城の直下、最激戦地となるであろう小つぶらの砦である。兵たちに指図した後、少しでも仮眠を取っておこうと思ったが、結局まんじりともせず、明け方まで戦のことばかり考えていた。

眠るのをあきらめて宿所を出た和泉は、眼下を見下ろした。

次第に晴れてゆく乳白色の朝霧の下、唐ノ原川沿いの葉桜を覆い隠すように、戸次鑑連の大軍勢が立花城を取り囲んでいた。

四十六

慣れ親しんだ立花城は今、敵城として米多比三左衛門の眼前にそびえていた。焼き払われた下原(しもばる)の町には、まだ微かな残煙がくすぶっている。佳月もあの城へ上がったのだろうか。

巨大な山城には、大友と同じ立花家の〈抱き杏葉〉のほか、毛利家の〈一文字に三ツ星〉、原田の〈丸に三ツ引両〉、高橋家の〈抱き柊〉に至るまで、無数の幟旗がひるがえっていた。立花山にこれほどの大軍が入った歴史はあるまい。

立花城は数日の間に、一万の軍勢を擁する大要塞と化していた。

この城を攻め落とさねばならぬ。大友の敗北は、米多比家の滅亡を意味していた。

米多比勢は薦野の兵を合わせた兵三百で戸次鑑連率いる大友軍に合流していた。立花軍の内情をよく知る三左衛門は、鑑連の指図で本陣のすぐ隣に布陣した。

「こたびは大戦になりそうじゃな」

鑑連の近習を務める内田鎮並とは、府内の大友館に伺候していたころに面識があった。鎮並は戸次家臣の子弟で、同じころに宗麟から偏諱を受けた。当時から口を開けば、主君鑑連の自慢ばかりする微笑ましい男だった。三左衛門はこの鎮並のつてを頼り、大友軍に難なく合流できたのである。

「ときに薦野弥十郎殿は、立花三傑の一人と聞くが、なぜ参陣されぬ？ わが殿が会いたがっておられたぞ」

弥十郎は病と称して自らは参陣せず、異母弟の丹半左衛門と五十の兵を米多比隊に合流させただけだった。鑑連がじきじきに面会を求めているのに、仮病を使うとは狂気の沙汰に等しい。が、あの頑固な男は三左衛門がいくら説いても、薄いあごひげを弄(もてあそ)んでいるだけで反論もせず、一向に聞き入れようとしなかった。三左衛門とて、薦野家を守るためには力を尽くすつもりだが、弥十郎の身の処し方が気懸りでしかたなかった。

三左衛門は鎮並に連れられて、赤杏葉のひるがえる鑑連の本陣へ赴いた。

鑑連は一度会った将を必ず覚えて親しく声をかけるから、幾度か戦場を共にした三左衛門も覚えられている。過去の戦場でも、戦線が膠着したときなどは、鑑連を崇拝する和泉と連れ立って、本陣の鑑連を訪ねたものだ。弥十郎は面倒くさいと言って、同道しなかったが。

「おお、よう来た、三左！」

戸次鑑連は床几から立ち上がると、じきじきに三左衛門を出迎え、両肩に手を置いた。大柄な三左衛門が慌てて片膝を突くと、小柄な鑑連と視線が同じくらいの高さになった。

鑑連の顔は、どれだけ時をかけて眺めても、決して見慣れぬ奇相であった。顔の構成物がすべて異様で、顔の輪郭からもはみ出ている。睨めば相手を灼(や)き尽くしかねない巨きすぎる眼と、開けば敵を喰らい尽くすような大口に太い唇は「鬼瓦」と評されるが、まさに鬼神の貌だ。

「見てみい、三左」と、鑑連は三左衛門を立たせると、並んで巨城を見上げた。

「敵は一万三、四千といったところか。どうして立花にも良将がおるわ。せっかくわしが急いで北上したと言うに、たったの三日で、ようもあれだけの兵をかき集めて、城へ入れたものよ」

立花軍は領内各地の拠点の守備を放棄し、立花城攻めに全軍を集結させていた。難攻不落の山城に万の軍勢で籠れば、戦神の大軍を迎え撃つに足るであろう。

鑑連が腕組みをすると、鎧に収まりきれない筋肉の塊が、肩や腕からはみ出してきた。

「わしに陣を固めさせたは立花の抜かりじゃが、戦のやり方を心得ておるのう」

戸次鑑連を総大将とする大友軍は吉弘鑑理、臼杵鑑速、志賀道輝らの率いる豊後勢を中心に約二万七千。大友方の重要拠点であった立花城の縄張りは鑑連も見知っており、進軍中に陣立図を仕上げていた。城下に到達するや、夜のうちに素早く陣を敷かせた。敵襲への警戒を怠らぬよう備えさせたが、立花軍の出撃はないまま、朝を迎えたのである。

立花山の七つの峰とその尾根にまたがる広大な城域には、井楼岳にある本城と対をなす西北の白嶽に、北の松尾山砦、南西の秋山谷砦を加えた四拠点を中心として、実に大小百近い曲輪が構築され、万を超える大軍が準備万端、意気揚々と迎撃態勢を整えていた。

鑑連の本陣は、本城の崖下に置かれた。中腹を切り拓いた小つぶらの砦がすぐ直上にある。この場所なら、立花城攻めの戦況をあらかた一望でき、適時に指図ができた。大友最強を誇る戸次本隊が本城の攻略を担当する。

「見事な兵の配置と陣立てじゃ。三左、誰の指図と思うか?」

「陣割は立花家臣、藤木和泉によるものと心得まする」

「やはりあの若武者か。さもあらん」

神妙な顔でうなずく鑑連に向かい、三左衛門は恭しく片膝を突いた。

「畏れながら、藤木和泉こそは立花最高の将にして、死なせるには惜しい勇将。戸次家臣となされれば、必ずや殿のお役に立ちましょう」

「わかっておる。わしはもうひとり和泉を欲しいと思うておるでな」

鑑連麾下に勇将は星の数ほどいるが、戸次軍の両翼は正将の由布惟信、奇将の小野和泉(鎮幸)とされていた。これに藤木和泉が加われば、鑑連の麾下に「和泉」が二人となるわけだ。

「わしは茶器や巻物なぞに興味はない。欲しいのは人じゃ。藤木和泉はわし好みの豪傑よ。何としても、わが家臣とするぞ。もとより調略に応じる男ではないゆえ、戦うほかはないが、必ず生け捕りとする。あの者が望むだけの禄をもって、戸次に迎えようぞ」

父を殺めた立花に三左衛門が復することはありえぬ。以前のように、共に乱世を渡りたいなら、立花を打ち破り、和泉を戸次家に仕官させるしかなかった。

花の盛りを過ぎた葉桜を離れ、色あせた花弁が、所在なげに春の風に舞っている。

第九章　悲しき金獅子

四十七

夏は闌(た)けていた。

永禄十一年（一五六八年）七月四日。

長い日が暮れ、立花山を覆っていた賑やかな蟬(せみ)の声がようやく止んでも、敵味方合わせて四万余になる将兵の熱気のせいだろう。井楼岳(せいろうだけ)にある立花城本城の御座所には、涼しげな風が吹き込んでくる気配は一向になかった。

藤木和泉(ふじきいずみ)は、安武右京(やすたけうきょう)を横目で見やりながら、主君の立花鑑載(たちばなあきとし)に向かって手を突いて言上した。

「それがしは反対にございまする。出撃は勝機をとらえて行うべきもの。長陣に飽いたゆえ討って出るなぞという話ではあり申さぬ」

　鑑載の強い意向で、籠城戦の総指揮はあげて和泉に委ねられていた。和泉は徹底的に守りを固め、防戦に徹した。甲羅に籠った亀のごとき強固な守備に、さしもの戸次(べっき)鑑連(あきつら)も攻めあぐねている。立花軍は和泉の采配で、大友軍の猛攻を耐え抜いた。付け入られる隙を与えなかった和泉の戦いぶりは、敵味方から大いに賞賛されている。

「じゃが、藤木殿。このままでは埒(らち)が明かぬぞ」

「それで結構。埒が明かずに困るのは、大友方でござる」

「守るばかりでは士気も上がるまい。将兵にも不満が出ておる」

「仕掛けて負ければ、もっと不満が出申そう」

「春には、お主も出撃を説いておったではないか」

「あれは、敵の陣が固まらぬ時のみにあった好機でござる。大友軍は今、総大将の下、よう戦うてござる。隙があったら教えてくだされ。ここは引き続き、しかと守りを固めることこそが肝要。どうしても攻めたいなら、安武勢だけで出撃なされよ」

「お主が出んで戦ができるか。して、その隙とやらは、いつ生まれるのじゃ？」

「戦神とて、たぶん人でござろう。二年ほど待てば、一度くらいはあるやも知れませぬな」

「戯れ言を申すな」

右京は呆れ顔で、救いを求めるように鑑載を見た。

鑑載は寡黙だが、家臣の意見にじっくりと耳を傾けてから決断する主君だった。

「和泉の存念を申してみよ」

「立花は籠城を始めてまだ三月にもなりませぬ。大友軍は敵の只中におりまする。秋風が吹くころには、毛利の大軍が九州に上陸するはず。その時まで立花城が持ち堪えておれば、いかに戸次鑑連とて、兵を退くしかありますまい。退却する大友軍を全軍で追撃いたしまする。焦りは禁物。耐えに耐え、ひたすらに耐えしのげば、この戦には必ず勝てまする」

和泉は毛利からさらなる援軍を得たときに、大友を挟撃する目論みだった。毛利からは秋口には九州へ大軍を送るとの報せがあった。来援を心待ちにしてきた北九州の毛利派諸士の信望を繋ぐためにも、必ず援軍をよこすはずだ。だからこそ鑑連は、毛利軍の上陸前に立花城を落とそうと連日、猛烈な攻撃を仕掛けているのだ。

「なぜ高橋、秋月は動かぬ？　大友の背後を脅かしてくれればよいものを」

それは、立花城攻略中も、鑑連が後背を警戒して隙なく備えているからだ。高橋鑑種と秋月種実は良将ゆえに今、鑑連には勝てぬとわかっている。あと少し待てばよい。毛利さえ来れば、勝てるのだ。

和泉は右京と押し問答をしばし続けたが、黙って聞いている鑑載の渋い顔に、そろそろ頃合いと見て、ようやく折れた。局地戦であっても勝利すれば、宗像の参戦や高橋、秋月の積極的な攻勢を引き出せるやも知れぬ。藤木隊はなお士気盛んだが、主力の安武隊の士気低下には、確かに眼を覆うものがあった。

「どうしても出撃したいと仰せなら、それがしの策をお用いあれ。相手が相手なれば、全軍による総攻撃でのうては、勝ちを拾えませぬ。明日の夜明け前に奇襲をかけましょうぞ」

「戦の指揮はお主に任せると言うておろうが。さればさっそく軍議じゃ。ただちに招集をかけるぞ」

右京がそそくさと立ち上がって去ると、鑑載が心配そうな面持ちで和泉に声を掛けてきた。

「よいのか、和泉。戦はすべてお前に委ねてある。必要とあらば、右京に申し付けるものを」

和泉は微笑みながら、鑑載に両手を突いた。

「出撃を渋っておりましたのも、実はそれがしの策。そろそろ攻め時と心得まする。

立花軍が心を一つにできるよう、あえてこれまで一切の出撃を認めなんだもの。実はすでに白飯も炊かせてあり、今宵は兵にたらふく食わせる所存」

「ほう。されど、戸次の布陣に、隙などあるのか？」

「ございませぬ。されば、作りまする」

立花城は大軍に包囲されているが、白嶽攻めの担当は豊前出身の降将たちで、大友本軍ほど士気は高くない。攻撃を仕掛けて来ても、和泉の猛反撃に遭えば、いち早く撤退し沈黙する軍勢であった。あえてその陣へ主力の安武勢、援軍の毛利勢など大軍で攻め下る。立花方は一度も城から出撃していないから、豊前兵は慌てふためくはずだ。加勢を求められた鑑連は、友軍のために兵を動かすしかない。そのとき、大友軍の本陣は手薄になる。

「全軍から募った屈強の兵を決死隊と致しまする。それがしがこれを率いて、小つぶらから一気に攻め下り、戦神の首級を挙げてみせまする」

成功すれば、立花方の完全な勝利だ。この戦は終わる。

和泉は長らく本城直下の小つぶらの砦を守っていたが、ここ十日近くは、あえて北西の白嶽に移動していた。鑑連を油断させるための策略だった。

その夜、招集された将たちに和泉が作戦の説明を終えると、鑑載は力強く告げた。

「暁闇、全軍で総攻めじゃ。必ずや敵総大将、戸次鑑連が首を挙げよ」

四十八

夜明けが近づくころ、自陣で仮眠を取っていた米多比三左衛門は、立花七峰を揺るがす鬨の声を聞いた。内田鎮並に呼ばれ、急ぎ戸次本陣へ向かう。

篝火に照らされた鑑連の本陣では、立花山麓で採った青樫の枝が、ばりばりと小気味よい音を立てて爆ぜていた。

大友軍が立花城攻めを開始してから、三月になろうとしている。

うだる暑さの中、鑑連は連日のように猛攻を繰り返したが、堅い守りに城門ひとつ破れなかった。城方にも疲弊はあろうが、藤木和泉に指揮された鉄壁の防戦は、驚異的だった。和泉の三人張りの強弓は過たずに大友兵の急所を貫く。砦に近づくたび、無尽蔵の矢玉が降り注ぐ。大友方は苦戦を強いられていた。

「白嶽から敵が出撃してきおった。豊前勢が押されておってな。援軍をよこせと矢の催促よ。敵の罠にかかったと見せるために、兵を少々遣わしておいた」

鑑連は近ごろ「敵がそろそろ動くのう」と繰り返していた。

「一度に大量の飯炊きをすれば、総攻めの予兆と知れる。ゆえに敵は、数度に分けて飯を炊いた。わしは暇じゃったゆえ、煙の本数を数えた。今日は、昨日の倍近い本数があがった。ゆえに動くと踏んでおった」

種明かしをするように説明しながら、鑑連は松明の灯り(あか)で絵地図を広げ、敵味方の陣立てを巨眼で睨んでいた。

「藤木和泉は武勇一途の猪(いのしし)武者なぞではない。戦のやり方を弁えておる。問題は和泉の策が用いられるかどうかじゃ。三左、うぬはどう見るか？」

「和泉は立花公の信を最も得ておる腹心。されば、たとえ諸将の反対があろうと、軍事に関しては必ず和泉の策が用いられるものと心得まする」

「されば、これはやはり陽動じゃな」

鑑連はうなずくと、漆黒の鉄扇で、本城から白嶽へ至る稜線(りょうせん)を示した。

「敵が示威のために白嶽から討って出たなら、他が手薄になっておるはず。どこが攻めよいか」

「昨夕、敵の陣立てに変更がございましたが、今、大つぶらを守る野田勢は、立花軍中、最弱にございまする」

「よう見ておった。かつてない好機じゃ、三左。内田玄恕(うちだげんじょ)と力を合わせて大つぶらを落として本城へ攻め込め」

「はっ」と三左衛門は即答したが、「畏れながら、藤木和泉の狙いは別にあると存じまする」と片膝を突いた。

鑑連は豪快に笑い、三左衛門を誉めた。

「わかっておるわ。戸次はよき将を得たのう。和泉は強襲してきおる。狙いはただひとつ、わしの首じゃ。されば高野、十時の二隊には、しかと守りを固めるよう伝えた。福井、足達の両隊にも応援に回るよう指図した。いかに藤木和泉とて、戸次の精強な四重陣を破れはせぬ。生け捕りにしてくれるわ。あの男さえおらねば、立花城は落ちたも同然よ」

三左衛門は和泉を哀れに思った。

和泉は会心の奇策を打ったつもりやも知れぬが、戦神には完全に読まれている。だが捕虜とできれば、和泉が降る可能性もないとはいえなかった。虫の良すぎる話だが、立花領の安堵と引き換えに仕官を提案すればどうか。三左衛門は本陣を辞しながら、再び和泉と轡を並べて戦場を闊歩する自分の姿を頭に思い描いた。

だが、三左衛門が自陣に入ろうとしたとき、背後の本陣の方角が突然ざわついた。

——御先勢が、敵に突き崩されてございまする！

鑑連本軍の先鋒を務める高野出雲、十時摂津の陣があっという間に突破され、両将が負傷したという。援軍に回った福井玄鉄、足達宗円の一隊も蹴散らされ、陣が一気に崩されていた。

目を疑った。ついさっきまで、辺りに敵はいなかったはずだ。敵が突然、地から湧いて出たように見えた。いったい敵はどこから現れたのか。

（なぜ敵襲がこんなに速い？　まさか小つぶらの崖か！　信じられぬ……）

立花軍の決死隊が夜陰にまぎれ、立花城直下の急峻な崖を物ともせずに伝い降りて来たのだ。まさに命知らずの急襲だった。

かように無謀な攻撃を仕掛けてくる男は一人だけだ。

（鑑連公が危ない）

三左衛門は本陣へ取って返した。

本陣を守る足軽らの悲鳴が上がっている。

と同時に、本陣へ突入してゆく一隊が見えた。

先頭に立つ将の兜には、金獅子が猛っていた。篝火のゆらめきを浴びた金獅子は、天に向かって咆哮するように煌めいている。青糸で威されているはずの甲冑は、光が足りず漆黒に見えるが、凜とした鎧姿がかくも似合う勇将は一人しかいなかった。

藤木和泉が黒柄の槍を手に吼えている。斬人斬馬の豪勇を前に、本陣前を固めていた屈強な戸次兵の壁は、もろくも一瞬で崩れ去った。床几に腰かけた鑑連までは、十間（約十八メートル）ほどしかない。

一瞬の出来事だった。

和泉は敵兵につかまれた槍を投げ捨てると、背から強弓を取って構えた。矢をすばやく番え、引き絞る。百発百中の腕前の強弓だ。怯んでいた戸次兵が和泉を止めようと動く。鑑連の脇を固めていた近習たちが、慌てて動いた。が、間に合わぬ。

矢が、ボッという風音とともに放たれた。

鑑連の前へ一人の若者が飛び出している。

矢は内田鎮並の止めようとする腕と胸を貫いた。

即死した若者が倒れると、鑑連の兜の真ん中に矢が突き刺さっていた。

鑑連が抜刀して立ち上がった。危急の事態にも泰然として動ずる気色はない。

近習たちが鑑連の前に並び、命がけで人垣を作った。

三左衛門は鑑連を救おうと、和泉に続く藤木兵と槍をかわした。稽古場で教えた朋輩たちもいた。三左衛門の武勇の前に藤木兵が怯んだ。

金獅子の将のもとへ駆けた。

和泉は弓を投げ捨てると、戸次兵から突き出された槍を片手で奪い取った。風を切る華麗な槍回しで、たちまち戸次兵を蹴散らす。

「鑑連公、覚悟！」

和泉が鑑連めがけて踏み出した。

守ろうとする近習たちを一瞬で、薙ぎ払う。

三左衛門が飛び出した。

和泉が鑑連に向かって槍を突き出す。

ほぼ同時に、三左衛門が斜め後ろから槍を振り降ろした。

間一髪、和泉の槍の穂先を地に叩き伏せる。和泉が飛びすさった。

三左衛門は素早く回り込む。

鑑連を背にして、親友と対峙した。

「痩せたな、和泉殿」

「相手は日本一の大将。気苦労が絶えぬわ。お前は壮健そうで何よりじゃ、三左」

和泉はためらいも見せず、恐るべき槍を繰り出してくる。

十数合打ち合った。

三左衛門は数ヵ所手傷を負わされたが、和泉にはかすり傷ひとつ負わせられぬ。

やはりまだ、和泉には勝てぬ。

だが、打ち合いの間に、和泉はたった独り、戸次兵に幾重にも取り囲まれた。

和泉が率いてきた決死隊の兵らは、すでに多くが討ち取られていた。

「あと一歩のところであったに、三左め、また邪魔をしおるわ」

「和泉殿、降られよ。共に鑑連公に仕えましょうぞ」

「笑止。俺の主君は一人だけだ」

和泉は気合一閃（いっせん）、槍衾（やりぶすま）を押し払って、包囲陣を堂々と突き破った。

「武勇絶倫、何という強さじゃ。四重陣の守りも、あやつには通用せなんだわ」

鑑連は兜に刺さった矢はそのままに、己れを守って死んだ内田鎮並の若い骸（むくろ）を愛おしげに抱き起こしていた。

「礼を言うぞ。うぬの死は決して無駄にせぬ」

藤木隊の奇襲が終わると、立花軍は城へいっせいに引き上げ始めた。

突き崩された戸次軍に追撃する力はなかった。

無理だ。藤木和泉がいるかぎり、立花城は落とせない。

このままでは、大友が敗れる。鑑連が筑前から兵を引いた時、米多比も薦野も滅びるのだ。

三左衛門は親友の籠る巨大な山城を見上げながら、拳を固く握りしめた。

(やはり、あの男を動かすしかない)

四十九

横殴りの夏雨のせいで、蔦野家の〈丸に州浜〉の旗印は、蔦野城の正門に元気なく濡れそぼっていた。

見山がしたように、紫色の包みから出した札を香で浄化する。精神を集中し、灰色の敷物のうえに展開してゆく。蔦野弥十郎は一見ばらばらに並んだ花合わせの札を凝視した。

一月の松は右衛門太を、三月の桜は三左衛門を、十月の紅葉が弥十郎を示す。やはりこの三人が立花家を滅ぼす運命にあるのか。この運命は昔、三左衛門が立花に来ると決まったときに野田見山が見立てた。以来、変わらない。

「詐病のほうは、すっかり快癒されたようで、何よりでござる」

三左衛門も、親友二人と長くつき合ううち、皮肉屋になったらしい。

「いや、立花と聞くと、まだ腰が痛む。お主が陣を離れるとは、雨の長陣に嫌気でも差したのか」

「和泉殿は強い。戦神でも、藤木和泉が籠もったあの城は落とせぬ。されど、弥十郎殿ならできるのではござらぬか。皆を助けてくだされ」

「買いかぶってくれるな。身どもとて、ただの人間じゃ」

弥十郎には立花城を落とす策があった。鑑連に献策すれば、大友が勝ち、鷹野も米多比もひとまずは救われるはずだった。だが、迷っている。

運勢には波があり、変転するが、人はもって生まれた宿命を変えられぬ。恩師見山はそう喝破（かっぱ）し、それを証明するかのように死んでみせた。見山の見立てでは、弥十郎も三左衛門も、今年死ぬ。弥十郎がこのまま策を用いず、鑑連が敗れ、鷹野も米多比も滅ぼされるとの意味だったのか。

「この一大事に、なにゆえ酒など呷っておられる?」

「父上が立花家の滅亡を望んでおられたとは思えぬ。かといって、父上を殺めた立花家の滅亡を止めてやろうという気にもならぬ。さればこうして、酒を呷るほかないわけじゃ」

だが、いくら呑んでも酔えぬのは、変わろうとする運命の潮目を本能が感じ取っているせいなのか。

「血迷われたか、弥十郎殿。これは弔い合戦でござる。佐嘉城の龍造寺が背き、毛利も伊予から主力を引き上げた。このままでは、大友の敗北は必至でござるぞ」

三左衛門の言う通りだ。

二十日ほど前に立花城の崖下で、和泉と鑑連が死闘を演じた話は聞いていた。肥前の龍造寺隆信の離反は大友領の筑後を脅かす一大事だった。これにより、豊筑の大友方諸将が雪崩を打って、反大友に寝返る恐れさえあった。このまま鑑連が立花城を落とせねば、大友軍はますます不利な状況に陥ってゆく。大友王国に崩壊の兆しが見え始めた。

この三月、弥十郎も平穏無事に過ごせたわけではない。

蔦野城の北、宗像領には、立花城防衛戦に参加せず、不気味な沈黙を守る宗像軍二千があった。弥十郎はこれを牽制するため、宗像の兵站を攪乱し、真夜中に青田刈りをしと、それなりに多用な日々を過ごした。交戦には至らなかったが出撃も二度した。自衛のためだが、大友攻城軍に対する宗像の奇襲を避ける意味合いもあった。だが、しょせんは判断の先延ばしにすぎなかった。

蔦野家はどうすべきか。最終決断を迫られている。

(立花を滅ぼすか。それとも、蔦野が滅ぼされるのか)

見山の卜定では、和泉は長寿を全うし、弥十郎も三左衛門もこの戦乱で命を落とす。それは弥十郎の逡巡（しゅんじゅん）の果てに、立花滅亡の一手を打ち損じるがゆえなのか。

弥十郎がなお黙していると、三左衛門が痺れを切らしたらしく、並べられた花札を両手で荒々しくかき回した。

「女子のように遊んでおる場合ではござるまい！」

三左衛門は大友宗麟の近習を務め、偏諱まで受けた。大友に忠誠を尽くすのは自然だ。だが弥十郎は、主君鑑光（あきみつ）の謀殺に加担した大友に仕える気がしない。面倒くさい武士の身分に汲々（きゅうきゅう）とする気もなかった。しがない里の城主などやめて、どこぞの港町で、南蛮人相手に商売を始めるのも、面白いやも知れぬ。南蛮人も美味い酒が好きなはずだ。例えば練貫（ねりぬき）を海外に売りさばけばよい。ただ、大友でなく戸次に仕えるなら、悪くない気もした。鑑連が実際、和泉が絶賛するほどの器量を持っていればの話だが。

「お主が初めて立花に来たとき、身どもがお主を嫌っておったのを覚えておるか？」

弥十郎は、乱雑に散らばった花札をゆっくりと集めてゆく。

四月の藤の花は藤木和泉、二月の梅の花は家紋から安武右京を表している。見山は、立花家中の主だった者たちになぞらえた花を一組につき四十八枚、右衛門太に描かせた。「立花」だから、花合わせの札を作ったのは、ただの洒落である。

「昔話など今は無用じゃ！　弥十郎殿、出番でござる。戦場に戻られよ！」

三左衛門の癇癪を気にせず、弥十郎は話を続けた。

「桜はお主の札じゃ。三月に咲くゆえ三左衛門とかけただけで、深い意味はない。じゃが、お主が立花に来て、皆の運命が大きく変わり始めた。立花家は皐月姫になぞらえ、五月に咲く杜若にしておった。右衛門太の松と、お主の桜と、身どもの紅葉が三つ揃うと、杜若が死ぬ。われら三人が、立花家を滅ぼす運命にあったのじゃ。近ごろ、その意味が分かってきた」

弥十郎はそっと杜若の札を手に取った。右衛門太の自信作である。主家ゆえに、格別の思いを込め、百回近く描き直したと聞いた。

弥十郎の代わりに、戸次鑑連が立花を滅ぼしてくれぬものかと願っていた。だが結局、弥十郎が立花家を滅ぼす一手を打つのか。守ると約束したのに、今でも変わらず想う皐月のいる城を、親しき友が命懸けで守っている城を、落とすのか。

「生き残るためじゃ、弥十郎殿。いま一度お頼み申す。皆を助けてくだされ」

問い返すまでもなく、三左衛門のいう「皆」には、敵に回った和泉と右衛門太が含まれている。

「立花城を落とすのは、雑作もない」

三左衛門が呆気にとられた様子で、弥十郎を見ている。

「難しいのは、城を落とした後よ」

弥十郎の策なら、自ら死を選ばぬ限り、三左衛門を使って皐月を救える。だが、問題は和泉だ。

鑑連は南から攻めている。立花城が陥落した場合、鑑載一行は北の宗像に落ち延びるしかない。だが、大友軍の猛追撃は免れ得まい。生き延びたいなら、奇策だが、弥十郎のいる鷹野城へ逃げ込むしか手はない。和泉なら、唯一残された生への道に気付くはずだ。だが、誇り高き鑑載が弥十郎を頼ってこの城へ落ち延びるだろうか。

鑑載が死ねば、和泉は主君に殉ずる。ゆえにこの戦では、何としても鑑載を生きて捕縛せねばならぬ。二度目の謀叛だが、出家を条件に一命だけは拾えまいか。鑑載の助命と引き換えに、戸次家への仕官を持ちかければ、和泉は断れまい。鑑連が噂に違わず度量の大きい男なら、皐月も助命するだろう。和泉には、長寿の予言もある。二人を救えるのではないか。それで、弥十郎たち三人の死の運命を回避できると見てよいか。

「死んだ人間の予言なぞ、まだ気にかけておられるか？」

三左衛門が身を乗り出し、派手に唾を飛ばした。

「すべてを運命じゃとあきらめた人間に、運命を変えられるはずがない。和泉殿は必死で生きようとしている。われらも生きるんじゃ！　立花城には皐月姫も、右衛門太殿もいる。きっとこの今も、三人は信じておりまするぞ。弥十郎殿なら、必ず何とかしてくれると！」

胸が締め付けられるように痛んだ。

和泉は戯れ言ひとつ飛ばす暇もなく、苛烈な籠城戦を連日指揮しているはずだ。身重の皐月は日々、どんな思いで和泉の戦いを見ているのか。戦が大の苦手で嫌いな右衛門太は、毎日どんな顔をして籠城しているのか。

「皆を救えるのは、薦野弥十郎だけではござらぬか。なぜ動かれぬ？」

「誰かを守ろうとすれば、必ず誰かが傷つく」

「弥十郎殿が出した結論なら、誰も文句を言いませぬ」

三左衛門の濁りのない瞳をまっすぐに見た。

この若者は、昔から何事にもひたむきだった。このような若者ほど、己が運命など何も知らぬままに突き進み、宿命をさえ変えてしまうのやも知れぬ。どうせ手詰まりの運命なら、三左衛門と共に、残り少ないはずの人生を全部賭けてみても、面白いかも知れない。

弥十郎は凝った肩をほぐすようにゆっくりと首を回してから、薄いあごひげをひとしきりしごくと、小さくうなずいた。

「決めた者は生涯、責めを負わねばならぬ。損な役回りじゃな」

「何を今さら。昔からそうだったではありませぬか。こたびは、生き残った者が、皆で分かち合って、背負うしかござらん」

弥十郎は家人に言い付け、硯（すずり）や筆などを持って来させると、文机（ふづくえ）に向かった。思い付くままにさらさらと書き、封をして墨引きした。

宛名には「野田右衛門大夫殿」と記した。弥十郎は絵もへたくそだが、字も相当悪筆である。それでも読めなくはなかった。

「この文を右衛門太が読めば、城門が開く。中から崩して、落ちぬ城はない」

「野田殿を寝返らせると？　何を書かれた？」

右衛門太は誰よりも和泉を慕っている。それを、利用する。

「なかったほうがよい真実と、あるべき未来を記した。あの愛すべき男を欺（あざむ）くための方便にすぎぬが、昔のように、皆が笑うて暮らせる唯一の道を示した。右衛門太は必ず身どもを信ずる。だが、右衛門太か、和泉か、いずれかが死なねばなるまい。それは、天に決めてもらう」

ついに弥十郎は、立花家を滅ぼす一通の文を、友に手渡した。意味を解したかは知れぬが、三左衛門はすぐに立ち上がった。

「落城の後は身どもも動く。お主にも手を貸してもらいたい。あたう限り、運命に抗うのだ」

友を救おうとして、命を落とす運命なのやも知れぬ。だが、それもよかろう。

薦野城にはこの日、一度も陽が差さなかった。

だが、夜半になると、空は晴れ渡った。弥十郎の心の奥底まで照らし尽くすかのように、明日にも満ちようとする月が出た。

五十

昨夕まで降りしきっていた雨が嘘のようだった。

まだ蒼天へ上り始めたばかりなのに、ぎらつく太陽が、戦場を容赦なく照らしていた。連日の夜襲に代えて、鑑連は夜明け前から苛烈な総攻めを仕掛けてきた。おかげで昨夜は、ほとんど仮眠もとれなかった。藤木和泉は、安武民部の支援要請に従い、ここ数日苦戦している白嶽にいた。

竹筒の水を飲み干してから、三人張りの強弓を引き絞る。

放つ。矢は狙いを過たず、城壁に取りついていた敵兵の喉元を貫いた。

悲鳴も上げられぬまま、即死した兵が転がり落ちてゆく。今日、四人目だ。

「恐るべき腕前じゃな。さすがは和泉じゃ。すべてお主の申す通りに進めておれば、この戦に勝てると殿は仰せであったが、まさしくその通りであった」

かたわらに立つ民部が、満足そうにうなずく。

立花は戸次鑑連による三月(みつき)余りの猛攻を見事に耐え抜いた。

局地戦とはいえ、二十日ほど前の立花城崖下の戦いで、立花軍は勝利した。むろん鑑連は一歩も退かなかったが、和泉は総大将の本陣に討ち入り、あの鑑連をあと一歩のところまで追い詰めたのだ。立花軍将兵の士気はがぜん高まった。

立花勝利の報は友軍の高橋鑑種、秋月種実を狂喜させた。鑑種からも吉報が届いた。鑑種の工作が奏功し、大友に服属していた龍造寺がついに動いた。肥前佐嘉城を中心に一大勢力を築いていた龍造寺隆信が、反大友の狼煙(のろし)を上げたのである。筑後を脅かされる大友は、肥前の叛乱にも備えねばならぬ。さらには毛利の大援軍が、いよいよ秋口に到着する。

もともと筑前全体での戦況は、鑑連のほうが圧倒的に不利だった。鑑連は筑前にあって全方位を敵に囲まれていた。凡将なら、とっくに包囲殲滅されているはずだった。大叛乱軍を相手に善戦している鑑連のほうが異常なのだ。

和泉が三月前に援軍を乞うた際、高橋鑑種には機を見て兵を動かすよう依頼しておいた。鑑種は大友軍において、鑑連と並び「双璧」と讃えられたほどの将である。放っておいても勝機を逃すはずがない。その時は確実に近づいていた。兵糧も、冬まではもつ。あとは金城湯池の堅城に拠って、守りをしっかり固めていれば、したたかに反撃の機を窺っている高橋勢が、秋月勢と連携して大友軍の背後を衝くはずだ。

いかに鑑連が名将でも、配下の将兵が疲れを知らぬわけではない。酷暑が攻城兵らの心身を消耗させ、士気を低下させつつあった。鑑連は敗北すると知れば、迷わず兵を退くはずだ。名将は退き際を心得ている。

(立花の勝利は、近い。あと少しだ)

昨夜、右衛門太が「ちと話がござる」と、何やら青い顔をして和泉に会いに来たが、右衛門太はこれまでも「人を殺めるのは嫌じゃ」などと、戦場に似つかわしくない相談を持ってきていた。もともと戦に向かぬ男が乱世に生まれた悲運を、一緒に嘆いてやるしかないのだが、ちょうど和泉は鑑載に呼ばれていたため「明日にせよ」と帰して、本城へ向かったのだった。

御座所では鑑載が待っており、二人だけで「予祝」と称して秘蔵の練貫を痛飲した。大友を撃退した暁には、家臣団と祝杯をあげるが、その前に主従ふたりで酒を酌み交わしたかったと鑑載から聞き、和泉は感激した。二人で、監物の無念を思いながら、咽び泣いた。

和泉は三月ぶりだが、鑑載は実に約二十年ぶりの酒だという。美酒を堪能しながら、二人は勝利した後について語り合った。気が早いが、和泉が弥十郎と三左衛門の助命を嘆願すると、鑑載は「余のほうこそ二人に詫びねばならぬ」と所領安堵を約してくれた。右衛門太にさっそく知らせてやりたいと思ったが、酔態は見せられぬと思い、まっすぐ白嶽に帰着した。

白嶽では、皐月が笑顔で和泉の帰りを待っていた。経過はすこぶる順調らしく、今度こそ元気な子を産んでみせると喜んでいた。城内の薬師は、十日のうちに出産になると見立てていた。待望の吉右衛門が誕生する。籠城中の身ながら、和泉は幸せを感じて自然と笑みがこぼれた。

夜が明ければ、神速の鑑連が全軍を撤兵させた後ではないかとまで和泉は期待したが、最後の力攻めでも試みてから兵を退く気なのか、仮眠中、夜明け前に起こされて、配置についた。

懲りずにまた城壁に取りついた大友兵の姿が見える。

射殺したら、ひと息入れようと、和泉が弓に次の矢をつがえ、引き絞り始めた時だった。

伝令が慌ただしく現れて、告げた。

――申し上げます！　井楼岳が落ちた由にございまする！

悲鳴のような報告だった。

さしもの和泉も、声を上げて驚愕した。ありえぬ。

井楼岳にある本城は、昨日まで堅固な防御で、鑑連の猛攻を撥ね返していた。戦を始めて一刻もせぬうちに落とされるはずがない。

慌てて隅櫓に出、南東の空に目を凝らすと、はたして立花城の天守には、戸次軍の赤い抱き杏葉の旗が上がっていた。信じられぬ。いったい鑑連はどうやって城を落としたのだ。

――野田勢の寝返りにございまする！

伝令の報告に、和泉は唖然とした。

野田勢が井楼岳の砦と本城の門をいっせいに開けたらしい。昨夜の右衛門太の暗い顔を想い起こした。鑑載からじきじきに声をかけられたと喜んでいたときの、はにかんだ笑顔も浮かんだ。なぜか腹は立たなかった。ただ、呆然とした。

昔から右衛門太は和泉を慕い、たいてい和泉の後ろをついて回った。和泉は右衛門太を守り、右衛門太は和泉を気遣ってくれた。子どものころ、右衛門太が安武民部の作戦の片棒を担がされた時を最後に、和泉は右衛門太に裏切られた経験が一度もなかった。これからもないと思っていた。だが考えてみれば、祖父の見山も、父の兵庫助も謀殺されたのだ。右衛門太には、立花家に忠誠を尽くす義理などなかった。悪行は必ず報いを受けるという理なのか。かつて父の監物は、右衛門太を殺めようとした。だが、和泉の必死の願いを聞き入れて、やめた。悔いてはいないが、和泉の甘さが今日の事態を招いたわけか。

兵に守られた鑑載たちが、和泉のいる白嶽のほうへ逃れようとする姿が見えた。鑑載の夫人は乳飲み子（ちのみご）を抱えている。

城内へ突入してきた大友兵により、次々と門戸が開放されてゆく。

稜線を挟んだ両側から、敵の大軍が駆けあがってきた。

「俺は殿をお救いして参る。民部殿は白嶽を固め、若殿（親善（ちかよし））をお守りせよ」

「待て、和泉。すぐにも敵は、白嶽を囲みに来るであろう。戻れるのか？」

すでに白嶽の攻略が鑑連の視野に入っているはずだ。本城を落とした大友軍は、全軍で白嶽へ襲いかかってくるに違いなかった。白嶽に敵を引き付けている間に鑑載を救い出して、他の砦に逃れるほうが得策だろう。

「敵を引き付けてくれぬか。もし戻れねば、途中で松尾山に入る」

出撃前に、和泉は皐月の部屋に寄った。やらねばならぬ大事があった。

城が落ちる時、真の将は妻や幼子の命を絶ってから、死地へと赴く。

皐月は産み月の迫った身重の体を起こし、毅然とした表情で、落城を迎えつつある巨城を眺めていた。かたわらには短刀が用意されている。

「すまぬ、皐月。最後の最後で、勝ちを逃した。弥十郎は俺たちが天寿を全うすると占っておったが、やはりあいつの見立てなど、当たらぬようだな」

和泉の場違いの戯れ言に、皐月はさびしげな笑みを浮かべながら、声を立てて軽く笑った。

「敵は大軍だ。藤木は最後まで、立花を守らねばならぬ。俺は命に代えても殿をお救い申し上げる。だがこの城はすぐに落ちよう。身重のお前を連れて落ち延びることは、かなわぬ」

「立花第一の将の妻として、とうに覚悟はできておりまする」

見つめ合った。懸命に微笑もうとする皐月が愛おしくてならなかった。

「わたしは、子を授かれぬ定めだったのでしょう」

皐月の膨らんだ下腹にそっと手を当てた。わずかな振動が伝わって来た。

「吉右衛門が蹴っておるな」

「はい。元気に蹴っております」

皐月は三度目の懐妊で、初めて腹の中の子に蹴られる体験をしたはずだった。近ごろは二六時中、吉右衛門に呼びかけていた。さぞや産みたかったろう。あと少し、時が足りなかった。

城外でひときわ高い鬨の声が上がった。

立花方の将が討たれたか、また砦がひとつ落とされたか。

「どうぞお願い申し上げまする」

皐月は身重の腹を抱えながら居住まいを正すと、静かに合掌した。その姿を見て、和泉の心が揺らいだ。

堪らなくなって、和泉は皐月をしかと抱きしめた。

「俺は殿と共に白嶽へ戻って参る。皆で落ち延びようぞ」

将として失格やも知れぬ。だが、それでもよい。

和泉にはどうしても、愛する妻と腹の子の命を奪えなかった。

「されば、お待ちしておりまする。お戻りがかなわぬときは、辱めを受けぬよう、自裁いたしますゆえ、ご安堵召されませ」

「いや、生きよ」

皐月の眼が透き通った涙を湛えて、きらめいている。

「敵方には、三左がおる。鑑連公はわが師にして、仁義篤き名将。乱取りなどお許しにはならぬ。されど、法は法だ。死を賜ったなら、叛将の妻として、堂々と果てて見せよ。命を拾うたなら、弥十郎を頼れ。昔から、あやつに任せれば、物事は何とかなった」

皐月と結ばれてから、初めて気付いた。弥十郎が恋していたのは、皐月だった。皐月が本当に結ばれたかったのは和泉でなく、弥十郎だった。和泉の死後、この世に皐月を幸せにできる男がいるとすれば、薦野弥十郎をおいてなかった。

「案ずるな。見山先生の卜定では、俺たちは天寿を全うする。必ずや生きて相見えようぞ」

「はい。されば、これをお持ちくださいまし。腹が減っては戦ができますまい」

皐月が竹皮に包んだ握り飯をひとつ差し出してきた。吉右衛門が暴れるせいか、近ごろ空腹でしかたないらしく、皐月はいつも握り飯をそばに置いていた。

「おお、握り飯か」

「松露が手に入らぬ季節ですから、干し味噌で作らせました。お好きでないと思いますけれど……」

「ありがたや。もらっておこう。実は干し味噌もそれほど嫌いではない」

和泉は笑顔で包みを受け取ると、懐へ入れた。

ついに皐月の眼からこぼれ出てきた涙を、そっと親指で拭ってやった。

「達者でな。さらばだ」

最後だと思い、口吻(くちづ)けをしてから立ち上がった。

踵を返すと、もう振り返らなかった。

どうなるかは天が決めよう。未練は、藤木和泉に似合わぬ。

和泉は藤木隊を率いて白嶽から討って出た。藤木屋敷で共に鍛錬してきた仲間たちだ。決して強くはないが、信頼できる若者たちだった。雲霞(うんか)の如き敵勢の中へ斬り込んでゆく。

うなりを立てて槍をしごく。

和泉が動くたびに血煙が上がった。がむしゃらに進む。

雄叫びを上げると、和泉を避けるように道ができた。鑑載一行のほうへ駆ける。

「殿、お怪我はございませぬか！」

和泉の姿を認めると、鑑載のこわばった顔がホッとしたようにわずかにゆるんだ。

鑑載らを守る兵はたった三十名ほどだ。藤木隊で囲い込むようにして、敵中から救い出した。

和泉は鑑載を守りながら引き返した。

敵総大将の首を挙げんと、大友兵が群がってくる。

和泉は黒柄の槍を手に次々と斃(たお)した。

敵の返り血が、和泉の青糸の威しを赤黒く染めてゆく。

鑑連譲りの金獅子兜の将は、戦神をあと一歩のところで討ち損じた勇将と敵味方に知られている。

さしもの戸次兵も怯んだ。道を抉(こ)じ開けてゆく。

皐月を残してきた白嶽は敵に包囲されつつあった。

安武民部は大友軍の猛攻を受け、撃退するどころか、かえって攻め込まれていた。

破城槌(はじょうつい)が城門を襲っている。人海を超えて戻るなど、到底かなわぬ芸当だった。

和泉の率いる藤木隊は鑑載主従を守りながら、立花七峰のひとつ、松尾山(まつおやま)に築かれた砦へからくも逃げ込んだ。

すでに陽は、空高く昇っている。

五十一

「野田右衛門大夫ばらに裏切られたとは、返す返すも口惜しきかぎり」

和泉の傍らで、立花鑑載が無念の思いに、歯をばりばりと嚙み鳴らした。

「あと一歩で、勝利を摑みえたものを。なにゆえ野田ごとき、取るに足らぬ下郎のために、余が滅びねばならぬ？」

右衛門太は戦が苦手だが、兵糧と矢玉の調達を任せれば、抜かりはなかった。武芸もからきし駄目だが、花を描かせれば、永遠に咲き誇る花を創れた。皆を喜ばせる鳥の鳴き真似もできた。人の悪口を決して言わず、人の長所を見つけるのが得意だった。だから右衛門太がそばにいてくれるだけで、誰もが優しくなれた。右衛門太にも長所はたくさんあった。だから立花三傑も、右衛門太を愛した。だが、鑑載は家臣の右衛門太について、何も知らなかった、知ろうとさえ、しなかった。

和泉が憧れた戸次鑑連は、家臣を何よりも大切にした。雑兵にいたるまで顔と名を覚え、親しげに交わって話し、一緒に酒を呑み、惜しげもなく武具を与えた。兵士が弱いなら、将のせいだと弱卒をかばった。だから家臣たちは、鑑連のためなら平気で命を捨てた。立花城崖下の戦いでも、鑑連の身代わりとなって和泉の強弓を胸に受けて、死んだ若者がいた。

鑑載は和泉を愛したが、右衛門太を家臣として認めていなかった。だから右衛門太も、鑑載を本当の主君とは思っていなかったのだろう。

「なぜじゃ、和泉？　なぜわしは勝てなんだ？」

立花家は戦うべき相手を間違えた。独立の時期を過ったのは、和泉が必死に止めていたせいやも知れぬ。独立するなら弥十郎の言った通り、もっと早く高橋鑑種と連携して挙兵すべきだった。だが、今さら悔いたところで、後の祭りだ。

「勝敗は時の運。ただ、時を得られなんだだけでございまする」

――秋山谷砦が敵に奪われました！

さすがは戦神だ。右衛門太が本城の門を開くや、全軍を一気に攻め上らせ、全域で怒濤の猛攻撃を展開した。雲霞の如き軍勢が立花山上を埋め尽くそうとしている。

大勢は完全に決した。

松尾山砦に敵が総攻めを仕掛けてくる前に、落ち延びるしかない。

「わが大望も、もはやこれまで。じゃが、お前のおかげで、最後までよき夢を見せてもらった」

鑑載は和泉に向きなおると、居住まいを正した。

「和泉よ、世話になった。お前はまだ若い。余にしてやれることは一つだけじゃ。わが首を持参し、鑑連に仕えよ。戸次鑑連は類まれなる名将。余にとっての藤木和泉に等しく、大友宗麟には過ぎたる家臣じゃ」

「もったいなきお言葉……」

和泉は感涙に咽(むせ)びながら、鑑載に平伏した。

「されど、わが主は生涯ただひとり、殿よりほかにおわしませぬ」

「ここで共に果てると申すか？」

「さにあらず。二度仕損じたくらいで、おあきらめなさいますな」

和泉は頭(かぶり)を振ってから笑顔を作った。

「落城は時間の問題なれば、ここはひとまず落ち延びて毛利に身を寄せ、改めて立花城を奪い返しましょうぞ。城はしばし、大友に預けるだけの話。生きてさえあらば、必ずや再起の時が巡って参りまする」

鑑載は思い返すように虚空を見つめていたが、やがて大きくうなずいた。

「監物からも、同じような言葉を聞いた覚えがある。そうであった。わがそばに藤木和泉あるかぎり、立花は滅びぬ。違うか？」

かくも深き信を主君から得た将は、乱世にも少なかろう。和泉はまた、感極まって咽び泣いた。同時に立花城を守り切れなかった己れの非力を嘆いた。

砦の外で、ひときわ大きな鬨の声が聞こえた。誰ぞがまた敵に討たれたのか。

落ち延びてきた安武右京が憔悴した様子で現れた。秋山谷砦から民部の守る白嶽の救援へ向かったが、豪勇を振るう三左衛門に、配下の将が次々と討たれたらしい。白嶽から落ち延びてきた親善を守りながら、松尾山砦に逃れてきたという。

「和泉よ。余は、古子山で態勢を立て直そうと思う」

古子山は立花城の北へ一里近くの小山にある出城だ。とても大軍相手に籠城できる砦ではない。

「畏れながら、敵は全軍でわれらを追撃するはず。わが軍勢はすでに四散し、この立花の地でただちに再起を図るは至難にございましょう。されば、この危地を確実に逃れうる奇策が一つだけ、ございまする」

鑑載と右京が問うように見ると、和泉はひと息ついてから、進言した。

「いったん鷹野城に、身を寄せられませ」

二人が同時に息を呑んだ。

「蔫野が余に味方すると申すのか？」

「味方は致しますまいが、弥十郎には、己が手で立花家を滅ぼすことはできませぬ。蔫野は二百年余の長きにわたり、立花家に仕えてきた忠臣。さればこそ、こたびの攻城戦にも参陣しておりませぬ。弥十郎は決して、殿のお命を奪いは致しませぬ。いかに鑑連公とて、まさか殿が蔫野を頼るとは思いますまい。身を隠すには好適の場所。折を見て宗像領へ駆け込めば、この難を逃れられまする」

むろん、弥十郎が恩賞と保身のために、鑑載主従を鑑連に突き出せば、一巻の終わりだ。だが、誇り高きあの男に、旧主と親友を売る真似はできぬ。もしできるなら、最初から鑑連の軍に堂々と加わり、戦場に〈丸に州浜〉の家紋が翻っていたはずだ。弥十郎はこれまでと同様、立花家に味方はすまい。だが、夢破れた敗残の落武者を匿うくらいの度量は、十二分に持ち合わせている男だった。

「待たれよ、藤木殿。わしは、安武はどうなる？」

和泉は沈黙をもって答えた。

弥十郎は父を討った右京を赦すまい。だが、和泉は鑑載の命を救えれば、それでよかった。

「和泉よ。他に手はないか?」

鑑載はちらりと後背の部屋へ目をやった。

夫人が乳飲み子を胸に抱き、あやしている。乳母は同道できなかったらしい。夫人は右京の娘だ。立花家が再起を図るには、安武家の力が必要だった。安武を切り捨てられぬと考えているのか。

「気は進みませぬが、うまく新宮湊にたどり着ければ、船で北へ逃れ、宗像を頼れましょう」

鷹野城へなら、山中の木々に身を隠しながら、何とかたどり着けそうだ。他方、新宮湊へいたる道のりは平坦だった。追捕兵の眼を欺きながら、視野の開けた平地を逃げ切るのは容易でない。

思案投げ首の鑑載の隣で、右京が口を挟んだ。

「籠城軍は優に一万を超えておった。立花城が落ちたとは申せ、毛利、原田の援軍はなお健在。宗像勢にいたっては無傷でござる。殿の仰せのとおり、ここはいったん古子山で兵をまとめ、毛利、宗像の援軍を待ち、兵が整い次第、反撃に転ずればよろしゅうござい ましょう」

はたして態勢を立て直す余裕を、鑑連が立花に与えてくれるだろうか。立花軍は鑑連の猛攻で文字通り四散した。敗残兵をどれだけ集められるか。だが、古子山から、さらに鷹野城へ落ち延びる手もあった。あるいは、青柳を経て陸路、宗像領へ向かうことも、不可能ではない。

「和泉よ。弥十郎の父を殺めた咎は余にもある。今さらどの面下げて弥十郎に救いを求められようか。古子山の出城で再起を図ることとしたい」

鑑載は弥十郎と相性が悪かった。頭を下げたくないのだろう。

城外で大きな鬨の声が上がった。ついに白嶽も落ちたのか。皐月はどうなったか。時がない。他に名案も浮かばぬ。議論している暇はなかった。

「畏まりました。さればこれより、藤木隊が討って出、敵をしばし食い止めまするゆえ、その間にお逃げくださりませ。古子山で落ち合いましょうぞ」

鑑載はうなずくと、近習に命じて葛籠を持って来させ、旗、脇差と扇子を取り出した。先代の鑑光から受け継がれた立花家重代の三宝である。

「お前は幾多の戦場に出ながら、怪我ひとつ負わぬ一騎当千の強者。お前に預けておけば、万にひとつも間違いあるまい」

「はっ」と和泉は畏まり、背筋を伸ばして平伏した。

鑑載の行為は、立花家の命運を、すべて和泉にゆだねるに等しい。

「いまひとつ、和泉よ。親善を頼まれてはくれぬか」

鑑載と親善が共に命を落とせば、立花家は滅びる。ゆえに二手に分かれて落ち延びる。鑑載の夫人は右京のひとり娘であり、乳飲み子は孫娘だ。右京も裏切るまい。

「承知仕りました。命に代えても、必ずや若殿をお守りいたしまする。右京殿、くれぐれも殿を頼み入りまするぞ」

「和泉よ、必ず生きて会おうぞ」と、鑑載は親しげに和泉の両肩に手を置いた。

鑑載が笑った。あの、童女がはにかんだような微笑みだった。

†

和泉は金獅子兜の緒を締め直した。

生き残りの藤木隊百名余りを率い、砦から討って出た。

陣頭に立って槍を振るう。敵の槍衾を突き破り、怯える敵を追い回した。鬼神のごとき和泉の姿を見て、立花軍将兵の士気が高まる。鬨の声を上げた。

和泉は辺りに人なきが如く暴れ回った。

押し寄せる敵を押し戻しさえした。和泉が敵を足止めする間に、藤木隊の背後で、安武兵に守られた鑑載と妻子らが落ち延びてゆく。

だが、斃しても、斃しても新手の敵が現れた。

白嶽を落とした大友の全軍が、松尾山に押し寄せている。

にわかに敵の攻撃が激しくなった。

見ると、陣頭に立つ将は、お気に入りの笹穂槍を小脇に抱えている。死をも恐れぬ勇猛果敢な将は、米多比三左衛門だ。和泉が初めて会った時に感じた通り、実に良き将となった。

和泉は傷こそ負ってはいないが、疲れがあった。これから古子山を目指して落ち延びねばならぬのだ。強敵を相手にする気はしなかった。

鑑載一行を逃がしてから、四半刻近く経っている。

これ以上戦場に留まれば、離脱できまい。潮時だろう。

「若殿、参りまするぞ。者ども、下りるぞ！」

寄せては返す大波のように、大友軍は背後から攻撃を仕掛けてきた。

その都度、和泉は最後尾で敵を撃退する。

鑑載の逃れた北の方角をあえて避け、東を選んだ。少しでも敵を引き付け、分散させたほうが、鑑載への追撃も和らぐはずだ。

真夏の日差しは、容赦なく和泉と敗軍の将兵たちを、じりじりと照らし続けていた。

五十二

大友軍の猛追撃は熾烈（しれつ）を極めた。

藤木和泉は立花親善を守りながら、二人で山間（やまあい）へ逃げ込んだ。

陽光がわずかに傾き始めたころには、すでに藤木隊の過半は討ち死にし、四散していた。

敵だらけの街道を避け、林間の間道を隠れながら進むと、ようやく古子山の砦が遠く左手に見えた。ずっと進むと、右手の先には米多比城が見えるはずだ。通い慣れた馴染みのある城だが、今は敵城だ。さいわいこの辺りはまだ、追捕の手は及んでいない様子だった。

古子山が見える高台までたどり着いた。砦はひっそりとして、先着しているはずの鑑載らの姿が見えぬ。時を食い過ぎた。もう、落とされたのか。だが、親善を残して確かめには行けまい。

五感を研ぎ澄ました。静かすぎる。

蟬（せみ）たちの鳴き声が遠くにしか聞こえぬのは、この近くを兵が進軍してから、間がないためではないか。

やがて、すぐ近くの楠（くすのき）に油蟬がとまり、やかましく鳴き出した。

「腹が減ったのう、和泉」

親善は巨木の切株に腰掛けながら、遠慮がちにこぼした。

夜明け前に応戦を始めてから、何も口にしていなかった。突然の落城で、松尾山の兵糧庫にたどり着けず、兵糧袋もなかった。片膝を突き、「これを召し上がられませ」と皐月がくれた握り飯を差し出した。

「そちとて、何も食してはおるまい。半分ずつにいたそうぞ」

皐月のお守り代わりの握り飯を味わった。

干し味噌が効いている。弥十郎の好物だ。

二十七年の人生で、一番旨い食べ物だと思った。力が湧いてきた。

親善も「美味いのう」と繰り返している。親善は心優しい若者だが、残念ながら、乱世の将たる器はなかった。それでも、鑑載が立花家の次期当主として定めた甥だ。和泉の次なる主君だった。

「若殿、それがしと甲冑を取り換えられませ。多少の魔除けにはなりましょう」

「和泉の鎧を着ておれば、敵も逃げ出すであろうな」と、親善は素直に従った。

万一の場合は、和泉が身代わりとなって、親善を逃がさねばならぬ。親善はか細い体だが、幸い上背はあるから、和泉の鎧を着られなくはなかった。逆に、和泉のほうは鎧の丈が寸足らずで、無様な格好になったが、どのみち甲冑に傷をつけられた経験もないから、不具合はなかろうと考えた。

蟬の鳴き声が戻ってきている。伏兵は杞憂であったか。

「もしかような場所に兵でも伏せておったら、われらはどうなるかのう？」

「考えとうもありませぬな」

なす術はあるまい。絶体絶命だ。

「父上は遅いのう。いかがなされたか」

和泉が松尾山砦に踏みとどまって、追撃を食い止めていたから、鑑載一行が古子山にたどり着けなかったはずはない。もしやすでに古子山の砦が敵の手に落ちていたのか。もしそうなら、和泉があえて東から迂回したのは失敗であったろうか。鑑載は薦野城に落ち延びはすまい。湊川沿いに新宮湊へ行き、宗像領に向かおうとするはずだ。

遠くで蟬が突然鳴き止み、飛んで逃げる鳴き声がした。

とっさに目をやる。樹間にきらりと光る物が見えた。武装兵だ。

「若殿、逃げまするぞ！」

まだ大事に握り飯を食べている親善の手を引いた。

前方に伏兵が見えた。構わず突進した。

包囲されているなら、死中に活路を見出すほうが生を得やすい。

槍を突き出す。突破した。

「それがしはここで敵を食い止めまする。若殿はこのまま進まれませ。古子山のふもとで落ち合いましょうぞ。必ず参りまする」

踵(きびす)を返した。追いすがろうとする敵に向かって槍を構える。

威嚇しながら、親善とは違う方向へ後ずさりしてゆく。

追手をすべて自分に引き付けた。立花家の後継として捕縛されれば、親善が逃れる時間を多少は稼げよう。

踵を返して林を駆け抜けると、今度は前方に兵の気配を感じた。

（馬鹿な。まさか最初から、俺が目当てだったのか）

慌てて振り返った。馬の嘶(いなな)きがし、〈丸に州浜〉の旗印が見える。

辺りを見回した。

いつの間にか林のいたる所に、薦野の旗が翻っていた。

絶望するほかない、見事な伏兵だった。道連れにして死ぬ気にはな
蔦野の将兵とはこれまで幾多の戦場を共に戦ってきた。道連れにして死ぬ気にはな
れなかった。

もはや、これまでだ。

朝からほとんど身体を休める暇がなかった。両の腕が鉛と化したように重い。

「立花主従は古子山を目指し、かなわずば、湊川沿いに新宮湊へ落ち延びる。兄者の言うておった通りじゃが、あいにくと罠にかかったのは、猛虎でございましたぞ」

若き将は弥十郎の異母弟、丹半左衛門である。

よき若者だ。本来なら、立花家を支える次代の将となるはずだった。

半左衛門の背後から馬上の将が現れた。

風折烏帽子に白鉢巻きの涼やかな容貌には、研ぎ澄ました刃を思わせる知性が漲っている。

「人違いじゃな、半左衛門。藤木和泉なら、自慢の金獅子の兜を被っておるはず。名のある将でもなさそうじゃ。捨ておけ」

「兄者。和泉殿は、言わずと知れた立花三傑の筆頭。こたびの戦でも、大友方に与えた損害は甚大じゃ。鑑連公からは和泉殿を必ず生きて捕えよと、厳命がござる。眼前

で逃がしたとあれば、後で罰を受けましょうぞ」

「身どもは長い腐れ縁で、ようよう知っておるが、和泉はこやつより、いま少し美男であった。名もなき将は打ち捨てよ。戦乱打ち続く北九州では、昨日の敵は今日の味方。いずれは味方になってくれる御仁やも知れぬ。恩を売っておくも、向後のためぞ。これにてわれらは、薦野城へ引き上げる」

半左衛門は苦笑すると、「散れ」と兵らに命じた。

道が開く。

「通られよ。立花最高の将のご武運、祈ってござる」

「かたじけない」

和泉はうつむきかげんに歩を進めた。

生き延びて、立花再興に賭けねばならなかった。鑑載が戦場のどこかで待っているはずだった。

†

山麓に立つ大楠の陰に身を隠していた親善は、和泉を見つけると「こっちじゃ」と声をかけてきた。

二人でただちに青柳へ出た。湊川は危ない。北へ陸路、宗像領を目指す。

道すがら、背後に兵らの近づいてくる音がした。親善が弱音を吐いた。

「和泉よ。もうこの辺でよいのではないか。介錯を頼む」

踏みとどまって戦い、親善を落ち延びさせるしかない。

「ご無事でございましたか！」

聞き覚えのある声だ。幸い藤木隊の生き残りだった。

「おお、よいところへ参った。わが殿について何か知らぬか」

「古子山がすでに敵の手に落ちていたため、引き返されたと聞きましたが、定かではございませぬ」

大友軍の猛追撃に、鑑載は新宮湊までたどり着けぬと考えて、もしや鷹野城へ向かったのか。弥十郎は鑑載を生け捕りにしようと兵を伏せていたが、まだ捕縛していなかった。とすれば鑑載は、戦場から離脱できぬまま、まだ城の近くに潜伏しているのではないか。

「お前たちは若殿をお守りして、このまま川沿いに宗像へ向かえ」

和泉は親善に向かって、片膝を突いた。

「ご安堵召されませ。ここまで参れば、宗像領までいま少しにございまする。若殿はいずれ立花家を継がれる御身。生きて再興を目指されねばなりませぬ。毛利の清水左近将監殿は義に篤き将なれば、必ずやわれらに救いの手を差し伸べてくれましょう。ひとまず宗像を頼って、落ち延びられませ。立花家重代の旗は兜の裏にございまする。それがしに万一のことがあってはなりませぬゆえ、これもお持ちくださりませ」

和泉は下帯にしっかりくくり付けていた脇差と扇子を外すと、親善に向かって献上した。旗は折りたたみ、金獅子前立の兜の裏に挟んでおいた。立花家に伝わる三宝である。

起ちあがると、疲労と空腹で身体がふらついた。

それでも、立花城のほうへ踵を返す。

「待て、和泉。そちは何とする？」

「これより、殿をお迎えにあがりまする」

「正気か！　城はもう落ちたのじゃぞ」

「これまで、殿がそれがしとの約を違えられたことは、一度もありませぬ。今もどこぞで、お待ちのはず。それがしも殿をお守りすると約しました。さればこれにて、ご免」

藤木の兵らが和泉にしがみつき、口々についてゆくと願い出たが、

「俺ひとりで十分じゃ。足手まといになろうが」

と一喝した。立花の後嗣を守る兵は一人でも多いほうがよい。

むりやり親善らを行かせると、和泉は立花城へ取って返した。

途中、落ち武者狩りに遭ったが、返り討ちにした。

城へ近づくうち、赤子の泣き声が聞こえた。岩陰からだ。

静かに近づくと、赤子をあやしている若い女がいた。鑑載夫人だった。

「御方様、ご無事におわしましたか」

夫人は泣き腫らした顔で、和泉を見た。

その瞬間、和泉はすべてを解した。

問いもせぬうちに、夫人は泣きながら語りだした。

鑑載主従は、敗走経路を地の利を知る者に読まれていたらしく、激しい追撃に遭った。どこもかしこも敵だらけだった。青柳の狐ヶ崎まで逃げのびたが、敵がいた。鑑載は夫人と乳飲み子を山間に隠し、自らは応戦した。鑑載主従が全滅し、追捕の兵が去った後、隠れていた夫人は懸命に逃げてきた。哀れ夫人は途中で方角を間違えて、逆に立花城のほうへ逃げてきたらしい。

和泉はその場にへたり込んだ。

すぐには涙が出なかった。だが、泣き止んだ赤子の小さな手が伸び、返り血と砂塵で汚れた和泉の頬に触れたとき、とめどない涙があふれ出てきた。

和泉は狐ヶ崎の方角に向かって、落涙しながら拝跪した。

（殿、父上、お赦しくだされ）

八年前、先代鑑光が自害して果てたとき、弥十郎が涙していた姿を思い出した。主を奪われたときの喪失感を今さら味わった。だが、泣いてはおれぬ。まずはこの窮地を抜け出す。後でゆっくりと哭けばいい。

立花再興は和泉に与えられた使命だ。弥十郎の当たらぬ占いでは、和泉は九十歳まで生きる。良い人間ほど早く死ぬ。ならば、これだけ人を殺めた悪人は、長生きできるはずだ。

鑑載夫人は安武右京のひとり娘だが、輿入れ前に恋文を貰った覚えもあった。十年以上も昔の話だ。あの頃は皐月との恋に夢中で、優しくしてやれなかった。乳飲み子は、皐月の腹違いの妹にも当たるわけだ。鑑載のために、せめてこの母娘を守りたいと願った。

見ると、夫人は裸足で、ところどころ皮が破けて、血だらけだった。

和泉は槍を捨て、「ご免」と断ると、赤ん坊ごと夫人を抱き上げた。

夫人が胸にすがりついてきた。どれほど心細かったろう。

「御方様、参りましょうぞ。この命に代えても、お守りいたしまする」

道のりは長いが、青柳川伝いに、陸路、宗像領を目指して落ちてゆく。

が、やがて前方に敵の部隊が見えた。敵も川沿いに逃げると見越している。青柳経由では、もう無理だ。

引き返した。立花城のすぐ北の森を抜け、原上(はるがみ)を経て、湊川沿いに新宮湊へ向かうしかない。

敵兵が通る平地を避け、起伏のある森の中を抜けてゆく。

途中、木の根っこに足を引っ掛けて転んだ。それでも母子は腕の中で守る。

「和泉さま、お怪我をなさっているのですか」

「面目ありませぬ。今、手を擦(す)り剝いてしまいましたな。無傷で戦から戻ってくるのが、昔からの自慢でござったが、戦で怪我をしたのは、これが初めてでござる。されど、心配はご無用。立花第一の将、藤木和泉は疲れというものを知りませぬゆえ」

身を起こした和泉は、立ち上がろうとした。が、できなかった。

(俺としたことが、情けなや……)

極限の疲労で、体が言うことをきかぬ。

和泉は腰の大小を外して、捨てた。兜も脱いだ。今は少しでも体が軽いほうが良い。だが、和泉は親善の身代わりだ。鎧を外すわけにはいかぬ。

「御方様、参りまするか」

和泉は満面に笑みを作りながら、母子を両手で抱き上げた。

夫人も和泉の腕の中で、涙顔に笑みを浮かべる。

「最後に、昔からの願いが叶いました。一度だけでいい、和泉さまに抱きしめて欲しいと思うておりました」

「さようですか。さればこのまま、新宮湊まで参りましょうぞ」

ようやく森を抜け、原上に出た。

幸い大友兵の姿はない。落ち武者狩りは終わったのか。

北へ向かおうとしたとき、前方の街道に砂煙を巻き上げる一手の軍勢が見えた。立花城へ向かっている。落ち武者狩りを済ませた一隊だろう、百人はいるだろうか。

辺りを見回した。

湊川が流れている。童のころ、弥十郎と二人で、ここで民部と対決した。

あの頃は大きく思えたが、小さな川だ。橋が見えた。

昔、和泉と弥十郎が切って落としたために、付け替えられた橋だ。

和泉は湊川にかかる橋の下へ急いで身を隠した。夫人を地に下ろす。

急な動きのせいか赤子が目覚め、火のついたように泣き出した。

大友兵が迫っている。夫人があやすが、泣き止まぬ。

夫人は胸をはだけ、乳を飲ませようとしたが、赤子はますます泣いた。

「御方様、それがしに抱かせてはいただけませぬか」

和泉は慣れぬ手つきで、小さな命を抱き上げる。

十日もせぬうちに、和泉の子、吉右衛門が誕生するはずだった。

命を拾えれば、どんな顔で生まれるのだろう。

和泉は顔を近づけて、泣きじゃくる赤子の匂いを嗅いだ。

幸い女子(おなご)だ。乱世を生き抜いてはくれぬものか。

無骨な和泉の抱き方が気に入らないのか、赤子はますます泣いた。

もうすぐ大友兵がこの辺りへ来るだろう。

(疲れた、な……)

和泉はほとんど飲まず食わずで、戦い通しだった。

夜明け前から鑑連の総攻撃に応戦した。ひと息入れようとしたところへ、右衛門太の裏切りで本城が落ちた。以来、落ち延びながら、命を擦り減らす激しい戦闘を、日暮れ近くまで、断続的に繰り返してきた。

軍勢が近づいてくる。

「和泉さま、いかがしたものでしょうか?」

「事ここに至れば……祈るよりほか、ございますまい」

「わかりました。心の中で、観音経を唱えます」

信心深い夫人は、まぶたを閉じて懸命に経を唱えているようだった。

あいにく和泉には、祈る気力も残っていなかった。

代わりに、楽しかった昔を思い出した。

湊川合戦で民部に勝って凱旋する道すがら、右衛門太も入れて三人で歩いた。五月晴れのあの日、和泉には何もかもが輝いて見えた。それはきっと、友を得たからだったに違いない。

そういえばあの時、なぜ助けたのかを問う和泉に対し、弥十郎は下心が二つあると答えた。一つは佳月だったが、もう一つは何だったのだろう……。

夫人の願いが天に通じたのか、和泉の腕の中で、赤子は急に泣きやんだ。

赤子は和泉に笑顔さえ見せてくれた。この笑みを見れば、人を殺めようなどとは誰も思うまい。

立花三傑として乱世を生き抜くのも楽しかったが、次は必ず、戦のない時代に生まれ変わろうと、和泉は決めた。

兵らが騒がしく行きすぎた後、和泉は湊川の水をむさぼるように飲んだ。大きな手に水を汲んで、夫人にも飲ませた。

渇きはやんだが、かえって空腹感が強くなった気がした。

再び夫人と乳飲み子を腕に抱き上げる。

追捕の目を避けながら、湊川沿いに湊を目指す。

新宮湊にさえたどりつけば、和泉なら馴染みの漁師に頼んで、宗像領へ連れて行ってもらえる。鑑載の遺志に従い、親善を主君として立花家の再興を目指すのだ。

和泉の足取りは情けないほど重く、遅かった。

だがそれでも、新宮湊へ近づいてはいる。

(どうやら、逃げ切れそうだな)

城に残してきた皐月と、まだ見ぬわが子の安否を想った。

いつか初陣の三左衛門が暴れた湊川の辺へたどり着いた。

少し休みを入れねば、もう歩けなかった。

新宮湊まで、あと少しだ。馬ならひと駆けだが、今の和泉の足取りなら、半刻くらいかかるだろうか。長い日がようやく沈み、追捕の手も緩むはずだ。

だがそういえば、弥十郎が、落ち武者は日暮れまでどこかに潜んでいて、夜に動き出すものだと、呑みながら三左衛門に講釈していたのを思い出した。

川べりで夫人をそっと地に下ろしたとき、足の裏に振動を感じた。

振り返って街道を見上げると、背後から一団の軍勢が近づいてくる。

(あと少しだと言うに、迷惑な将がいるものだ)

もうひと暴れだけ、せねばなるまい。

和泉は覚悟を決めた。

(ここが、俺の死に場所だ)

「畏れながら、お見送りはここまででござる。この場はそれがしが食い止めますゆえ、御方様は先へ行かれませ」

和泉は夫人に向かって、一礼した。

「このまま川沿いを進めば、新宮湊に着きまする。浜の漁師に民助と申す者がおりますが、誰でも構いませぬ。藤木和泉が頼んでいたと仰せになれば、誰ぞが責任を持って、御方様を必ず宗像領へお連れいたしまする。若殿は先に無事落ち延びておられましょう」

「また、宗像でお会いできますか」

「わが友の占いによれば、おそらくは。さ、急がれませ」

夫人は礼を述べ、和泉に頭を下げると、赤子を胸に、傷ついた足を引きずりながら去ってゆく。

和泉は丸腰で、街道へ上がった。

派手に大立ち回りを演じて、大友兵の注意を己れに引きつける。

今の和泉にできるのは、それくらいだ。

和泉は巻き上がる砂塵に向かって仁王立ちした。

この先には、一兵たりとも行かせぬ。

大友兵が突き出してきた槍をひっつかむと、思い切り引っ張った。

体勢を崩した兵を足蹴にして、吹っ飛ばした。

和泉は敵兵の前で、ブンブン風音を立てて、鮮やかに槍を振り回した。

恐れをなした敵兵は、遠回りに和泉を取り囲むだけだ。

(これでいい。時を稼げる)

前方から、小気味よい馬蹄の音が聞こえてきた。騎馬隊だ。

街道を見やると、暮れなずむ空の下、巻き上がる砂塵の彼方に、旗指物を風にひるがえし、槍を小脇に抱えた馬上の敵将の影が見えた。この一隊の将に違いない。

疲労と空腹で、戦う力はもう、ほとんど残っていなかった。

だが最後の力で、あの将さえ討ち果たせば、兵は散る。

今の力ではそれが叶わずとも、ここで立花親善として殺され、あるいは捕縛されれば、追撃の手も多少は緩むであろう。敵の将兵が和泉の顔を知らぬことを願った。

やがて和泉の前に現れた馬上の将は、手の槍で軍勢をいったん制止した。

（生か死か。俺の最後の敵はどいつだ。……ん？）

若武者は、見慣れた笹穂槍を手にしている。

三左衛門の姿を見ると、敵なのになぜかホッとして、力が抜けた。

よく見れば、和泉を取り囲む兵たちの中に、ちらほら見慣れた顔があった。

戸次兵との混成部隊らしい。顔見知りの米多比家の家人も交じっていた。

兵らがいっせいに和泉に向かって槍衾（やりぶすま）を作った。

これで、夫人と赤子の命は、助かったろう。

馬を下りた三左衛門と目が合った。体に合わぬ親善の鎧を身に着けた友を、訝（いぶか）しげに見つめている。

三左衛門の鎧は赤黒く汚れているが、すべて返り血のようだ。

どこに出しても恥ずかしくない、藤木門下の勇将になった。自慢の、友だ。

もう、戦う気はなかった。どうすべきか、考える気力も失せていた。

すべて、友に任せた。

「待て。これにあるは、立花家の後嗣、親善公におわす。立花父子は必ず生かして捕縛せよとの総大将のご命である。抵抗などされぬお方ゆえ、丁重に扱え。後嗣を捕えし上は、これより先へ深追いする必要もあるまい。城へ戻るぞ」

和泉は槍を捨てて、立花城を見上げた。

登り始めた大きすぎる満月が、星々たちを押しのけて、戦の終わった山城を照らしていた。

第十章　鬼と虎

五十三

立花城を攻略した夜、城内の掃討と城外の追撃を終えた大友軍は、戦後処理に入っていた。

米多比三左衛門は城へ戻り、虜囚を引き渡してから、本城の大広間に入った。全城砦を占拠した戸次鑑連は、本陣をそのまま本城へ移した。戸次家では新参者の三左衛門は末席に坐し、次々ともたらされる報せを複雑な思いで聞いていた。

「総大将。立花家の筆頭家老、安武右京を吟味なされたく」

鑑連は鑑載を「生きて捕縛せよ」と命じていたが、大友兵に囲まれた鑑載は自害して果てた。今しがた鑑載の首実検も終わった。一方、右京は鑑載が自刃した後も逃亡していたが、やはり捕えられた。

「連れて参れ」

鑑連が気乗りせぬ様子で短く答えると、右京が引っ立てられてきた。三左衛門にとっては父の仇でもある。末座に引き据えられた右京は、横から睨み付ける三左衛門の姿を認めると、アッと驚いたような顔をしたが、すぐに視線をそらした。

「立花家は二度も大友に叛したが、うぬはその筆頭家老であった。安武右京とやら、何ぞ申すことはあるか?」

鑑連ははるか上座から下問した。ふだんの大音声だが、鑑連にしては珍しく気のない声だった。

「はっ」と右京は、準備してきたように、はきはきと鑑連に言上し始めた。

「こたびの叛乱は、旧主(立花鑑載)の日田家取り潰しに端を発したもの。ひとえに旧主の大友家に対する報復の念より生まれし不幸な出来事にござりました。それがしは再三旧主を諫めましたるが聞き入れられず、困り果てており申した。こたび事破れ、立花家が滅びし上は、安武を始め、立花家臣あげて大友宗家に服従いたす所存。それがしにお命じあらば、心ならずも叛乱に加担せし立花家臣の面々、ことごとく鑑連公の膝下に馳せ参じましょうぞ」

安武は鑑連に向かってあらんかぎりの笑顔を作っていた。三左衛門ら若い侍には、一度も見せたことのない卑屈な追従(ついしょう)の笑みである。

安武は叛乱の罪を、死んだ鑑載にすべて押し付けた。立花家臣団で力を持つ自分は赦されるとの読みか、不遜にさえ感じられた。たしかに叛乱の根底には鑑載の野望があった。だが、大友を恨み毛利と通じていた安武こそが、立花家の分裂を画策し、滅亡の原因を作ったのだ。

鑑連は三左衛門の仇を赦すのだろうか。赦せば、安武と共に戸次家に仕えねばならぬのか。三左衛門は遠くの鑑連と間近の右京を食い入るように見比べた。

「立花が滅んだとな？　鑑載は果てたが、後嗣の親善(ちかよし)は捕えてあるぞ。なぜうぬは立花に最後まで忠義を尽くそうとせぬ？　うぬを解き放ってやるゆえ、三度(みたび)わしに挑んでもよいぞ」

三左衛門は和泉(いずみ)の意を汲んで、「立花親善」として和泉を捕縛した。鑑連はまだ知らぬが、親善は実際には捕えられていない。

「滅相もございませぬ。仏の顔でさえ三度まで。されば鬼には二度で十分。命をお救いくださいました暁(あかつき)には、戸次家に対し、終生変わらぬ忠義を尽くす所存」

鑑連は大きくうなずいた。

「安武右京よ。うぬが忠義を語るなら、思い通りにさせてやろう。縛り首にしたいところじゃが、立花の家老を務めた名家なれば、特に切腹を許す。死んだ主に殉ずるがよい。戸次には、うぬなど要らぬ」

三左衛門は安堵した。右京の人物を見抜いた鑑連の裁断は見事というべきだろう。

「お待ち下さりませ」と、右京が初めて慌てた表情を見せた。

「それがしならば、旧立花家臣をまとめ――」

「うぬが死後の心配をせんでもよい。大友に従わぬ輩は、討ち滅ぼすまでよ」

なお言いつのろうとする右京に対し、鑑連は手を上げて荒々しくさえぎった。

「せめて武人らしく腹を切れ」と言い捨て、「早う去ね」と右手を短く振った。

廊下で何やら叫び続ける右京の声をかき消すように、鑑連が「次は立花親善じゃ」と命じた。

（いよいよだ）

三左衛門は和泉であると知りながら、親善として捕縛し、追撃をやめた。鑑連に罪を問われても、文句は言えまい。だが、立花城攻略の大功は、弥十郎の策を実行して右衛門太を寝返らせた三左衛門が立てたのだ。鑑連は和泉を欲しがっていた。鑑連の度量を信じればよい。

五十四

まもなくして、戸次家臣が居並ぶ大広間に、荒縄で縛られた長身の武将が引っ立てられてきた。瘦身の親善とは似ても似つかぬ、引き締まった筋肉質の体つきである。

藤木和泉は、末座にいる三左衛門の眼前に引き据えられた。

返り血と砂塵に汚れた敗将の姿をひと目見た鑑連は、脇息から身を乗り出した。

戦神が巨眼をさらに大きく見開いている。

「小鹿を捕えたと聞いたが、猛虎ではないか」

鑑連は己れを慕う和泉の顔を熟知している。三左衛門も承知の上の賭けだった。

「わしが一番会いたかった男じゃ。早う縄目を解いてやらんか」

鑑連は立ち上がって下座へ降りると、末座までどすどすと歩き、縄を解かれた和泉の前に胡坐（あぐら）をかいて座った。

三左衛門の眼前である。

「しばらくじゃな、和泉。息災にしておったか？」

今しがたの安武右京とは違い、鑑連は明らかに興奮し、大きな地声を発している。

「大友最高の将と戸次家の錚々たる面々に熾烈なご挨拶を頂戴したおかげで、ずいぶん痩せ申した」

「さもあろう。このわしが率いる二万七千の大軍を相手に、三月も城を支えたうぬの稀有の驍勇、誉めてつかわすぞ」

和泉は鋭い眼光で、鑑連を睨み返した。

「本来なら、今ごろわれらがこの大広間で、鑑連公の首を眺めながら祝杯をあげておったはず。残念無念でござりまする」

「ほう。野田の裏切りは、立花の人望なきがゆえにあらずや？」

鑑連のけげんそうな問いに対し、和泉は堂々と首を横に振った。

「野田の話ではございませぬ。わが旧友、薦野弥十郎の策を入れ、初手から大友を堂々と離反し、高橋、秋月、宗像と結び、毛利方に与して公を迎え撃っておれば、かような不覚は取りませなんだ」

鑑連は愉快そうに「申すわ。さすればわしも、苦戦しておったろうのう」と豪快な笑いで返した。

「さてと和泉よ、戦は終わった。うぬの鬼神のごとき戦いぶりは万の軍勢にも、立花城ひとつにも値する。わしはかねがね、うぬを欲しいと願うておった。立花の滅びし今、忠誠を尽くす先とてあるまい。さればこれよりは、わしに随身せよ」

「それがしも、戸次家に奉公したいと願うておりました。この命、どうぞ鑑連公のご随意になされませ」

和泉も鑑連を崇敬し、その膝下で槍を振るいたいと熱望していた。和泉ほどの武勇絶倫の驍将を使いこなせる男は、世に鑑連くらいしかいないと、今回の敗戦で和泉も悟ったはずだ。三左衛門はまた、和泉と同じ主に仕え、また共に戦えるのだ。厄介者の薦野弥十郎を説き伏せねばならぬが、和泉も手伝ってくれよう。また三人でこの乱世を渡ってゆける。三左衛門は心が浮き立って仕方なかった。

和泉が鑑連に向かって、恭しく両手を突いた。

その瞬間、ほとばしる殺気を感じた――。

三左衛門が飛び出す。

和泉は鑑連の腰から脇差を抜いている。

必死で和泉を抱き止めた。

左右から戸次家臣が群がり出て和泉の腕をひねり、身体を押さえ付けた。

和泉は苦しげな片笑みを浮かべ、己れを抱き止めている三左衛門を横目に見た。

「お前はいつも、俺の邪魔をしおる」

再び引き据えられた和泉に向かって、廊下に控えていた戸次の兵たちが長槍を突き出した。

「お待ち下さりませ！」

三左衛門は夢中で鑑連の前へ身を投げ出した。

「藤木和泉はかねてより鑑連公をお慕い申し上げ、その幕下で槍働きをしたいと常々申しておりました。こたび時勢のいたずらで敵対いたしましたるが、この者ほど、鑑連公を敬い慕うておる男はおりませぬ。なにとぞ命ばかりは！　それがしの勲功、すべて帳消しで構いませぬ！　なにとぞご慈悲を！」

「三左、騒ぐな。わかっておる。されば、うぬも虎の調教を手伝え」

鑑連は三左衛門の肩に手を置き、「皆の衆、得物を収めい。さすがはわしの惚れ込んだ男じゃ」と楽しそうに笑った。

「もうよい、放してやれ」と、鑑連は和泉を引き据えている家臣らをねぎらうと、再び親しげに和泉の前に座った。

「天晴れ（あっぱ）な心がけよ。せめて主を死なせた男を道連れにせんと図ったか。ますます気に入ったぞ、和泉。じゃが、うぬは最初からわしの隙を窺うておった。疲れ果てた虎に、鬼は討てぬ」

鑑連は鬼瓦に満面の笑みだが、和泉は冷笑を浮かべ、鋭く放笑してみせた。

「俺を買うてくださるなら、説くのは無理だとご承知のはず。早う斬られよ」

「もとより、猛虎を簡単に手なずけられるとは、思うておらぬ。わしは城より、封土より、銭より、人が欲しい。こたびの戦では、うぬにほとほと手を焼いた。立花三傑を得れば、戸次はますます精強となる。中でも三傑の筆頭、藤木和泉を手に入れたいと、わしは思うておった」

「戯れ言を。主家を滅ぼし、主を死なせた敵将に仕えるなぞ、武人にあるまじき醜態。公に降るつもりは毛頭ござらぬ」

「立花は大友に二度も叛いた。救えぬは承知しておるはずじゃ。立花は三傑を使いこなせずに敗れた。わしなら大いに使うてみせるぞ」

立花城ほどの名城に拠り、有能な家臣を持ち、周りを味方に囲まれた有利な情勢にありながら、鑑載は滅んだ。

「後嗣の親善公は、無事に宗像へ落ち延びられたはず。立花再興の夢は潰えてなぞおりませぬぞ。戸次軍はたかだか立花城を落としただけ。立花独立前の戦況に復したにすぎませぬ。公はご自身の心配をなされるがよろしかろう」

「なればこそ、うぬが欲しいのじゃ。和泉よ、うぬの忠義は百も承知しておる。じゃが、親善の器量についてはよい話を聞かぬ。うぬを使える器ではあるまいが」

「亡き主から親善公に変わらぬ忠誠を尽くすよう、命ぜられてござる。わが藤木家は平島姓を名乗りし昔より、日田家にお仕えして参ったもの。今、それがしを生かされれば、いずれ必ず戸次の仇となりましょう。お勧めできませぬな」

「言いとうないがな、和泉。うぬの妻子は何とする？　うぬの室は二度も背きし叛将の娘じゃ。うぬが筋を貫けば、法に照らし、救うのは容易でないぞ」

和泉を降らせる意図もあったろう、鑑連の命で、身重の皐月は生きて捕縛されていた。三左衛門の説得で、皐月はおとなしく投降した。

「わが妻はもちろん、腹の中のわが子も、とうに覚悟はできておりましょう。勝者たる鑑連公のご存念のままに」

皐月とまだ生まれ出ぬ吉右衛門が哀れでならなかった。

必死で涙をこらえた。口の中が粘ついた。三左衛門は、夢中で割って入った。

「なぜじゃ？　重臣連中のなかで、和泉殿は必死で立花の独立に異を唱えていた。今はどれほど苦しかろうとも、大友に同心すべし、鑑連公が来られるまで持ち堪えよと家中を説いて回ったのは、四方から攻めてくる敵を何度も打ち払ったのは、和泉殿ではないか！　立花にはもう、十二分に忠義を尽くされたはずじゃ。鑑連公のもとで戦うのが夢だと言うておられたろう？　なにゆえ――」

こみ上げて来た嗚咽で三左衛門の声が途切れると、和泉は慰めるように答えた。

「赦せ、三左。俺が立花に殉ぜずして、いったい誰が殉ずるか。安武の如きでは足りぬぞ」

和泉の涼やかな風貌が、鑑連の鬼瓦を正面から見すえた。

「公よ、わが死をもって、立花親善公が命、なにとぞお見逃しくださりませ」

唯一の忠臣である藤木和泉さえ死ねば、もはや立花家再興は成るまい。和泉は己が命と引き換えに親善の助命を求めた。和泉の鑑載への最後の忠義と言えたろうか。

「天晴れな男よ。わしはうぬが惜しゅうてならぬ。うぬが戸次の将であったなら、乱世に名を轟かす大輪の花を咲かせえたであろうものを」

「乱世はまだまだ続きましょう。生まれ変わって後、次は鑑連公にお仕えする所存にございまする」

鑑連はさも残念そうに、何度も大きく頭（かぶり）を振った。

「龍造寺までが離反し、毛利の援軍が九州に迫っておる今、猛虎を野に放つわけにはいかぬ。高橋、秋月も大人しゅうはしておるまい。されば不本意なれど、うぬには明（みょう）昼（ひる）、殉死を許す。うぬの死、この戸次鑑連がしかと見届けてやろう。皆の衆、真の武士(もののふ)の死に様、しかと目に焼き付け、向後の糧(かて)とするがよい」

和泉は鑑連に向かい、恭しく両の手を突いた。

「格別のご配意、痛み入りまする。鑑連公にはお仕えできぬ身なれど、これまで公より賜りし多大なご恩顧に報いるため、それがしの代わりに逸材を一人、推挙申し上げまする。その者さえ立花城にあったなら、公は逆の立場でおられましたろう。立花の軍師を務めし蔦野(こもの)弥十郎、この者は必ずや鑑連公のお役に立ちましょう」

そうだ。まだ弥十郎がいた。弥十郎なら、和泉を説き伏せられぬか。和泉が説得に応ずれば、鑑連のもとで皆がまた以前のまま幸せでいられるのだ。

「うぬにそこまで言わせる男、ぜひ会うてみたいのう」

鑑連が「弥十郎はなぜ参陣せぬ？」と左右を顧みると、

「再三の催促にも、蔦野は病と称し、弟を遣わすのみで蔦野城から出て参りませぬ」

と、戸次家臣の誰ぞが答えた。

「しかと時勢を見ておるのう。毛利と大友をはかりにかけておるわ」

鑑連はさもおかしげに大笑した。

「のみならず、この戸次鑑連が真に仕えるに値する男か、わしの器まで試しておる」

「公よ」と、三左衛門はまた割って入った。

「薦野弥十郎は天下の奇才なれば、藤木和泉を説く役目、お申し付けくださりませ」

野田右衛門大夫の離反は、弥十郎の策として三左衛門が鑑連に献じ、採られた経緯がある。旗幟を鮮明にしていなかった薦野家への沙汰にも有利に働くはずだった。

「委細、三左に任せる。弥十郎の具合が優れぬようなら、わしが薦野城へ出向こう」

三左衛門は許しを得て、すぐに鑑連の前を辞した。

夜半、薦野城へ向かう。弥十郎に委ねれば、物事はたいてい何とかなる。すがるような思いで馬を駆った。

五十五

翌朝、立花城の地下牢にもさわやかな朝風がそよいできた。

藤木和泉は鑑連に許されて身を清め、死すべき時を静かに待っていた。

眼を閉じ、歩んできた二十七年の人生を思い返した。その陣頭には和泉がいた。立花はかの戸次鑑連の大軍を相手にして、見事に戦い抜いた。敗れたとはいえ、一片の悔いもない。武人として最後まで生き終えた満足感があった。

心は隅々まで、冴え渡っている。後は見事に果てるだけだ。鑑連の配慮で、皐月にも会えた。気丈な皐月は涙を懸命にこらえながら、和泉の死の意味を理解し、受け容れてくれた。何を説いても和泉が翻意せぬことを、長年のつきあいで皐月は知っていた。皐月の身の上は知れぬが、鑑連に委ねるほかはない。死を賜れば、皐月なら堂々と自決するだろう。

にわかに牢の外が慌ただしくなった。目を開く。獄吏（ごくり）に案内された右衛門太が駆け寄ってきた。

「すまん、赦してくれ、和泉殿」

右衛門太は両手を突いて、何度も頭を下げた。

鑑載と安武の野望の犠牲となり、野田家の当主は二代続けて謀殺された。人のよい右衛門太も人間だ。怨み憎しみを持ち合わせている。もともと右衛門太に対して立花家への忠誠を求めることに無理があったのだろう。

「顔を貸せ、右衛門太」

和泉の手招きに、右衛門太が鉄格子の間に肥えた顔を寄せてくると、和泉はそのままげんこつで軽く殴った。右衛門太がとっさに鼻を押さえる。

「わが殿を死なせた罪は重い。が、お前にもお前の言いぶんはあろう。これで、気は済んだ」

右衛門太が和泉に向かって両手を突いた。丸鼻からは鼻血が垂れている。

「すまん。わしは和泉殿が死を賜るなぞと、思うておらなんだ」

「謝るくらいならやるな。やったなら、後悔するな。俺はお前の父上も、見山先生も守れなんだ。詫びを言われる筋合いはない。それより殿のご最期（さいご）について教えてくれぬか」

右衛門太は救いを求めるように和泉を見たが、視線をすぐに下へ落とした。

「怖かったんじゃ。殿はお怒りであった。殿が赦されれば、わしは生きていけぬと思うた」

その通りだ。鑑載は主を敵に売った右衛門太を決して赦さなかったろう。

鑑載一行は古子山の出城近くにたどり着いたが、砦がすでに弥十郎の指図で三左衛門により攻略されていたために、宗像を目指して落ち延びた。地理に詳しい右衛門太が鑑載主従を見つけて鑑連に通報すると、大軍が殺到した。鑑載は妻子を逃がし、小姓ら十数人と踏みとどまった。死を覚悟した鑑載は、右衛門太の姿を見つけて面罵（めんば）してから、狐ヶ崎で見事に自刃して果てたという。

「わしは皆が仲良うしておった昔に戻りたかったんじゃ。二度も大友に叛いた以上、殿はもはや大友に帰参しえぬ。わしが立花を滅ぼせば、和泉殿も鑑連公にお仕えできる。皆で、鑑連公にお仕えすればいいんじゃ。皆が幸せになるには、他に手がない。弥十郎殿からの文にはそう書いてあった」

今、誰よりも苦しんでいるのは、主君を売り、親友を裏切った右衛門太やも知れぬ。今日の立花家の敗亡は、右衛門太を守ってやれなかった和泉の責めでもあったろうか。

「鑑連公は、開門すれば、皆の命を助けると約された。なぜじゃ？　なのになぜ、和泉殿が死を賜ったのじゃ？」

右衛門太は鼻血と洟水（はなみず）まみれの情けない顔をしていた。和泉は鉄格子の間から手を伸ばし、昔したように右衛門太の頭をぽんぽんと叩いた。

「鑑連公は約を守られた。俺が俺の意思で死を選んだだけよ。西の大友が滅ぶのだ。第一の将が追い腹を切らんで何とする？」

おいおい泣く右衛門太の背をどんと叩いた。

「弥十郎と三左を連れて来い。あの二人に話がある」

洟をずるずる鳴らしながら、右衛門太は何度もうなずいて、ふたたび駆け去った。

五十六

鷹野弥十郎は鷹野城を訪れた三左衛門の言に従い、夜半そのまま立花城に伺候した。山上の戦死者の遺骸を運ぶ兵たちの列と何度もすれ違った。

三左衛門の真摯（しんし）な説得もあったが、降伏を拒んだ和泉から鑑連への推挙があったと聞いて、心を決めた。来ぬなら鷹野城に自ら出向くとの鑑連の言葉にも、心を動かされた。三左衛門からは和泉に帰服を説くよう何度も頼まれたが、弥十郎はまだ鑑連の家臣ではない。虜囚（りょしゅう）よりも鑑連との面会が先とされた。ちょうど鑑連は仮眠を取っており、本城の書院で朝を待っていると、右衛門太が駆け込んできた。

「来ておったのか、弥十郎殿！　話が違うではないか。和泉殿は死ぬ気じゃぞ！」

右衛門太が泣きわめきながら、弥十郎に掴みかかってきた。

「弥十郎殿なら、全部わかっておったはずじゃ！　わしをだましたんじゃな？」

肥えた両手で肩を激しく揺さぶられても、弥十郎は弁解しなかった。

右衛門太の言う通りだ。裏切った右衛門太の生と、鑑載の生は両立しない。大友は二度も叛した鑑載を赦せぬ。鑑載が死ねば、和泉も死ぬ。綱渡りの幸運が奇跡のように続かぬかぎり、和泉は死を免れまいとわかっていた。ゆえに弥十郎は、鑑載を生かすべく城を出て、鷹野兵を動かした。だが途中で、鑑載の自害を知った。古子山の近くで和泉を逃がしたのも、親善の追捕をやめたのも、あの時すでに鑑載の死を聞いていたからだ。

「わしは子供のころから、和泉殿に守ってもろうた。弥十郎殿の文を読んで、今度はわしが和泉殿を守ってやる番だと思うたんじゃ！」

弥十郎は、右衛門太の和泉に対する友情を利用して、難攻不落の立花城を落とし、立花家を滅亡へと追いやった。

右衛門太に宛てた書状で、弥十郎は右衛門太の祖父も父も、立花家の指図で殺害された真実を明かした。さらに、立花家から和泉を救い、皆が昔に戻るには、立花を滅ぼすしかないと説いた。和泉は念願の戸次家に仕えられるのだと詐った。

「弥十郎殿が書いておった話なぞ、わしは全部知っておったぞ！」

知らなかった。人がいくら学び、考えても、世にはわからぬことのほうが多い。

籠城に当たり、右衛門太は和泉から聞いてすべてを知った。誇り高い和泉が手を突いて謝ったという。鑑載派が祖父と父を謀殺した事実を承知のうえで、右衛門太は立花家に味方していたわけだ。

「わしが立花にとどまったのは、立花家への忠誠でもない、安武右京が怖かったからでもない。わしはただ……和泉殿が好きだったんじゃ！」

右衛門太の唾が容赦なく、弥十郎の顔に降りかかる。

人のよさ、弱さもあったろうが、右衛門太は和泉だけは敵にしたくなかったに違いない。臆病者だからではなかった。私怨より、友情を守る強さがあったのだ。

「弥十郎殿は、昔から間違ったことを言わなんだ。じゃからわしは、信じた。和泉殿を救うただ一つの道じゃと、弥十郎殿が言うから、わしは城門を開けたんじゃ！」

弥十郎は右衛門太への文の最後に、信じろと書いた。だから右衛門太は信じた。

「わしが立花を滅ぼしたんじゃ。和泉殿を死へ追いやってしもうたんじゃ」

右衛門太ひとりが負うべき責めではない。主家を滅ぼし、親友を死なせた責めを、弥十郎は生涯負い続ける覚悟だった。

「違うぞ、右衛門太。すべては運命じゃ。よい人間ほど早く死ぬ。いつも和泉がさようにほざいておったろうが」

右衛門太は聞き入れず、弥十郎の胸を何度も拳で叩いていたが、やがて「和泉殿が会いたいと言うておったぞ」とあきらめたようにつぶやいた。

「すぐに会おう。鑑連公より和泉が大事じゃ。三左衛門、案内（あない）してくれ」

「目通りはもうすぐでござるぞ。公を待たせると仰せか？」

「和泉の惚れ込んだ将が真の大器ならば、待つなど些事にすぎまいが。右衛門太よ、佳月殿を急ぎ連れて来られぬか」

うなずいた右衛門太が駆け出し、弥十郎が促すと、三左衛門も立ち上がった。

五十七

弥十郎は獄吏に頼み、盃をふたつ受け取った。

「練貫は用意してきた。これさえあれば、足る」

「まさか獄中で呑むと仰せか？」

三左衛門の呆れ交じりの問いを制するように、弥十郎は大きくうなずいた。

「殉死を許されたのなら、藤木和泉は咎人ではない。鑑連公の客人じゃ。これで公が身どもを斬るなら、ねずみの器量よ。お主も毛利に鞍替えしたほうがよかろうな」

格子ごしに見る和泉は、鑑連に許されて髯も剃り、小ざっぱりしていた。身だしなみもきれいに整えられて、痩せはしたが、いつもの美男に戻っていた。

「すまぬが、二人だけで話をしたい。お主ははずしてくれぬか」

三左衛門が去ると、弥十郎は懐から竹筒を取り出して、中の練貫を盃に注いだ。芳醇な香りが牢中に咲く。

「さすがは弥十郎だ。俺が今この世で一番欲しい物を心得ておる」

「お主とは長い腐れ縁じゃからな。されどこの世には、まだまだ美味い酒がある。河内天野の出群を賞味してみたいとは思わぬか」

和泉はさわやかな笑みを浮かべながら、頭を振った。

「俺はの。主は立花、酒は練貫、女は皐月。すべて一本槍よ。鑑連公は大の酒好きであられる。いずれお相伴にあずかるとよかろう。よき主に恵まれたお前がうらやましゅうてならぬわ」

「さてと、毛利はいつ上陸するかのう。身どもはまだ戸次に仕えると決めたわけではない。身どもの出す条件を呑めば、仕官せぬでもないが」

「お前は必ず鑑連公に惚れる。首を賭けてもいい」

「お主のその首がもうすぐ切り離されると聞いて、腹痛をおして城へやって来たんじゃがな」

「三左の話では、重い詐病に長らくかかっておったそうだな」と和泉は笑ったが、すぐに居住まいをただすと、弥十郎に向かって手を突き、深々と頭を下げた。

「赦せ、弥十郎。お前のお父上をお救いできなんだ」

死を待つ身ゆえ、もはやいかなる行為によっても償えぬと知り、和泉は詫びたのであろう。覚悟はしていたが、弥十郎の胸に迫る思いがあった。

「詫びの言葉ほど、お主に似合わぬものはない」

「三左は赦してくれたぞ」

「あのお人好しと違うて、身どもは腹黒でな。されば和泉よ。今少し生きて、生涯をかけて償え」

「それができぬゆえ、詫びたのであろうが」

「言うことを聞かぬなら、練貫を身ども一人で呑み干すぞ」

「友に対して、酷な男だな」

「戯れ言じゃ。一人で呑む酒なぞ、美味くはない」

もうひとつの盃に練貫を注ぎ、鉄格子の隙間から手渡す。

最後の乾杯をし、勢いよく呑み干した。

「この返り香がよいのだ」

和泉は末期の酒のつもりだろう、練貫を堪能している。

「お主はつねづね、よい人間ほど早う死ぬと言うておった。めずらしくお主が至言を吐くものよと思うておったに、お主がここで死んで見せては、せっかくの名言も形無しではないか」

和泉は弥十郎より一つ上の二十七歳だ。死ぬには若すぎる。

「これで俺も、なかなかによき男であったのだぞ。さればわが名言は、お前が後世に伝えよ」

「ことさら身どもが言いふらさずとも、どこぞの酔いどれが愚痴混じりにほざいておる類の痴れ言じゃ」

やはり、いかに説いても無駄だと、弥十郎は悟った。

会う前から、わかってはいた。

和泉にとって鑑載は想い人の父であり、幼少より仕えてきた唯ひとりの主君だった。その主君を敗死させた男に、仕えるわけにはいかぬのだ。たとえその男が、心底憧れた男であったとしても。これからも、和泉と酒を酌み交わしながら、皮肉を言い合いたかった。だが、それは叶わぬ。ゆえに最後にもう一度、親友との思い出を作っておきたかっただけだ。

「なあ、弥十郎。子供のころ、お前と初めて話をした日のことを、覚えておるか」

和泉が格子ごしに手を伸ばし、空の盃に練貫を注いできた。

「覚えている。安武民部と喧嘩をしたな」

「そういえば、俺はあの時も、右衛門太の心をわかってやれなんだ。それでもお前の策で、例の湊川合戦に勝った後、俺を助けた下心が二つあるとお前は言うた。一つは佳月だ。もう一つを聞きそびれておった。教えんか」

「なぜこの期に及んで、さように昔の話を持ち出す？」

「大友軍の追撃を受けながら、あちこち立花をさまようておるうち、ふと思い出して、気になったものでな。聞かねば、死んでも死にきれん。教えよ」

立花の地には、皆で作った子供の頃からの思い出が、そこかしこに詰まっている。

「友が、欲しかった」

あの頃は、皆でずっと一緒にいられると、勘違いしていた。

「さようか」

和泉が、すがりつきたくなるような心からの笑みを浮かべた。

共に笑い、共に泣いた。

時には喧嘩もした。同じ女に恋をした。

命を預け、救い合いながら、共に戦い抜いてきた。

「さして期待しておらなんだが、珍しく身どもの見立ては外れた。お主は、身どもの願う以上の絆を、与えてくれた」

人生を歩むうち、道は二つに岐れた。

いつか来るとわかってはいたが、思ったよりも早く、別れの時は来た。

和泉はふたたび居住まいを正すと、正面から弥十郎を見た。

「死を前にひとつ、天下の奇才に願い事がある」

「今日はお主の皮肉が湿っておって、まるきり冴えぬな」

「皮肉ではない。俺が生涯会うた中で、お前は最高の知恵者であった」

「やけに素直じゃのう」

「最後くらいはな」

和泉は笑いを誘ったが、弥十郎は笑えなかった。

不覚にも涙をこらえるだけで、精一杯だった。

「弥十郎よ。皐月姫と、俺の子を頼む。頼める者は、お前をおいて、ない」

「心得た。戦神と刺し違えてでも、必ず二人を救うてみせる」

弥十郎はそのために、立花城へ来たのだ。

「俺の残りの寿命を、皆で仲良う分けて、長生きせい」

邪魔な涙を隠すために、弥十郎は立ち上がった。

「友よ。お主のことは生涯、忘れぬ」

いたわるような限りない優しさを込めた微笑を浮かべ、和泉は最後に言った。

「運命は必ず変えられるのだ、弥十郎。もう卜定なぞ、信ずるな」

五十八

米多比三左衛門は、いらいらしながら弥十郎を待っていた。

鑑連の近習からは呼び出しが何度もかかっていた。まずは鑑連に会うのが先決だ。

弥十郎が助からねば、和泉も助からぬ。

ようやく地下牢から出てきた弥十郎に首尾を問うと、面倒くさそうに「身どもに任せよ」と答えるのみで、「皐月姫に会わせよ」とまた無茶を言った。押し問答する時も惜しく、皐月が軟禁されている一室に案内すると、外で待たされた。間もなく弥十郎が現れ、「では、鬼にでも会うてみるか」と先に立って歩き出した。

三左衛門は弥十郎を伴って、やっと本城の大広間に伺候した。弥十郎は何食わぬ顔で末席の前に着座し、鑑連が現れると、おおげさに平伏した。

「近う」との鑑連の手招きに応じ、弥十郎は上座のすぐ手前までずかずかと近寄り、改めて平伏した。

「面を上げんか」の声に、悪びれもせず、堂々と顔を上げて名乗った。

「会いたかったぞ。うぬが薦野弥十郎か」

「今しがた名乗った通りにございまする」

人を食ったような返事にも、鑑連はさもおかしげに大笑いした。

かねて立花家の使者としては、和泉が遣わされていた。鑑連を好きでもない弥十郎は、陣中にあっても、遠くにいる鑑連を「あれが鬼瓦か」と眺めていただけで、鑑連には顔を覚えられていなかった。

「まずは尋ねる。なにゆえ参陣せなんだ？　家中には、再三の呼び出しにもかかわらず参陣せなんだうぬを、非難する者がおってな」

「持病の腰痛がひどく、おまけに腹まで痛うなりましたので、とてもお役には立てぬと考えました」

「腰の次は腹か、しゃあしゃあと抜かしおるわ。うぬの仇も滅んだが、うぬは毛利にも己れを売り込めるわけじゃな」

「いかにも。大友と鑑連公の苦境は始まったばかり。筑前の諸豪は勝つほうにつかねば、滅ぼされまするゆえ。面倒くさい話にございまする」

鑑連は見事に立花城を取り戻したが、和泉の言うように、鑑載の叛乱前の状態に復したにすぎない。内輪揉めを終えただけで、筑前は大友の敵だらけだった。

「ふん、食えぬ男よ。うぬはまだ、このわしを値踏みしておるか？」

巨眼を見開いて尋ねる鑑連に対し、弥十郎は真正面から答えた。

「畏れながら。藤木和泉の惚れ込んだ将が、わが一生を捧げるに値する御仁であるか、この眼で確かめたく存じており申した」

「して、どうじゃな？」

「はて、まだ何とも。鑑連公が身どもの働きをどう見ておられたか存じませぬゆえ。わが友の顔を潰すわけにもいかぬと思い、かく参上いたしましたる次第」

――薦野、控えよ！　無礼であろう！

戸次家中から次々と怒号が上がった。先ほどからの弥十郎の不遜な応対が腹に据えかねたらしい。無理もなかろう。三左衛門は内心で頭を抱えていた。

だが、鑑連が軽く手で制すると、大広間は再び水を打ったように静まり返った。

「うぬがみすみす立花の後嗣を見逃したなぞとの噂もあってな」

「身どもの大功に比べれば、些事（さじ）にすぎませぬ。鑑連公は物の見えるお方と聞いておりますれば、恩賞を賜りたく存じまする」

弥十郎の応答に、座がふたたび激しくざわめいたが、「よかろう」との鑑連の言葉に、座はいっそうどよめいた。

「皆の衆、わからぬか。立花攻めにあって、薦野弥十郎が功績、大である。こたび最大の勝因は、野田右衛門大夫の調略じゃが、北の宗像軍が動かなんだは偶然ではない。弥十郎が薦野城におったために動けなんだのじゃ。薦野は宗像の天敵と聞くが、宗像は結局、この戦に手出しできなんだ。立花の小鹿を見逃したなぞ取るに足らぬ話。さすがは立花第二の将よ。弥十郎、わしに仕えい」

弥十郎は声を立てて笑うと、初めて礼儀正しく鑑連に両手を突いた。

「さすがに鑑連公はすべてお見通しのご様子。安堵致しました。されば、十分なる恩賞を賜りますならば、この薦野弥十郎、終生、鑑連公にお仕え申し上げましょう」

「何なりと申せ。うぬは恩賞として何を望む？」

「わが妻子の命の保証を賜りたく」

「ほう。うぬは室を亡くし、独り身と聞いておったが？」

「今しがた藤木和泉が離縁した妻を娶り、その腹の中の子をわが子となしました。鑑連公ほど家臣を大切になさる将は、世にないと聞き及びまする。されば、よもや公が家臣の妻子の命を奪うような真似はなさるまいと、確信いたしておりまするが」

鑑連は巨眼をさらに大きく見開いてから、天を仰いで放笑した。

「薦野弥十郎はわが戸次の家臣である。その妻子を守らずば、この鑑連の名が泣くわ。されば弥十郎、わしに和泉をあきらめよと申すか？」

「御意。鑑連公は大友家を滅ぼした毛利家に仕えられましょうや。藤木和泉には、立花最高の将に相応(ふさわ)しき死をお与えくださりませ」

三左衛門は唖然とした。弥十郎なら、決して誰も思い付かぬような奇策で、和泉を翻意させてくれるのではないかと期待していた。だが、弥十郎は最初から和泉ではなく、皐月と吉右衛門を救うために立花城に来たのだ。弥十郎に救えぬのなら、もはや誰にも和泉は救えまい。

鑑連は鬼瓦にさびしげな笑みを浮かべたが、得心したようにうなずいた。

五十九

米多比三左衛門は、皆を連れて立花城地下牢の和泉に会いに行った。右衛門太が尼寺から連れてきた佳月もいる。

三左衛門の姿を見た和泉は手を上げ、子どもに使いでも頼むように告げた。

「言い忘れておったのだがな、三左。お前に俺の介錯を頼みたい」

「嫌じゃ。さような真似はでき申さぬ」

「弥十郎は面倒くさがり屋でな。吉右衛門が生まれれば、父親代わりにもなる。さればお前しかおらんのだ」

「嫌なものは嫌でござる」

「忘れたか、三左。お前は俺に弟子入りした時、何でも言うことを聞くと約したぞ」

「さように昔の話を持ち出さんで下され」と三左衛門は抵抗した。

戸次家に仕えず、生きているだけでいいと、翻意するよう繰り返し説いたが、取りつく島もなかった。

「皆、よう聞いてくれい。俺は今日、己が意思で死ぬ。されば、わが死をもって大友、立花、日田三家を巡るすべての恩讐(おんしゅう)を忘れよ」

右衛門太は喧(やかま)しいほどおいおい泣いていた。佳月はといえば、弥十郎にすがりつくように、その腕のなかで静かに涙しながら、死へと赴く兄の言葉を聞いていた。

和泉は格子の隙間から手を伸ばすと、皐月の膨らんだ下腹に大きな手を置いて優しく撫でた。

「今度こそ、無事に生まれて参れ。吉右衛門よ、父は鑑連公の格別のご高配により、殉死を許された。刑死ではないぞ。お前は、鑑連公の温情で命を拾うたことを忘れるな。日本一の将に仕えられるお前は幸せじゃ」

　皐月は涙を浮かべながら、和泉の大きな手に両手を重ねて、下腹に宛てていた。気丈な皐月が父を失い、さらに夫を死なせる運命を耐えようとする懸命な姿は、貴くさえ見えた。

　獄吏に呼ばれると、和泉は皆に向かって、白い歯を見せて笑った。

「されば行って参る。皆、安心せよ。俺は天の星となって、お前たちをいつも見守っておるゆえな」

　牢を出た和泉は、一度も後ろを振り返らなかった。

六十

　藤木和泉は何の未練もなく、戸次鑑連の面前で堂々と十文字に腹を切ってみせた。米多比三左衛門が介錯する前に、和泉は切腹だけで見事に絶命していた。

　残された皆で、立花城の北麓に小さな墓を作り、和泉の亡骸（なきがら）を葬った。佳月が菩提（ぼだい）を弔（とむら）った。佳月は読経（どきょう）を終えると、ゆっくりと振り向いて三左衛門たちを見た。

「わたしは藤木和泉の妹であり、安武の嫁であった者です。兄の意を汲み、恨みは残しますまい。されど、戦では勝っても負けても、必ず深く傷つく者がいます。まだ乱世は続くでしょう。私はこの地で、私ができることをして参りたいと思います」

佳月の優しげで落ち着いた様子はふだんと変わりがなかった。だが、三左衛門は佳月の心がすでに自分から、いやこの俗世からすっかり離れてしまったと気付いた。佳月はついに還俗(げんぞく)しなかった。

和泉が死んで七日後、皐月は無事に男児を生んだ。忌明(きあ)けの後、弥十郎と皐月は、夫婦と赤子だけでひっそりと祝言(しゅうげん)を挙げ、吉右衛門をわが子として育て始めた。

弥十郎によれば、和泉の死以来、見山の卜定は世情を含めて、ことごとく外れるようになった。あるはずのなかった人生が続いたのだから、当然ではあったろう。いつしか弥十郎は花札占いをやらなくなった。それは、長寿の予言にもかかわらず、卜定など笑い飛ばし、あて付けのように若くして死んでみせた親友がいたことと、無縁ではなかったろう。弥十郎は戸次家の軍師として活躍し、皐月との間にさらに幾人も子が生まれた。

戸次鑑連は立花鑑載の乱の三年後、大友宗麟の命で立花城主となり、立花家の名跡を継ぎ、ほどなく道雪(どうせつ)と号した。弥十郎と三左衛門は道雪によく仕え、「立花の副将」と呼ばれるほどに重用された。弥十郎は和泉に負けぬほど道雪に惚れ込んだが、道雪も同様だった。子に男児のなかった道雪は、弥十郎を養子として立花家を継がせようとまでしたが、弥十郎は「器にあらず」と頑なに拒んだ。三左衛門も道雪に大いに可愛がられ、道雪の養女を娶り、立花姓まで賜った。ちなみに道雪により筑前が平定されたときに立花親善も道雪に降ったが、宗麟は立花家の再興を許さなかった。親善は立花家重代の三宝を道雪に譲り、和泉の遺品の甲冑を吉右衛門の養父となった弥十郎に託した。

道雪の婿養子となった宗茂が立花家の家督を継ぐと、吉右衛門は宗茂の妹を妻に迎え、弥十郎も立花姓を賜った。道雪の陣没後、九州は豊臣秀吉のものとなり、主君宗茂は立花から筑後の柳川へ転封された。

藤木和泉の切腹から三十二年の後、弥十郎の諫言にもかかわらず、立花家は義のために西軍に属した。立花軍は東軍に寝返った京極高次の籠る大津城を攻めた。薦野吉右衛門の奮戦華々しく、高次は降伏開城したが、その同日、関ヶ原で西軍が敗れた。

立花宗茂は西軍の総大将毛利輝元に対し、大坂城で態勢を立て直し、再度の決戦を挑むべしと幾度も提案したが、輝元は応じなかった。やむなく宗茂は領国に戻り、東軍に寝返って攻め寄せてきた鍋島直茂・勝茂父子を撃退したが、盟友加藤清正の勧告に応じて矛を収めた。立花家は負けなかったが、西軍に属したために除封され、立花家臣団は解体された。

薦野弥十郎は、筑前福岡に入封した黒田官兵衛の求めに応じ、立花山麓で亡き主君立花道雪の墓守を許されることを条件に、高禄で仕官に応じた。道雪が生前、立花姓を用いなかったために弥十郎も薦野姓で通していたが、仕官に際し、弥十郎はあえて立花姓を名乗った。だが、弥十郎は早々と隠居し、長男吉右衛門が立花家を継ぎ、次男が薦野家を継いだ。

後に立花宗茂が柳川藩主として返り咲くと、肥後加藤家に仕えていた三左衛門は、立花家に帰参し、立花姓を名乗った。楽隠居の身であった弥十郎は、墓守を理由に黒田家にとどまった。

その弥十郎の訃報が柳川に届いた。つい先月、夫婦仲睦まじく長年連れ添った皐月に先立たれた弥十郎から、愚痴混じりの文を受け取ったばかりだったが、泉下での再会を待ちきれなかったのか、追いかけるように逝ったらしい。

結び

元和（げんな）九年（一六二三年）初春、立花三左衛門は人当たりしそうなほどにぎやかな博多の路地を離れ、一路、東を目指していた。香椎宮の緑が眼にやさしく、やがて懐かしい立花山の七峰がくっきり見えてきた。隠居老人の気ままな一人旅である。

三左衛門は立花吉右衛門からの文で、立花弥十郎が八十一歳で大往生を遂げたと知った。

徳川幕府の一国一城令により立花城は取り壊されていたが、往時の石垣はまだいくつも残っていた。城跡が苔（こけ）むし、削られていた山肌を緑が覆い始めても、屏風岩や大楠は健在だった。香椎潟のほうから吹き寄せてくる風のやさしさも、昔と全く変わりない。

多くの立花家臣は、宗茂の求めに応じて柳川藩に帰参したが、弥十郎は戻らなかった。例によって弁明など何もしなかったが、三左衛門には弥十郎の気持ちがわかっていた。

立花は弥十郎の故郷だった。道雪だけではない、祖父の立花鑑光も、親友の藤木和泉も眠っている場所だった。鑑載の墓もある。弥十郎の青春そのものが立花にはあった。今や城跡にすぎぬが、ここ立花の地は他の誰でもない、名門立花家累代に仕えてきた薦野家の弥十郎が守らねばならなかったのだ。だから弥十郎はとどまった。

今回の旅には、ひとつ大きな楽しみがあった。

三左衛門はこれから初恋の女性と再会する。佳月が開いた尼寺は男子禁制とされ、ずっと面会ができなかった。和泉を弔った日から文のやりとりしかしていないから、佳月とは五十年以上会っていない勘定になる。だが、三左衛門は何か思うことがあるたび、佳月に文を送った。返事は必ず来た。佳月から文をくれる時もあった。このたび、頼りにできる尼僧に尼寺を任せて、自らは庵を結んだと、佳月から文が来たのである。会うのは久しぶりだが、心は通じ合っているつもりだった。

佳月改め桂月院は、夫の安武仲馬や兄の藤木和泉のごとく乱世の狭間に散り、世から忘れ去られた者たちの菩提を弔い続けていた。

三左衛門は昔、藤木屋敷のあった辺りに着いた。一斉に蕾を付け始めた桜の古木が目印だ。

藤木和泉が死んだあの戦の後も、立花城はたびたび主戦場となった。うち続く戦乱で寡婦となった女たちは、魂の救いを求めて桂月院を頼った。

桂月院の庵は立花山の北麓、その昔、和泉を皆で弔った辺りにあった。

唐ノ原川を渡る。ずんずん林の中を歩いてゆく。

やがて小さな茅屋(ぼうおく)を見つけた。

白砂に影を落としながら歩を進めると、ひとりの小柄な尼僧が小庭を掃き清めていた。ひと目でわかった。佳月は少女のままで齢を重ねたように可愛らしい老尼となっていた。互いに老境にあっても、いまだに胸が高鳴るのは、はるか昔、青春のころの感情をはっきりと想い起こすせいだろうか。

「佳月殿、お懐かしゅうございまする」

あのころの仲間はもう、佳月と三左衛門だけである。ちなみに野田右衛門太は、主君立花宗茂の実家である高橋家に仕えた。太平の世の到来を待たず、大友と島津による豊薩(ほうさつ)合戦の末期、名高い岩屋(いわや)城の玉砕戦で散った。右衛門太らしからぬ死には、あの世で再会した和泉もきっと魂消(たまげ)たことだろう。

「ようこそ遠方よりお越しになられました」

あれから幾歳月も過ぎたが、立花山の七峰や屏風岩が変わらぬように、佳月の落ち着いた口調と物腰は昔のままだった。

三左衛門は弥十郎、和泉、皐月が眠る墓に、博多で買った練貫(ねりぬき)をかけてやった。吉右衛門も足しげく墓参りに来るという。佳月にとって、吉右衛門は甥にあたる。

「お酒が足りないと、取り合いをしているかも知れませんね」

「そうじゃと困ると思い、もう一本買って参りました」

「まあ、ご用意のおよろしいこと」

三左衛門が惜しげもなく博多の名酒を墓石にふりかけると、酔ってしまいそうなほど芳醇な香りが境内に満ちた。

「博多では、練貫が幾種類も売っておりましたぞ。今は小田屋のほかにも、よき酒蔵があるとか。それがしは下戸ゆえ、美味いかどうかは知りませぬが。今宵、吉右衛門に呑ませてみますわい」

ついに太平の世が訪れ、博多は六十年前の昔よりはるかに栄えていた。幾つもの酒蔵が練貫の出来を競い合っている。

長い歴史において、人の一生など一瞬の光芒にすぎまい。星々を消し去る大きな満月が輝く夜空を、人知れず流れ落ちてゆく星と何ら変わりない。乱世の将として稀有の伎倆と才を持ちながら、若くして名も残さずに死んだ藤木和泉。名軍師の名をほしいままにして天寿を全うした薦野弥十郎。立花の猛将と讃えられた米多比三左衛門。皆、同じだ。いずれは時代に忘れ去られてゆく。だから、生きている間にどれだけ笑い、どれだけ泣いたかが大事なのではないか。もしそうなら、乱世で最高の仲間たちと出会えた三左衛門は、実に幸せな人生を送れたといえる。

縁側の陽だまりに佳月とふたり、並んで座った。

立花の副将とまで讃えられた三左衛門ほどの名将でも、佳月がそばにいるだけで年甲斐もなく胸がときめくのは、恋という感情が持つ不滅の魔力のせいだろう。それでも数々の修羅場をくぐってきた三左衛門には度胸がついていた。

「佳月殿、覚えておいでござるか？　五十年余り前、それがしと夫婦になってくだされとお頼み申し上げました」

「覚えております」

「そういえば、まだお返事をしかとは伺っておりませんでしたな」

あのとき、佳月に「否」とはっきり拒絶されたわけではなかった。だが和泉が切腹した後、改めて問うたとしても、答えは「否」だろうと確信していた。だが、本当にそうだったろうか。

例えば三年の後、十年の後に改めて問えば、「諾」の答えが得られはしなかったか。妻子さらには孫を持つ身になっても、もしあの時、佳月に問うていればと何度思い返したことか。文で尋ねようかとも思ったが逡巡し続けてきた。だが、昔と変わらぬ佳月の姿を見、ようやく今ごろになって、問うことができたのだった。

「わたしたちの人生も玄冬(げんとう)まで来たのです。お答えはせず、謎のままにしておきましょう。面倒くさいですから」

佳月が弥十郎の口癖を真似ると、三左衛門も和泉の口ぶりで応じた。

「なるほど。齢をとると、何かと厄介でござるからな」

佳月がうすく微笑むと、昔と変わらぬ片えくぼができた。


（了）

【主な参考文献】

『九州戦国合戦記　増補改訂版』吉永正春　海鳥社
『筑前戦国史　増補改訂版』吉永正春　海鳥社
『九州戦国の武将たち』吉永正春　海鳥社
『立花宗茂』中野等　吉川弘文館
『九州戦国史と立花宗茂』三池純正　洋泉社
『近世大名　立花家』中野等・穴井綾香　柳川市
『大友宗麟』外山幹夫　吉川弘文館
『大友宗麟のすべて』芥川龍男編　新人物往来社
『大友宗麟』竹本弘文　大分県教育委員会
『大友記の翻訳と検証』九州歴史研究会著　九州歴史研究会
『大友興廃記の翻訳と検証』秋好政寿翻訳　九州歴史研究会著　九州歴史研究会
『大分歴史事典』大分放送大分歴史事典刊行本部編　大分放送

※その他インターネットなど種々の資料を参照しました。

本作は書き下ろし歴史エンターテインメント小説であり、史実とは異なります。なお、執筆にあたっては、道雪会、「忘却の日本史」編集部及び大友氏顕彰会の皆さまから、貴重なご教示を賜りました。文責はもちろんすべて筆者にあります。

解説

縄田一男

作家は処女作に向かって成熟すると言うが、赤神諒(あかがみりょう)の場合はどうであろうか。

赤神諒のデビュー作は、第九回日経小説大賞を受賞した「義と愛と」（刊行にあたって『大友(おおとも)二階崩れ』に改題）だが、この作品からして新人ばなれしていた。

物語は天文(てんぶん)十九年、九州豊後(ぶんご)の戦国大名・大友氏に起こった政変「二階崩れの変」を、時の主・大友義鑑(よしあき)の重臣、吉弘(よしひろ)兄弟を通して描いた本格歴史小説。大友家二十代当主・義鑑が愛妾(あいしょう)の子への世継ぎのため、二十一歳の長子・義鎮(よししげ)（後の大友宗麟(そうりん)）を廃嫡(はいちゃく)せんとしたため、重臣たちが義鑑派と義鎮派に分裂、熾烈(しれつ)な御家騒動へと発展する。

家中での勢力争いに明け暮れる重臣の中で、一途に大友家への「義」を貫いた吉弘鑑理(あきただ)と、その弟で、数奇な運命で出会った姫への「愛」に生きた鑑広(あきひろ)を主人公に、激しく移りゆく戦国の世の、生身の人間ドラマが繰り広げられてゆく。

受賞作は選評でも好評で、辻原登曰く「私は『二階崩れの変』について知るところは全くなかったが、読み進むうちに戦国を彩った武将たちの喜怒哀楽、知謀、術数が、勘所をおさえたストーリー展開によって、間断するところなく活写されている。こういう歴史ものを読ませてもらえれば、それでもう満足なのであって、文句の付けようがない。主人公にも脇役にも、そして最も肝心な敵役にも欠かせぬ魅力が横溢している」。高樹のぶ子曰く「九州は大友家のお家騒動に関わった、家臣吉弘家兄弟の内面が細やかに描かれ、兄と弟の性格の対比もうまくいっている。とりわけ弟が敗将の娘楓に一目惚れし、生涯愛し抜いた姿は印象的だし、兄が『義』のために弟を見殺しにせざるを得なかった姿も胸に迫る」。伊集院静曰く「戦国時代の史実として豊後に残る家督争い〝大友二階崩れ〟。事件は残酷な顛末ばかりが印象的だが、作者はよくこの史実に対して、物語の発想を見つめる目を持ったと思う。新人が描く時代小説としては、その視点の裾野がひろく、感心した。物語の軸となる大友家家臣の吉弘鑑理と弟の吉弘鑑広の兄弟のキャラクター作りと、行動原理を見事に好対照にした点で、この小説は、奇妙な成功をしている。事件は一五五〇年前後であるから、関ヶ原で戦国時代が終焉する五十年前で、主従の捉え方も下克上ばかりが目立つのが大方なのだが、〝愚直〟と言えるほどの兄、鑑理の〝義〟に対して、弟、鑑広が戦勝、名誉より、いとしい家族の方に価値観を抱かせた〝愛〟が、新人らしからぬ着想だった」。
そして、本書をお読みになった方ならお分かりになるように、デビュー作に含まれていた歴史的事実やモチーフが、ことごとく発展継承されているのがみてとれよう。作者の大友氏への探求は、まさにデビュー作から始められたのである。

本書『立花三将伝』は、二〇二〇年四月、講談社から書き下ろしで刊行された赤神諒の力作戦国長篇である。前述のように第九回日経小説大賞を受賞した『大友二階崩れ』が大友家の御家騒動を扱った作品であり、後に『大友の聖将(ヘラクレス)』『大友落月記』があるように、大友の歴史を自家薬籠(やくろう)中の物としている作者にとってこの作品は、実に興味深い一巻といえる。

何故なら、本書で三将が仕える立花家は、大友派と毛利派との間で揺り動かされ、ついには筑前擾乱(ちくぜんじょうらん)ともいうべき分裂を起こしたからである。

優れた作品は、物語に添って論を進めていくしかないので、ここからは作品のストーリーが明らかにされる。従って、必ずや本文の方を先に読んで頂きたい。

物語は、立花家に仕える事になった米多比(ねたび)三左衛門(さんざえもん)が、筑前の国は立花(たちばな)城下を訪ねるところから始まる。作中に曰く、立花家は、豊後を本国とする大名・大友家の一族であり、「西の大友」と称される名門である。

三左衛門が城下で一番強いと言われている藤木和泉の稽古場を訪ねると、門弟は骨の無い連中ばかり。師範代の和泉のみが凄まじい剣技の持ち主。にもかかわらず迎え酒を呷って酔いどれているのである。和泉の妹で立花小町の佳月によれば、実は若殿・立花鑑載の娘・皐月の嫁ぎ先が決まった、すなわち、恋患いなのだと言う。以前なら、薦野弥十郎と剣を競って憂さを晴らしたものだが現在は絶交中、大喧嘩をして半年近くも口をきいていないらしい。

ともあれ、三左衛門はなんとか和泉に弟子入りを許される。この時、三左衛門十五歳、後に稀代の軍師と言われるまでになる弥十郎十八歳、そして和泉は十九歳。ともに青春の中にあった。

その和泉の口癖が、よい人間ほど早う死ぬというもの。戦国の世ではかくあらんと言うべきか。そして、立花家にまつわるさまざまな卜定を遺した見山翁のそれ――例えば、三左衛門が後に立花家を滅ぼす――は的中するのか。このあたりから本書はただならぬ殺気を孕み、作者は和泉の父親の正体や戦国の世に築かれた屍の山、そして和泉と弥十郎は何故、仲違いをしたふりをしているのか、などを明らかにしていく。特に最後の一件に関しては完全に作者に騙されてしまい、戦国の智謀を知るというよりは作者のそれを見せつけられると言うべきか。
が、その中で弥十郎たちの主君・立花鑑光が冤罪に対する抗議の切腹を遂げる。さらにそのような家中がざわついている中、宗像が攻め入ってくる。しかし、立花には軍師・弥十郎がいるではないか。結果、湊川での逆転勝利に立花軍は沸く。

　こうした戦国乱世を生き抜きつつも、作者は男達の心の底で惚れた女への想いが息づいている事を描いていく。が、ここで不吉な影を落とすのは前述の見山翁の卜定、すなわち立花と弥十郎の生は常に両立しない。立花が滅びれば、弥十郎は生きる。弥十郎が早死にすれば、立花は滅びない。

　その一方で和泉を婿に迎えた立花鑑載は、和泉達の世代が新生の立花家を支えていくのだ、余はいずれ大友宗家を滅ぼしてみせると豪語するではないか。和泉の全身から血の気が引いていく。

　立花家は現状維持の大友派と、毛利の後ろ盾を得て大友からの独立を試みる毛利派に大きく分かれる事になる。領内は、双方にまだら模様で分かれ、今後の形勢次第では、誰がいつ敵に寝返るか、知れたものではないのである。

　その中で、立花鑑載についた和泉には、今まで何食わぬ顔で抜群の軍略を編み出した弥十郎も、和泉と共に立花軍の両翼を成して戦場で暴れる三左衛門もいなかった。

と。

そして作者は、ありったけの愛情を込めて次のように記す――「和泉は独りきりだ」

見山翁の卜定によれば、和泉は生き残り、弥十郎と三左衛門はこの大乱で死ぬ。あるいはその逆の目はあるのか？　それ故、弥十郎はその才を発揮する事なく、一人動かない。

弥十郎は、立花城を落とすのは雑作もない、難しいのは城を落とした後よと、三左衛門に言い放つ。何故なら立花鑑載が死ねば和泉は主君に殉ずるからだ。故にこの戦ではなんとしても鑑載を生きて捕縛せねばならない。

このぎりぎりのところで交される男達の智謀と交誼には手に汗を握らされる。その中で弥十郎はついに立花家を滅ぼす一通の文を友に手渡した。手渡された三左衛門もまた友を救おうとして動く。そして弥十郎は言う――「あたう限り、運命に抗うのだ」。すなわち、これは見山翁の卜定に対する三人の男の青春の抵抗だ。

この期におよんで、友を救おうとした男二人の意に反して、和泉は着実に最期へと向かっていく。その中で戦国の世に生まれてはいけなかった好人物にして、弥十郎の最後の一手とも言うべき手紙を受け取ったある人物はこう叫ぶ――「わしは皆が仲良うしておった昔に戻りたかったんじゃ」「わしが立花を滅ぼせば、和泉殿も鑑連公にお仕えできる」「皆が幸せになるには、他に手がない」と泣き苦しむではないか。なんと罪な事であろう。

弥十郎はこの男の和泉に対する友情を利用して難攻不落の立花城を落とし、立花家を滅亡へと追いやったのだ。

そしてラストへ向かえば向かうほど、和泉と弥十郎の友情は美しく際立っていく。

作者は読者のことをまた、泣きに泣かせるのである。権謀術数の戦国期を経て、青空の下に這い出る事の出来る人間はほんの一握りでしかない。作者はその一握りの人間の真実を描きたかったのではあるまいか。

赤神諒は、本書から二年後の二〇二二年七月、渾身の時代ミステリー『はぐれ鴉』(集英社)を刊行した。物語は寛文六年、豊後国竹田藩で、城代・山田家の一族郎党二十四人が鏖殺されるという凄惨な事件で幕があく。

この事件をただ一人生き延びた次郎丸は、十四年後、山川才次郎と名を変え、藩の剣術指南役として故郷に赴く。その目的は惨殺の下手人であり、現在の城代である叔父・玉田巧佐衛門に復讐すること。

しかし、彼が見た城代の姿は、地位や名誉に関心がなく、民のために心を砕く〝はぐれ鴉〟と言われる変わり者としての姿だった。

巧佐衛門は、何故、惨劇に手を染めたのか。そして、才次郎はあろうことか敵の娘・英里（えり）と出会い激しく心惹かれていく。

この物語が単なる〝ロミオとジュリエット〟にならないのは、そこに藩の抱える途方もない秘密が絡（から）んでいるからであり、勘のいい読者ならその秘密の正体に気付くかもしれない。

しかし、これらを巡っての人間関係の妙や、ラストのラストで迫り来る感動は、予想だにし得ないものに違いない。クライマックスに向けての高揚感は比類がなく、途中でページを閉じる事は不可能だろう。

赤神諒の作家的成長を、着実に感じさせてくれる一巻と言えよう。

●本書は二〇二〇年四月に、小社より刊行されました。文庫化にあたり、一部を加筆・修正しました。

|著者|赤神 諒　1972年京都府生まれ。同志社大学文学部卒業。私立大学教授、法学博士、弁護士。2017年、「義と愛と」（『大友二階崩れ』に改題）で第9回日経小説大賞を受賞し作家デビュー。同作品は「新人離れしたデビュー作」として大いに話題となった。他の著書に『大友の聖将（ヘラクレス）』『大友落月記』『神遊（しんゆう）の城』『戦神（いくさがみ）』『妙麟』『計策師　甲駿相三国同盟異聞』『空貝（うつせがい）　村上水軍の神姫（しんき）』『北前船用心棒 赤穂ノ湊 犬侍見参』『太陽の門』『仁王の本願』『はぐれ鴉』などがある。

立花三将伝（たちばなさんしょうでん）

赤神 諒（あかがみ りょう）

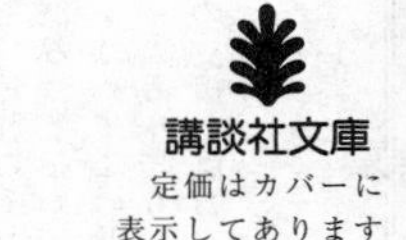

定価はカバーに
表示してあります

2022年9月15日第1刷発行

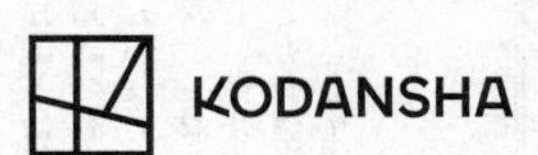

発行者――鈴木章一
発行所――株式会社　講談社
東京都文京区音羽2-12-21　〒112-8001
電話　出版（03）5395-3510
　　　販売（03）5395-5817
　　　業務（03）5395-3615

Printed in Japan

デザイン―菊地信義
本文データ制作―講談社デジタル製作
印刷―――株式会社KPSプロダクツ
製本―――株式会社国宝社

ISBN978-4-06-529296-9

講談社文庫刊行の辞

二十一世紀の到来を目睫に望みながら、われわれはいま、人類史上かつて例を見ない巨大な転換期をむかえようとしている。

世界も、日本も、激動の予兆に対する期待とおののきを内に蔵して、未知の時代に歩み入ろうとしている。このときにあたり、創業の人野間清治の「ナショナル・エデュケイター」への志を現代に甦らせようと意図して、われわれはここに古今の文芸作品はいうまでもなく、ひろく人文・社会・自然の諸科学から東西の名著を網羅する、新しい綜合文庫の発刊を決意した。

激動の転換期はまた断絶の時代である。われわれは戦後二十五年間の出版文化のありかたへの深い反省をこめて、この断絶の時代にあえて人間的な持続を求めようとする。いたずらに浮薄な商業主義のあだ花を追い求めることなく、長期にわたって良書に生命をあたえようとつとめるところにしか、今後の出版文化の真の繁栄はあり得ないと信じるからである。

同時にわれわれはこの綜合文庫の刊行を通じて、人文・社会・自然の諸科学が、結局人間の学にほかならないことを立証しようと願っている。かつて知識とは、「汝自身を知る」ことにつきていた。現代社会の瑣末な情報の氾濫のなかから、力強い知識の源泉を掘り起し、技術文明のただなかに、生きた人間の姿を復活させること。それこそわれわれの切なる希求である。

われわれは権威に盲従せず、俗流に媚びることなく、渾然一体となって日本の「草の根」をかたちづくる若く新しい世代の人々に、心をこめてこの新しい綜合文庫をおくり届けたい。それは知識の泉であるとともに感受性のふるさとであり、もっとも有機的に組織され、社会に開かれた万人のための大学をめざしている。大方の支援と協力を衷心より切望してやまない。

一九七一年七月

野間省一

講談社文庫 最新刊

篠原美季
古都妖異譚
〈玉手箱～シール オブ ザ ゴッデス～〉
その店に眠っているのはいわくつきの骨董品ばかり。スピリチュアル・ファンタジー！

武内涼
謀聖 尼子経久伝
〈瑞雲の章〉
山陰に覇を唱えんとする経久に、終生の敵が立ちはだかる。「国盗り」歴史巨編第三弾！

丹羽宇一郎
民主化する中国
〈習近平がいま本当に考えていること〉
日中国交正常化五十周年を迎え、巨大化した中国と、われわれはどう向き合うべきなのか。

平山夢明
宇佐美まこと ほか
超怖い物件
土地に張り付いた怨念は消えない。実力派作家による、「最恐」の物件怪談オムニバス。

谷口雅美
殿、恐れながらリモートでござる
仮病で江戸城に現れない殿様を引っ張り出せ。痛快凄腕コンサル時代劇！〈文庫書下ろし〉

嶺里俊介
だいたい本当の奇妙な話
創作なのか実体験なのか。頭から離れなくなる怖くて不思議な物語11話を収めた短編集！

横関大
誘拐屋のエチケット
無口なベテランとお人好しの新人。犯罪から生まれた凸凹バディが最後に奇跡を起こす！

赤神諒
立花三将伝
立花宗茂の本拠・筑前には、歴史に埋もれた感動の青春群像劇があった。傑作歴史長編！

崔実
pray human
注目の新鋭が、傷ついた魂の再生を描く圧倒的感動作。第33回三島由紀夫賞候補作。

堀江敏幸

子午線を求めて

敬愛する詩人ジャック・レダの文章に導かれて、パリ子午線の痕跡をたどりながら、「私」は街をさまよい歩く。作家としての原点を映し出す、初期傑作散文集。

解説=野崎　歓　年譜=著者

ほF1
978-4-06-516839-4

堀江敏幸

書かれる手

デビュー作となったユルスナール論に始まる思索の軌跡。「本質に触れそうで触れない漸近線への憧憬を失わない書き手」として私淑する作家たちを描く散文集。

解説=朝吹真理子　年譜=著者

ほF2
978-4-06-529091-0

講談社文庫 目録

五木寛之 旅の幻燈
五木寛之 他力
五木寛之 こころの天気図
五木寛之 新装版 恋歌
五木寛之 百寺巡礼 第一巻 奈良
五木寛之 百寺巡礼 第二巻 北陸
五木寛之 百寺巡礼 第三巻 京都Ⅰ
五木寛之 百寺巡礼 第四巻 滋賀・東海
五木寛之 百寺巡礼 第五巻 関東・信州
五木寛之 百寺巡礼 第六巻 関西
五木寛之 百寺巡礼 第七巻 東北
五木寛之 百寺巡礼 第八巻 山陰・山陽
五木寛之 百寺巡礼 第九巻 京都Ⅱ
五木寛之 百寺巡礼 第十巻 四国・九州
五木寛之 海外版 百寺巡礼 インド1
五木寛之 海外版 百寺巡礼 インド2
五木寛之 海外版 百寺巡礼 朝鮮半島
五木寛之 海外版 百寺巡礼 中国
五木寛之 海外版 百寺巡礼 ブータン

五木寛之 海外版 百寺巡礼 日本・アメリカ
五木寛之 青春の門 第七部 挑戦篇
五木寛之 青春の門 第八部 風雲篇
五木寛之 青春の門 第九部 漂流篇
五木寛之 親鸞 青春篇(上)(下)
五木寛之 親鸞 激動篇(上)(下)
五木寛之 親鸞 完結篇(上)(下)
五木寛之 五木寛之の金沢さんぽ
五木寛之 海を見ていたジョニー 新装版
井上ひさし モッキンポット師の後始末
井上ひさし ナイン
井上ひさし 四千万歩の男 全五冊
井上ひさし 四千万歩の男 忠敬の生き方
井上ひさし 司馬遼太郎 新装版 国家・宗教・日本人
池波正太郎 私の歳月
池波正太郎 よい匂いのする一夜
池波正太郎 梅安料理ごよみ
池波正太郎 わが家の夕めし
池波正太郎 新装版 緑のオリンピア

池波正太郎 新装版 殺しの四人〈仕掛人・藤枝梅安(一)〉
池波正太郎 新装版 梅安蟻地獄〈仕掛人・藤枝梅安(二)〉
池波正太郎 新装版 梅安最合傘〈仕掛人・藤枝梅安(三)〉
池波正太郎 新装版 梅安針供養〈仕掛人・藤枝梅安(四)〉
池波正太郎 新装版 梅安乱れ雲〈仕掛人・藤枝梅安(五)〉
池波正太郎 新装版 梅安影法師〈仕掛人・藤枝梅安(六)〉
池波正太郎 新装版 梅安冬時雨〈仕掛人・藤枝梅安(七)〉
池波正太郎 新装版 忍びの女(上)(下)
池波正太郎 新装版 殺しの掟
池波正太郎 新装版 抜討ち半九郎
池波正太郎 新装版 娼婦の眼
池波正太郎 近藤勇白書(上)(下)〈レジェンド歴史時代小説〉
井上靖 楊貴妃伝
石牟礼道子 新装版 苦海浄土(くがいじょうど)〈わが水俣病〉
いわさきちひろ ちひろのことば
いわさきちひろ 松本猛 いわさきちひろの絵と心
いわさきちひろ 絵本美術館編 ちひろ・子どもの情景〈文庫ギャラリー〉
いわさきちひろ 絵本美術館編 ちひろ・紫のメッセージ〈文庫ギャラリー〉
いわさきちひろ 絵本美術館編 ちひろの花ことば〈文庫ギャラリー〉

いわさきちひろ絵本美術館編　ちひろのアンデルセン〈文庫ギャラリー〉
いわさきちひろ絵本美術館編　ちひろ・平和への願い〈文庫ギャラリー〉
石野径一郎　新装版 ひめゆりの塔
今西錦司　生物の世界
井沢元彦　義経幻殺録
井沢元彦　光と影の武蔵〈切支丹秘録〉
井沢元彦　新装版 猿丸幻視行
伊集院 静　乳房
伊集院 静　遠い昨日
伊集院 静　夢は枯野を〈競輪躁鬱旅行〉
伊集院 静　野球で学んだこと ヒデキ君に教わったこと
伊集院 静　峠の声
伊集院 静　白秋
伊集院 静　潮流
伊集院 静　冬の蜻蛉（とんぼ）
伊集院 静　オルゴール
伊集院 静　昨日スケッチ
伊集院 静　あづま橋
伊集院 静　ぼくのボールが君に届けば

伊集院 静　駅までの道をおしえて
伊集院 静　受け月
伊集院 静　坂の上のμ〈野球小説アンソロジー〉
伊集院 静　ねむりねこ
伊集院 静　新装版 三年坂
伊集院 静　お父やんとオジさん(上)(下)
伊集院 静　ノボさん〈小説 正岡子規と夏目漱石〉(上)(下)
伊集院 静　機関車先生〈新装版〉
いとうせいこう　我々の恋愛
いとうせいこう　「国境なき医師団」を見に行く
井上夢人　ダレカガナカニイル…
井上夢人　プラスティック
井上夢人　オルファクトグラム(上)(下)
井上夢人　もつれっぱなし
井上夢人　あわせ鏡に飛び込んで
井上夢人　魔法使いの弟子たち(上)(下)
井上夢人　ラバー・ソウル
池井戸 潤　果つる底なき
池井戸 潤　架空通貨

池井戸 潤　銀行狐
池井戸 潤　仇敵
池井戸 潤　B T'63(上)(下)
池井戸 潤　空飛ぶタイヤ(上)(下)
池井戸 潤　鉄の骨
池井戸 潤　新装版 銀行総務特命
池井戸 潤　新装版 不祥事
池井戸 潤　ルーズヴェルト・ゲーム
池井戸 潤　半沢直樹1〈オレたちバブル入行組〉
池井戸 潤　半沢直樹2〈オレたち花のバブル組〉
池井戸 潤　半沢直樹3〈ロスジェネの逆襲〉
池井戸 潤　半沢直樹4〈銀翼のイカロス〉
池井戸 潤　花咲舞が黙ってない〈新装増補版〉
石田衣良　LAST[ラスト]
石田衣良　東京DOLL
石田衣良　てのひらの迷路
石田衣良　40（フォーティ） 翼ふたたび
石田衣良　s e x
石田衣良　逆（さか）島（しま）断（たつ）雄（お）〈進駐官養成高校の決闘編1〉